소설

환단고기

桓檀古記

④ 개천과 개국은 수행문화

느티나무가 있는 풍경

소설
환단고기 桓檀古記

④ 개천과 개국은 수행문화

초판 1쇄 발행 2023년 3월 10일

지 은 이 신광철
글 쓴 이 신정균
펴 낸 이 김희경
기획편집 왕태근
디 자 인 홍지연
표　　지 윤동일
인　　쇄 (주)소문사

펴낸 곳 느티나무가 있는 풍경
주소 경기도 남양주시 가운로 4길 6-8 302호(다산동)
전화 031. 555. 6405 **FAX** 031. 567. 6405
출판등록 제399-2020-000042
ISBN 979-11-981489-2-6
ISBN 979-11-971341-3-5(세트)

개천과 개국은 수행문화

〈소설환단고기〉를 다시 쓰며

〈환단고기〉는 한민족의 축복이다

한국인에게 환단고기라는 책은 분명 축복이었다. 민족의 정신과 우리의 역사가 어떻게 만들어졌는지를 알려주는 유일한 책이다. 수행문화가 개천開天이고 개국開國임을 알아야 진정한 한민족의 진면목을 만나게 된다. 건국이념이 왜 홍익인간이고 재세이화인지를 알게 해주는 책이 바로 〈환단고기〉였다.

어쩌면 운명이 나를 불러 세워 환단고기를 소설로 쓰라고 했을지도 모른다는 생각을 했다. 힘들고 벅찬 글쓰기였다. 쉽지 않은 일을 괜히 하고 있구나, 라는 생각도 했다. 〈소설환단고기〉 2권을 집필 완료한 지 4년이 되었다. 불이 꺼진 것을 다시 지피기 힘들었다. 다행인 것은 그래도 예정했던 5권을 다 썼다는 안도감이다. 정말 여러 번 주저했고 그만두고 싶었다. 개인적으로 운명을 믿는 사람이다. 〈환단고기〉와 가늘게라도 인연이 닿아 있는 인생이라고 생각하며 마음의 위안을 삼고 썼다. 개인적으로 삶에 목적이 없으면 삶은 노동에 불과하다는 담론을 견지하며 사랑은 인생의 등대라고 우기고 있었다.

역사는 왜곡되는 것이 자연스러운 일이다. 역사공부를 할수록 왜곡은 필연이라는 생각을 했다. 심지어 일기에도 자신의 개인사를 왜곡시킨다. 좋은 내용은 적고 부끄러운 내용은 빼놓는다. 여러 가지로 역사는 왜곡의 유혹에 노출되어 있다. 역사는 강자의 편이라는 이야기가 있다. 역사는 강자의 입장에서 쓰일 수밖에 없다는 논리다. 더 확실한 말은 '역사의 진정한 강자는 쓴 자'였다. 그렇다. 쓴 자가 강자였다. 쓰면 된다. 물론 근본이 있어야 한다. 사실에 기반해 적되 정체성이 있어야 한다. 우리는 우리의 역사를 자주적으로 써야 한다.

역사의 피는 따뜻해야 한다.

개인적인 생각으로 역사에는 긍정이 있어야 한다. 역사의 강에는 따뜻한 피가 흘러야 한다는 말이다. 역사를 통해서 진실을 알고, 배워야 할 교훈이 있어야 한다는 전제가 없다면 역사를 논할 이유가 없다. 〈소설 환단고기〉는 우리 환족의 자랑스러운 면을 적으려 노력했다. 당당하게 썼다. 분명한 것은 있는 것을 적었다. 역사적 사료를 찾아서 썼다.

중국과 일본의 왜곡에 대해 화내지 말고 우리의 역사는 우리가 다시 쓰면 된다. 중국과 일본이 왜곡한 것과 상관없이 우리가 주체적으로 정체성과 역사관을 가지고 저술하면 된다. 앞서 말했듯이 역사에서 강자는 쓴 자다. 동아시아의 문화를 창조해낸 위대한 환족의 역사가 세계화되었음을 보았다. 세계화의 주체가 환국이고 단국이고 고조선이었음을 보았다. 인류에게 한류를 전한 최초의 사건이 있었음을 보았다. 환족의 사상에는 너와 나를 넘어 사람을 이롭게 하라는 인류 보편의 공생을 외친 홍익인간弘益人間이 있다. 통 큰 국가관이다. 다시 한류가 출발하고 있다. 환족의 유전자에 들어있는 호기심과 도전, 그리고 창조능력 덕분이다. 글을 마치며 끝없이 완성을 위한 수련에 힘쓴 위대한 환족의 후손임을 감사한다.

〈소설환단고기〉를 쓸 때 참고한 〈환단고기〉 안경전 역주자에게 감사드린다. 그리고 다소 거친 인생을 끌고 가는내게 변함없이 힘이 돼준 아내와 자신의 길을 잘 찾아가고 있는 딸 아들, 신선과 신명에게 고맙다는 말을 보낸다. 그리고 책을 내느라 고생한 〈느티나무가 있는 풍경〉의 김희경 대표에게 고마움을 전한다. 끝으로 〈환단고기〉라는 책을 만나게 해준 김인수 후배님에게 감사를 보낸다.

일산에서 신광철

목 차

역사에서 강자는 쓴 자다

"역사에서 강자는 쓴 자다.
동아시아의 문화를 창조해낸
위대한 환족의 역사가 세계화되었음을 보았다.
세계화의 주체가 환국이고 단국이고 고조선이었음을 보았다.
인류에게 한류를 전한 최초의 사건이 있었음을 보았다.
환족의 사상에는 너와 나를 넘어 사람을 이롭게 하라는
인류 보편의 공생을 외친 홍익인간弘益人間이 있다."

1. 광개토대왕비 탐방

일본 밀정에게 홍범도 부대 밝혀지다

강원도 덕원은 달라지고 있었다. 홍범도에게 당한 일본군 주둔지는 줄어들지 않고 더 커지고 있었다. 덕원은 일본의 강제적인 힘에 의해 개항되어 더 크게 확장되고 있었다. 홍범도의 개인 부대로는 대적하기 버거운 부대가 들어오고 있었다. 홍범도의 부대도 늘어나고 전열을 가다듬었지만, 일본 본국으로부터 지원을 받는 병력과 신식 무기가 이어서 들어오고 있었다.

–상황이 심각합니다.

김수협이 홍범도에게 말했다.

–우리의 진지가 이제 알려졌으니 행동해야 할 때가 왔네.

어제 일어난 사건으로 민감해 있었다.

순찰을 맡은 대원 둘이 진지 주위를 순찰하고 있었다. 감연극과 다른 한 명의 밀정이었다. 감연극은 기어이 탐문과 끈질김으로 홍범도 부대의 위치를 입수했다. 감연극은 부하 한 명을 대동하고 산길로 들어서고 있었다. 홍범도 부대의 주둔지는 깊은 산 속이어서 인적이 거의 없었다. 사냥을 하는 사람이나 약초를 캐는 사람이 올 수는 있었으나 그마저도 드물었다. 감연극은 예상되는 주둔지가 가까워지는 것을 파악하고 산으로 들었다. 숨어서 관찰하기 위해서였다. 감연극은 눈이 번쩍했다. 생각보다 크고 정돈되어 있었다. 일어서서 조금 더 자세히 살피려는 순간 진지 주위를 살피던 홍범도 부대의 순찰조가 두 명의 수상한 사람을 발견했다.

–누구냐?

–거기 섯!

순찰병의 목소리가 하늘을 찔렀다.

감연극은 그대로 달아났다. 순찰조는 호루라기를 불며 쫓아갔다. 감연극도 필사적이었다. 넘어지고 뒹굴며 산 능선을 넘어 아래로 달아났다. 추격전이 시작되었다. 쫓아가던 순찰조를 향해서 총알이 날아왔다. 감연극이 소지하고 있던 총을 쐈다. 순찰조의 추격이 늦어졌다. 총알이 어디서 날아올지 예측할 수가 없어 공격하는 순찰조의 속도가 느려졌다. 그 틈을 타 감연극은 달아났다. 부대원들이 긴급 출동했다. 하지만 이미 두 명의 밀정들이 도망가고 난 후였다.

–쉽지 않은 싸움이 될 것일세.

–저도 그렇게 생각합니다. 지금까지와는 상황이 다릅니다.

홍범도와 김수협이 바라보는 예측은 비슷했다. 밀정들이 홍범도의 부대를 확인하고 간 후를 고민해야 했다. 지금까지는 홍범도의 부대가 유리했다. 일본군은 조선인의 공격을 생각하지 못했다. 전봉준의 농민군이 사라졌다. 조선은 자신의 손에 들어와 있다고 생각했다. 청나라와 일본의 전쟁은 생각보다 쉽게 일본의 승리로 넘어갔다. 조선인들은 전혀 예상하지 못한 상황이었다. 조선은 명나라와 청나라를 상전으로 모시고 떠받들던 나라였다. 청과 명나라는 문명도 한 수 위였고, 문물제도도 명나라와 청나라로부터 받고 있던 최고의 나라였다. 그런 청나라가 제대로 싸워보지도 못하고 일본에 무너졌다. 조선은 당황스러웠다. 청나라 군대는 무너졌고, 일본은 기고만장해 지고 있었다. 조선에 들어와 있는 일본군은 조선을 완전히 장악했다고 생각하고 있었다.

방심하고 있는 일본군을 공격해서 성공한 것이 홍범도 부대였다. 하지만 일본군은 보면 볼수록 강한 군대였다. 철갑으로 만든 전투함이 있었고, 일본군의 무기는 소총뿐만이 아니라 대포도 강력했다. 다행히 홍범도 부대도 무기를 탈취해 보유했다. 일본군에게 승리할 수 있는 중요한 역할을 했다.

결국, 일본의 군사력을 홍범도 부대가 대적하기에는 부족했다. 더구나 조선 조정은 일본의 지배하에 들어가 있어 홍범도의 부대를 공격할 수 있는 상황이었다. 일본과 조선이라는 두 나라와 홍범도 개인 부대가 싸워야 하는 상황으로 전개되고 있었다. 비교할 수 없는 상황이었다.

–참모 회의를 소집하게.

홍범도가 김수협에게 지시했다.

긴급하고 중대한 사항이었다. 중대 결정이 필요했다. 주둔지를 이동하거나 다른 방안을 찾아내야 했다. 일본군의 주둔지가 있는 덕원은 더 강력해진 부대가 들어오고 있었다. 홍범도 부대의 입지도 좁아지고 있었다. 조선인들이 홍범도 부대를 도와주기가 어려웠다. 홍범도 부대는 조선 조정에서는 이미 적으로 간주하고 있었다. 조선 조정을 장악하고 있는 일본의 입김이 그대로 작동하고 있었다.

참모회의가 시작되었다.

홍범도는 현실적인 상황을 이야기했다. 그리고 각자의 의견을 이야기하도록 했다.

–이제 시간문제입니다. 우리 주둔지가 일본군에게 밝혀졌으니 바로 들이닥칠 것입니다.

김수협이 먼저 발언했다.

–저들의 공격을 막기에는 수적으로나 화기로 보나 우리가 열세입니다. 정면 승부를 볼 수는 없습니다.

태양욱이 자신의 소견을 밝혔다.

–정면승부를 볼 수 없다면 지금까지처럼 유격전이어야 하는데 우리의

근거지가 밝혀져 운신의 폭이 좁습니다. 일단 이동하는 것이 좋을 듯합니다.

각자의 의견을 말했다. 듣고 있던 홍범도가 나섰다.

–이제 우리는 외길에 들어섰습니다. 이동하는 방법입니다. 정면승부를 본다는 것은 있을 수 없는 일입니다. 수적으로나 무기 수준으로 보나 대적할 상황이 아닙니다. 우리가 살길은 유격전 외에 없습니다.

홍범도의 목소리에는 비장함이 들어 있었다.

–문제는 시간이 없다는 점입니다. 그래서 우리가 먼저 이동하면서 공격에 방어하는 것입니다.

홍범도는 전혀 다른 방법을 내놓았다. 먼저 이동하면서 공격에 대처하고, 대처하면서 장소를 알아보자는 안이었다.

–그게 가능합니까?

김수협이 성공 가능성을 물었다.

–다른 대안이 없네. 이동할 주둔지를 찾을 시간이 없네. 이동하면서 찾는 것이 현명하다고 보네. 왜냐하면, 이들이 바로 내일이라도 공격해 올 수 있기 때문이네. 인원과 장비 모두 열세여서 다른 방법이 없네.

–다른 방안이 있으면 이야기해 보게.

모두 말이 없었다.

–그러면 결정하겠네. 지금 당장 무장을 하고, 철수하는 것으로 하겠네. 출발은 내일 새벽 5시로 하겠네.

–너무 촉박합니다.

김수협이 이의를 제기했다.

장비와 무기와 탄약, 그리고 주둔지에서 사용했던 것들을 모두 정리하기에는 턱없이 부족한 시간이었다.

–시간을 놓치면 당할 수 있네. 대원들을 이해시키고 내일 5시에 출발하는 것으로 하겠네.

홍범도의 마음은 착잡했다. 비교적 안정된 주둔지였다. 일본군에게 노획한 무기와 장비들이 있어 공격력도 갖췄으나 개인 부대와 일본 본국에서 인원과 장비를 지원하는 것과 대적할 수는 없었다. 나라는 존재하고 있으나 나라가 없는 것보다 못한 상태였다. 조선군이 오히려 홍범도 부대를 공격할 준비를 하고 있었다. 조선과 일본이라는 국가를 상대로 싸워야 하는 어려움에 처해 있었다.

새벽 5시. 연병장에 모두 집합했다.

–이제 우리는 승리하기 위해 이동합니다.

홍범도의 목소리에 힘이 들어가 있었다.

–출발!

1소대장 차도선이 앞장섰다.

외부에서 보이지 않는 숲속 길을 선택했다. 골짜기를 피해 7부 능선으로 이동했다. 공격을 받을 경우, 방어가 유리하게 하기 위해서였다. 홍범도는 중간에 위치해서 이동을 시작했다. 후미는 지원소대장이 맡았다.

진지를 버리고 떠날 생각을 하니 마음이 복잡했다. 그동안 정이 들었다. 진지를 눈으로 둘러보았다. 다시 올 수 있을까 싶었다.

–출발하시지요.

3소대장 송상봉이었다. 말없이 행동으로 보여주던 사내 중의 사내였다.

마음을 다잡고 출발했다. 홍범도가 출발하고 본부가 이동을 시작했을 때 아래로 보이는 광경에 놀랐다. 산 전체를 감싸고 올라오는 일본군들이 보였다. 홍범도 부대와는 비교가 되지 않는 규모였다. 일본군은 아직 홍범도 부대를 목격하지 못하고 있었다.

이상룡이 고향 안동으로 내려가다

이상룡은 안동 임청각으로 내려왔다. 우선 자신의 재산을 정리하기 시작했다. 자금을 마련하기 위해서였다. 이상룡은 무엇이 먼저인가를 생각했다. 격문을 써 붙여 의병을 모집하고, 의병을 모집해 의병활동을 하는 데 필요한 것들이 있었다. 무기를 구입하고, 숙식할 거처를 마련하려면 필요한 것이 역시 자금이었다. 먼저 외삼촌 권세연을 만나기로 했다. 권세연은 이상룡의 외삼촌으로 민비시해사건과 단발령 때 격노했던 인물이었다. 이미 노쇠한 유학자였으나 참지 못하고 일어났다. 회갑을 지난 나이였으나 눈이 빛났다. 의기가 하늘을 찔렀다.

이미 권세연은 의병을 모집해서 활동하고 있었다. 권세연은 참봉을 지냈다. 안동 병진의 정신적 지주 역할을 했다. 권세연을 주축으로 한 안동 지역 의병들이 일어나 안동관찰부를 점령했다. 관찰사 김석중은 의병들이 관찰부를 공격한다는 소식을 듣고 도망쳤다. 안동 관찰부를 점령한 의병들은 기세등등했으나 도망갔던 김석중이 관군을 이끌고 공격해 왔다. 유지호 · 김흥락 등 참모진은 권세연을 안동의 의병장으로 추대했다. 의병들은 싸워 본 경험이 없었다. 지휘 통제가 되지 않았다. 격렬한 전투를 벌였으나 패배하였다.

주변의 의병들과 연합하여 반격을 준비하던 중 이강년 의병이 김석중 관찰사를 붙잡아 처형했다. 권세연은 패배의 책임을 지고 의병장에서 물러났다. 이상룡이 외삼촌 권세연을 찾아갔다. 자문을 받기 위해서였다.

–의기가 중요하지만, 의기만으로 이길 수 없다.

권세연은 이상룡에게 말했다.

권세연은 초췌했다. 패장으로서 책임을 지고 물러나 있었다. 마음은 꼿꼿한 선비의 기개가 있었다. 마르고 꼬장꼬장한 모습을 가지고 있었다. 세상을 알고 있었고, 싸울 용기가 있었지만, 선비로서 책만 읽은 경험이 전부인 사람이었다.

–어떻게 하면 됩니까?

–내게 얻을 것은 별로 없다. 싸워 본 놈이 싸울 줄 아는 게다. 나는 싸

움에는 부족한 점이 많다. 전투에 약점이 많다는 것을 깨달았다. 나는 개인적으로 이런 것을 권한다.

권세연의 말에 이상룡의 귀가 번쩍했다.

−일단은 안동에서 의병장을 만나 경험을 쌓도록 해라. 그리고 다음은 안동을 떠나 내일을 도모하는 것이 옳다고 본다.

이상룡이 생각했던 적이 있었다. 압록강을 건너면서 만주 일대를 둘러본 기억이 떠올랐다. 조선에서 의병활동을 하는 것은 어려움이 많았다. 권세연이 조선의 관군에게 패했듯이 조선 안에서는 조선의 왕과 조정이 적이었다. 조선의 독립과 조선을 지키는 일이 곧 조선과 적대 관계가 되어야 하는 묘한 상황이었다. 조선은 일본의 손안에서 움직이는 기구로 전락했다.

−안동을 떠나지 않고 활동할 수 있는 방안은 없습니까?

하지만 이상룡은 권세연에게 물었다. 다른 방안을 찾을지도 모른다는 희망이 있었다.

−어렵다. 나라를 살리겠다는 행동에 일본군보다 조선의 관군이 더 적이라는 사실이다.

이상룡은 충분히 이해할 수 있었다. 안타깝지만 현실이었다.

−안동을 떠난다면 무슨 일이 필요합니까?

−조선을 벗어나서 준비하는 것이 더 힘을 얻을 것이다. 조선의 조정은 이미 식물조정으로 끝났다.

좋은 방안이 없었다. 쉬운 일이 아닌 줄은 알았지만, 준비 없이 일어났다가 낭패를 당할 수 있어 상황을 파악하기로 했다.

–나는 이미 늙었다. 함께 활동하던 사람들을 알려줄 테니 방안을 찾아 보거라.

권세연은 김흥락 · 유지호 등을 소개해 주었다. 권세연이 대장으로 활동할 때 안동부에서 멀지 않은 선성의 이만도 대장과 이중린 부장을 알려주었다.

이상룡은 안동 일대에서 활동하고 있는 사람들을 만났다. 같은 이야기였다. 외세의 적들과 싸우겠다고 일어났는데 조선의 관군과 함께 힘을 합해 싸워도 부족한 형편에 오히려 의병을 공격하는 것이 조선의 관군이었다. 두 개의 거대한 국가와 싸워야 하는 참담한 상황이었다. 자괴감이 들었다. 그렇다고 포기할 이상룡이 아니었다.

의병을 모집해 국가관을 심어줄 역사공부까지 하고 온 이상룡이었다. 명분 없는 의병이어서는 안 된다고 생각하고 있었다. 누구를 위해서 싸워야 하는가. 분명 쓰러지는 나라를 일으켜 세우기 위해 싸워야 하는데 일본군인가, 관군인가. 어찌하여 일본군과 관군 모두를 적으로 싸워야 하는가 싶었다.

선성의 이만도 대장을 만났다.

–무엇이 가장 힘이 듭니까?

–명분이 바로 서지를 못한다는 점입니다.

–어떤 명분을 말씀하십니까?

–목숨을 걸고 싸워야 하는 것이 의병인데 의롭게 일어난 것이 아니라

는 생각이 들곤 합니다.

–왜지요?

–관군과 먼저 싸워야 하는 것이 그렇습니다.

이상룡의 물음에 이만도 대장이 답했다.

–의병을 밀고하는 것이 바로 조선인입니다. 조선인이 조선인을 죽이고 있습니다.

이만도 대장이 이어서 현 상황을 설명하면서 개탄했다.

이상룡은 조선인이 의병에 가담한 것을 밀고하는 사람이 있다는 것이 놀라웠다. 서로 힘을 합해 외세와 싸워도 부족한데 의병을 밀고하다니. 하지만 현실이었다.

이상룡은 조선인들이 역사의식이 없어서일 거라고 위로하며 역사를 가르치라고 하고 싶었지만, 말이 나오지 않았다. 명나라만을 대국으로 모시고 살아온 조선의 조정이었고, 선비들이었다. 그런 그들에게 환족의 역사 이야기를 하면 비웃을 것을 알았다. 전장에서 벌어지고 있는 일들은 이상룡이 생각했던 대로였다. 현장에서도 느끼고 있었다. 조선의 황후를 죽이고, 조상 대대로 이어오던 상투를 자르라는 강제적인 조치에 울분을 못 참고 의롭게 일어났는데 정작 조선의 관군과 싸우는 것이 어색했다. 이상룡은 다시 한번 확인하기 위해 같은 질문을 했다. 답이 같았다. 역사가 필요한 이유를 확실하게 찾았다. 다시 한번 이상룡은 다짐했다. 진정한 조선인의 역사와 정신을 심어주겠다고.

이상룡은 전답을 판 돈을 이만도 대장에게 건네주었다. 지금 현장에서 무엇이 부족한가를 알았다. 무기도 중요하고, 전투도 중요하지만, 의식주가 진정으로 필요하다는 것을 보았다. 전쟁은 물자로 하는 것임을 현장에서 보았다. 당장 먹을 것을 조달하는 것이 중요하고, 입고 잘 곳에 생필품이 필요하다는 것을 눈으로 보았다. 이상룡은 아주 현실적인 상황을 보았다.

광개토대왕비 탐방을 계획하다

우리 지난번 약속했던 광개토대왕 비문 보러 가자.
–좋습니다.
계연수가 이태집에게 말하자 좋다는 즉답이 돌아왔다.
–미루다가 아무것도 못 하고 인생 끝나겠다.
–저도 그렇게 생각합니다.
친동생 같은 계연수에게는 마음 편하게 자신의 마음을 털어놓곤 했다. 이관집과 이태집이 형제였지만 계연수 이관집 이태집이 삼형제 같았다. 세 사람과 이상룡까지 해서 역사동맹을 맺은 지도 제법 되었다. 하지만 이상룡이 워낙 만나기가 쉽지 않아 역사동맹을 맺자고 약속한 이래 제대로 작동되지 않는 역사동맹이었다.
–넷이서 가는 것은 무리가 될 것이고, 셋이서 함께 가자.

–저는 정말 함께 가고 싶었습니다. 두 분 형님과 함께라면 더욱 좋습니다.

–만주 벌판을 걸어보고 싶어. 끝없이 이어지는 벌판을 따라 자작나무가 자라고, 끝 간데없는 외로운 길을 따라 걸어보고 싶어. 우리의 선조들이 달리던 곳!

계연수가 혼자 기분에 취했다.

–우리의 배달겨레가 인류 최초의 문명을 만들었던 곳을 몸으로 느끼고 싶습니다.

이태집도 마음은 벌써 대륙을 달리는 사람 같았다.

–형님. 우리가 나라를 세운 참뜻은 무엇이라고 생각하세요.

–나는 한결같아. 밝음이지. 다시 말해 그냥 환桓이야.

–환이 그냥 밝다는 의미 그대로 받아들이라는 말씀이신가요?

–당연하지. 그냥 환이야. 굳이 풀면 환은 우리 민족의 솟대나 푯대 같은 것을 말하지. 우리 민족의 대표적인 상징이라는 말이야. 그리고 그 참뜻은 빛이야. 광명. 밝음!

–생명에게 빛 이상은 없지요?

–그렇지. 어둠과 빛 중에서 빛을 선택한 거야. 빛을 선택했다는 것은 바로 생명을 선택하고, 어짊을 선택하고, 밝음을 선택한 것이야. 옛 기록에 이렇게 되어 있어. "빛을 우러러 태양을 신으로 삼고, 빛을 우러러 하늘을 조상으로 삼았다."

–그래서 우리는 태양족입니다.

계연수의 설명을 듣고 이태집이 과장된 몸짓으로 태양족을 선언했다.
–우리의 제단을 가장 높게 만든 것도 하늘에 가깝게 가기 위한 염원을 담은 거라고 할 수 있지.
–이번 기회에 하늘의 마음을 가진 대인이 되어봐야지요.
–그럼. 그렇고말고. 대인이 되어야지.
이태집의 대인이 되겠다는 말에 적극 동의했다.
계연수와 이태집은 대인이라는 말의 의미를 공유하고 있었다. 오랜 역사지기로서 대인의 의미를 알고 있었다. 대인이라는 말을 사용한 것을 알면 이해할 수 있다. 환웅천황이 나라를 세우고 이웃하여 살던 곰을 숭상하던 부족과 호랑이를 숭상하는 부족 간에 다툼이 있어 명을 내렸다. "쑥 한 단과 마늘 스무 개를 각각 주면서 100일 동안 햇빛을 보지 말고 기도하라. 그리하여 스스로 참을 이루고 만물을 고르게 구제하며, 진정한 사람다운 인격을 갖춘 대인이 되리라"라고 했다. 대인은 사람다운 인격을 갖춘 참된 사람을 말한다.
–환국에서 단국을 세울 때, 다시 말하면 환국에서 배달국을 세우기 위해 문명개척단을 이끌고 환웅천황이 동쪽으로 동쪽으로 이동할 때를 생각하면 가슴이 뜨겁습니다.
–그렇지. 문명 탄생의 서곡이 울리고 있었지. 태백산, 지금의 백두산을 보고 이렇게 이야기하셨네. "태백산은 가히 널리 인간을 이롭게 할 수 있는 곳"이라고.
계연수와 이태집은 만주 벌판을 벌써 달리고 있는 사람들이었다. 역사의 동지로 역사의 벌판을 달리고 있었다. 역사가 인생인 사람들이었다.

–나는 지금 우리가 사용하고 있는 요일이 오래전에 이미 확립되어 있었다는 것에 경이로움을 느끼곤 해.

광개토대왕릉을 가는 꿈을 꾸던 계연수가 갑자기 요일에 관한 이야기로 말을 바꾸었다.

–무슨 말씀이세요?

–우리는 고대에 이미 달력을 가지고 있었던 것이 놀라워서 이야기한 것이야.

계연수는 종종 엉뚱했다. 생각에 몰입되어 자신만의 세계를 이야기하곤 했다. 오랫동안 함께 생활해온 이태집은 계연수의 그런 면을 이미 잘 알고 있었다.

–무엇이 형님을 놀라게 했습니까?

–신시 시대에.

–신시시대라면 단국을 말씀하시는 거지요.

–그렇지.

계연수의 말을 가로채 이태집이 확인했다.

–신시시대에 이미 일곱 날을 만들었지. 일월화수목금토日月火水木金土가 바로 그것일세. 어떤 의미로 담았는지는 알겠지?

–명확하게 설명해 주세요.

이태집이 자신이 어렴풋이 알고 있는 것을 확인하기 위해 설명을 부탁했다.

-우리가 늘 이야기하던 그대로야. 일日은 태양을 담았지. 태양을 숭상하는 민족으로서 가장 앞에 두었지. 다음은 월月로 달이야. 우리에게 가장 중요한 별은 누가 뭐라고 해도 해와 달이지. 다음으로 오행을 담았지. 이미 몇천 년 전에 우리에게 가장 영향을 주는 별들을 선정했다는 것이 놀랍지. 그것이 화성 수성 목성 금성 토성이라는 사실이 놀랍지 않나?

-정말 대단합니다. 음양오행에 그런 비밀이 숨어 있는지 몰랐습니다. 그냥 일상적으로 음양오행이라는 원리만을 떠올렸습니다.

-진정 놀라운 것은 오행의 성질을 물질의 성질과 대비해서 확정을 지어놓았다는 거야.

-아하, 정말 그렇군요.

-그렇지. 화성의 화火는 불, 수성의 수水는 물, 목성의 목木은 나무, 금성의 금金은 쇠, 토성의 토土는 흙의 성질을 가지고 있다는 것이지.

-정말 신비할 정도입니다. 고대에 이런 놀라운 발견을 했다는 것이 경이롭습니다.

-더 신기한 것을 알려줄까?

-무엇입니까?

계연수의 말에 이태집의 호기심이 발동했다.

-다섯 별의 성질을 밝힌 것으로 명리학이라는 학문체계를 만들어냈지.

-정말 그렇군요.

-명리학은 운명을 밝히는 학문이기도 하지만 사람이 타고난 성격을 알

아내서 서로 잘 맞는지를 확인하는 성과를 얻어냈지.

–정말 대단합니다.

계연수의 설명에 이태집은 고마웠다.

–명리학을 이용해서 만든 것이 당사주라고 하는 것인데 적중률이 형편없거든.

–오호. 그렇군요. 당사주가 명리학을 본뜬 것이었군요. 그것까지는 생각 못 했습니다.

이태집은 오행五行이 지구와 가까운 별들의 이름으로 지었다는 것은 처음으로 알게 되었고 명리학이 오행으로 이루어진 것은 알고 있었지만, 지구와 관계가 있는 다섯 별의 성질을 이용한 것이라는 사실도 새로웠다. 이태집도 경이로움을 느꼈다. 이태집은 계연수를 만날 때마다 새로운 사실을 깨닫게 되어 고마운 존재였다. 스승 같은 형이었다.

–당시에도 천문 능력이 대단했군요.

–천문은 왕족 다시 말하면 천손만이 알 수 있는 것이었지.

두 사람은 역사동지였다. 이태집의 형인 이관집까지 합세하면 더욱 역사에 몰입할 것을 알고 있었다.

–상달의 의미를 알려줄게.

–좋지요.

–상달은 우리 말 그대로 최고의 달이어서 상달을 상월上月로 적잖아.

–예. 그렇지요.

–달 중에서 최고로 친다는 이야기야. 이유는 음력 시월을 한 해의 첫머

리로 잡았지.

–이유가 뭐지요?

상달이라는 말을 특별하게 생각하지 않고 사용하던 말이었다.

–천지 기운이 음력 4월에 음陰의 기운이 처음으로 시작되거든. 음력 시월에 양陽기운이 최초로 태동하기 시작해. 양기운의 출발 월이 시월이야. 그래서 최고의 달로 치지.

–그래서 국가행사를 그 날로 잡은 것이군요.

–그렇지. 개천을 시월 초하루로 잡은 것도 관계가 있지.

–그렇군요.

–천제를 지내는 날이 바로 상달 초하루지. 우리는 당연히 천제를 지내는 날이고, 중화의 진시황, 한나라의 유방도 신교의 종주국인 우리 조선을 본받아 10월을 한 해의 첫머리로 삼았지.

–웅혼한 우리 민족의 기운을 만주에 가서 받고 와야지요.

–그러세.

계연수와 이태집은 서둘러 짐을 정리하고 이기에게 상황을 설명했다.

–더없이 의미 있는 일이니 잘 다녀오게.

–스승님과 홍암이 고생하셔야겠습니다.

–고생이라고 할 것이 있나. 당연히 해야 하는 일이고, 자네는 어렵게 결정한 것이니 사고 없이 다녀오게.

홍범도 일본군에 공격당하다

일본군이 산을 덮으며 올라오고 있었다. 섣불리 대처하면 몰살당할 수 있는 상황이었다. 서둘러 나온 것이 다행이기는 했지만, 일본군이 너무 많았다. 어떻게 처신해야 하나 머릿속이 복잡했다. 일본군이 홍범도 부대가 이동 중인 지점까지 올라오려면 제법 시간이 걸리는 거리였다.

홍범도는 담대하게 대처했다. 소대장들을 소집했다. 다른 방법이 없었다. 대적할 수 있는 단계가 아니었다. 비교 불가한 수적 열세였다. 일부가 유인해 전체를 살릴 수 있는 방법을 선택했다. 일단은 산의 7부 능선에서 올라가 전체를 관망할 수 있는 곳으로 이동해 탈출로를 찾는 것으로 결정했다. 유인을 누가 할 것인가를 결정해야 했다. 스스로 위험을 만들면서 일본군을 유도해야 하기 때문이었다.

–내가 하겠소.

–지휘는 누가 합니까?

–지금 상황은 지휘가 필요한 것이 아니라 생존이 우선이요. 지금 지정한 대로 대피로를 찾아가면 되고, 나와 본부 부대는 반대로 돌아가서 일본군을 유인하겠소.

–무사를 빕니다.

소대장들이 홍범도의 무사를 기원했다.

–살아남아서 집결소에서 봅시다.

홍범도가 말을 끝내고 유인하기 위해 본부 부대를 이끌고 왔던 길을 다시 돌아갔다.
홍범도의 본부 부대는 6명이었다. 홍범도와 김수협, 그리고 밤말 살던 이재인과 3명의 대원들이었다. 3명의 부대원 중에는 평생선비라는 별명을 가진 이호종도 있었다. 싸워본 적이 없는 듯한 범생이였다. 이호종은 태양욱이 한양에서 가져온 서책들을 번역하고 필사하는 임무를 맡고 있었다.
홍범도는 북청의 후치령을 누구보다도 잘 알고 있었다. 사냥터였고, 이번에 진지를 구축하면서 몇 번이나 뒤졌던 곳이었다. 심지어 토끼굴도 알고 있었다. 몇 명이 은신하면 귀신도 못 찾는다고 할 만큼 은밀한 곳을 알고 있었다. 지금은 숨을 곳을 찾는 것이 아니라 일본군을 유인해서 나머지 대원들이 안전하게 대피할 수 있도록 하는 임무였다.
대피하는 대원들보다 유인하는 본부 대원들이 먼저 눈에 띄게 해야 하는 것이 필요했다.
일단 높은 곳으로 이동해서 아래로 공격할 수 있는 지형을 찾았다. 붙어 있으면 인원이 적어 보이는 약점이 있으니 간격을 벌렸다. 몰려서 올라오는 일본군을 향해 수류탄을 꺼내서 던졌다. 한 곳이 아닌 여러 곳에서 일제히 던진 수류탄에 일본군들이 나뒹굴었다. 그리고 총으로 난사했다. 올라오는 것이 순간 주춤했다. 다시 일본군 장교의 공격 명령에 다시 기어 올라오기 시작했다. 홍범도 본부 대원들은 흩어져서 공격을 시작했다. 그리고 홍범도의 지시에 따라 후퇴를 시작했다. 지금부터는 홍범도의 개인 능력에 목숨이 달려있었다.

은둔할 곳으로 홍범도의 본부 대원들이 이동하고 있는 순간 다른 곳에서 총소리가 집중적으로 들렸다. 대피하는 대원들이 발견되어 교전 중이었다.

홍범도는 대원들에게 대피로를 알려주고 자신은 다시 산으로 올라갔다. 바로 코앞까지 다가오고 있었다. 다시 수류탄을 꺼내 들었다. 그리고 계속해서 3개를 던졌다. 그리고 다시 대원들이 대피한 곳으로 달려갔다. 일본군들이 홍범도가 수류탄을 던진 곳으로 다시 모여들었다.

홍범도는 대원들과 합류해 혼자만이 이용했던 바위굴로 찾아들었다. 입구는 겨우 들어갈 수 있을 만큼 작았지만, 안으로 들어가면 넓은 공간이 있었다. 무엇보다 굴을 따라 들어가면 전혀 다른 입구로 나오는 굴이었다. 어둡지도 않았다. 굴의 윗부분이 뚫려 있어서 빛이 들어왔다.

–이런 곳이 있었네요.

–하늘이 우리를 살려주려고 선물한 곳일세.

숨을 고르며 김수협의 말을 홍범도가 받았다.

–정말 다행입니다.

–이곳은 안전하네. 저들이 아무리 뒤져도 여기는 찾을 수가 없을걸세.

–이런 곳을 어떻게 알았습니까?

–글쎄. 북청 일대는 우리가 안 다녀본 곳이 별로 없을걸세. 특히 후치령의 구석구석을 다녀봤지.

홍범도만이 아니라 김수협도 마찬가지였다. 길을 잃고 고생한 적도 여러 번 있었다. 지금 대피하고 있는 곳도 고생고생하다 만난 곳이었다.

–이제 우리는 어떻게 해야 합니까?

–입지가 좁아질 걸세.

김수협이 부대의 앞으로 상황전개에 대한 물음에 대한 홍범도의 생각이었다.

–제가 봐도 어려워질 것 같습니다. 우리를 공격하는 것이 일본군만이 아니라 우리의 관군들이라는 현실이 정말 안타깝습니다.

–조선인과 조선인이 싸우는 형세가 힘들게 하고 있네. 적과의 싸움이 아니라 내부 분열로 보이는 것이 현실이기도 하네.

–일단 지금의 위기를 넘기고 나서 생각할 문제일세.

–알았습니다. 일단 이곳에서 탈출할 방법을 찾아야겠습니다.

–탈출은 가능하네. 이곳에서 다른 곳으로 이동이 가능하네.

–다시 들어온 곳으로 기다렸다 나가는 것이 아니군요.

–그렇지.

–일단은 안심이 됩니다.

–우리는 이동해서 상황을 살펴본 후 집결장소로 가면 되네.

홍범도는 본부 대원들을 데리고 굴 안에서 이동했다. 굴 밖으로 나갔을 때가 문제였다. 일본군과 맞부딪히지 않아야 한다. 일본군은 대부대였다. 홍범도의 부대가 경쟁할 수 있는 것은 기습뿐이었다. 치고 빠지고, 빠졌다가 다시 기습공격하는 유격전술만이 살 길이었다. 홍범도 부대가 일본군을 공격해서 성공한 것도 모두 비슷한 전술이었다. 인원과 화력에서 현저하게 차이가 나 정면대응은 힘들었다.

계연수 이관집 이태집이 만나다

계연수와 이태집은 삭주로 가고 있었다. 이관집의 집을 찾아가고 있었다. 이관집을 만나 셋이서 떠날 예정이었다. 이미 익숙한 평양을 지나고 있었다.

–평양에 오면 고향에 온 기분이 듭니다. 마음이 편안해집니다.

–나도 그렇네. 한양은 먼데 평양은 고향 같은 기분이 들지.

–어디를 가고 올 때 자연스럽게 들르는 곳이라 그런 것 아닐까요?

–그렇네. 그 말이 맞는 듯하네.

–한양보다는 못하지만 그래도 평양은 사람 사는 곳 같습니다.

–그렇지.

계연수와 이태집은 평양 거리를 즐기며 걸었다.

–대동강을 보면 언제나 마음이 짠해.

–왜지요?

–평안 감사와 기생이 먼저 떠오르거든.

–저는 좋게 느껴집니다.

-그런가. 감사와 기생이 주는 풍미는 문향의 도시나 문화의 도시라는 느낌보다는 향락적이지 않은가.

-한양에서 뚝 떨어져 있으니 양반들도 감시의 눈으로부터 자유로워서였을 겁니다.

-동의하네.

-대표적인 것이 정자라고 할 수 있네.

-정자가 지역별로 다른가요?

-모양이야 대동소이하지만 크기나 용도는 많이 달랐지.

-그래요?

-지방으로 갈수록 커지거든.

-신기하네요. 권력은 한양에 가까울수록 커지고 지방으로 갈수록 작아지는데.

-그렇지. 한데 지방으로 갈수록 커진다는 것은 감시의 눈이 멀어질수록 토호세력의 영향력이 강했다는 것을 의미하지.

-그렇군요.

-또 다른 것은 한양의 정자들에는 방이 없네.

-그랬나요?

-생각해보면 알게 될 걸세.

이태집이 계연수의 말을 듣고 생각했다. 사실이었다. 한양의 정자들에는 방이 함께 있는 것이 드물었다.

-지방으로 갈수록 정자에 방이 있네.

—아하, 그렇군요.

—세상은 하나의 원리에 의해 움직이는 걸 볼 수 있네. 가족도 마찬가지고. 세상을 지배하는 원리는 무엇일까. 혈연으로 이루어진 가족까지도 예외가 아닌 것이 무엇일까. 계연수가 말한 것의 답을 생각했다. 언뜻 떠오르지 않았다.

—힘일세.

—힘이요?

—그렇지. 힘이야.

—상하, 선후, 앞뒤 같은 것이 다 힘에 의해 순서가 정해집니다.

—역사에서 너무나 확실하게 좌우하는 것이 바로 힘일세.

—그렇네요.

계연수의 말에 이태집이 공부해온 역사에 대해 생각해보았다.

최초의 문명을 탄생시킨 것이 동북아에 있었던 배달국이었고, 고조선이었다. 문화 창조국인 배달국과 고조선의 역사는 사라지고, 중화가 역사의 중심을 차지하면서 문화 창조자가 바뀌었다. 음양이란 이론을 만든 것도 동북아에 있던 단국이었고, 오행사상을 만든 것도 단국이었는데 중화의 것으로 당연시되고 있다. 논농사를 시작한 것도 동이족이었다. 한자도 동북아가 만들었음에도 중화의 글자로 확정되었다.

—힘에 의해 역사가 뒤집어지는 것이 자연스러웠지. 당연시되어 왔고.

—대륙의 지배자가 늘 왜곡시켰고, 독점했지

—그럴 수밖에 없었던 사유가 있네. 무엇이라고 생각하나?

–제가 보기에는 하늘을 숭배하는 사상이 대륙과 동북아를 지배했는데 하늘에서 인정한 자만이 지배자가 될 수 있다는 지배적인 사고 때문이라고 생각합니다.

이태집이 조심스럽게 진단했다.

–맞네. 정답이라고 보네. 하늘이 승낙하는 자만이 천하를 지배할 수 있다는 사상이 일반화되었지. 당연히 세상을 다스리는 자는 하늘이 허락한 천자天子만이 가능하다고 생각했지.

–그러려면 천자는 천손이어야 했군요.

–그렇네. 그래서 천자만이 제사를 지낼 수 있었지.

천자로 인정받으려면 자신만이 천자가 되어야 하니 당연히 다른 나라와 다른 사람을 죽일 수밖에 없었군요.

–그렇지. 역사 왜곡은 강자의 필수항목이었지.

함경도 삭주 이관집의 집에 도착했다. 마침 이관집이 집에 있었다. 텃밭에서 가을배추를 거두고 있었다. 이관집과 부인이 배추를 뽑고 아이들이 거들었다. 계연수와 이태집도 밭일을 거들었다.

–가을배추들은 이렇게 시퍼렇게 자라는데 내 마음은 시퍼렇지가 못해요.

이태집이 파랗게 자라고 있는 배추를 바라보며 말했다.

–무슨 문제가 있냐?

이관집이 이태집에게 물었다.

–망국의 자손이라 그렇지요.

이태집의 목소리에 힘이 없었다.

–아직 망하지 않았는데 미리 짐작하지 마라.

–그랬으면 좋겠습니다.

이관집의 말에 이태집이 희망을 말했다.

–그래. 네 말이 맞다. 나라가 망하는 걸 바라보고 산다는 건 개인으로서의 자신에게도 수치스러운 일이기도 하다.

아관집이 자신에게 말하듯 이야기했다.

–아무 것도 할 수 없는 개인으로서의 무능력함.

이태집도 독백하듯 말했다.

–생각보다는 만주를 달릴 웅혼함에 대해 이야기하세.

–좋지.

금세 분위기가 반전되었다

–우리 같이 만주로 달려가 보세.

–좋지.

계연수의 말에 이관집이 편하게 답했다.

–형님. 진정으로 하시는 말씀입니다.

–무엇이 진정이란 말인가?

이관집이 편하게 답하자 구체적인 계획이 있어 이야기하는 것이란 의미로 말하자 이관집이 되물었다.

–만주로 역사탐방을 가자는 말씀입니다.

–지난번에 이야기 했으니 이제 실행하면 되겠구만.

이관집의 쉽게 동의했다.

–우리 옛땅을 맨발로 밟아 보세.

–좋지.

–좋습니다.

계연수의 제안에 이관집과 이태집이 찬성했다.

이기, 전佺을 설하다

홍암, 이야기 좀 하세.

이기가 나철을 불러 세웠다.

–술 한 잔하겠나?

–좋습니다.

–학당보다 주막이 낫겠지.

–저는 아무래도 좋습니다.

이기가 개인적으로 나철과 술을 한 기억이 거의 없었다. 처음인 듯했다. 도포 자락을 휘날리며 이기와 나철이 주막으로 향했다. 세상은 어지러워도 한양은 사람으로 붐볐고, 소달구지와 짐을 진 사람들로 분주했다. 피맛길로 접어들었다. 말을 피한다는 뜻의 '피마避馬'에서 유래된 골목이었다. 신분이 낮은 사람들은 종로를 지나다 가마나 말을 타고 행차하는 고관대작들을 만나면 이들이 다 지나갈 때까지 엎드려 있어야 했다. 아니꼽고 더러운 꼴을 당하기 싫어 서민들이 한길 양쪽 뒤에 나 있는 좁은 골목길로 다녀 생긴 이름이었다. 더구나 행차가 오래 걸리면 이곳에서 요기도 하면서 기다려 음식점 골목으로 발전하는 계기가 됐다.

식당이 많아 고를 수 있고, 음식 맛이 좋았다. 사람 사는 맛이 나는 곳이었다. 양반도 상민도 한 잔하기에 불편함이 없었다. 음식도 싸고 대중적인 것들이 많아 이용하기에 불편함이 없었다.

–환과 단이란 의미에 대해 〈대변경大辯經〉에 이렇게 적혀 있네.

이기가 이동하면서 특별히 이야기할 것이 없어 역사 이야기로 입을 열었다.

–환桓은 하늘에서 내려오는 광명을 말하고, 단檀은 땅의 광명을 말하는 것이라고.

–우리에게 개천開天이란 하늘이 열린다는 것을 말하지만 건국을 말하는 것으로 들었습니다. 맞습니까?

–그렇네. 하늘에서 온 천손이 나라를 세우는 것을 개천이라고 했네. 숨어있는 핵심적인 의미로 성인을 하늘에서 내려보내 세상을 다스리는 것의 의미를 개천이라고 했네.

–성인聖人을 환인이라고 불 수 있습니까?

–깊은 관계가 있네. 성인도, 환인도 모두 수행을 해서 깨달은 사람을 말하네. 우리가 말하는 신선의 정확한 의미를 알 필요가 있네.

–산제사를 지낼 때 신선이란 의미를 말씀하시는 겁니까?

–그렇네. 신선神仙이란 본래 저마다 타고난 것을 따라서 자신의 참되고 영원한 생명력을 깨달아 세상에 선을 베푸는 것을 말하네.

–세상 속에서 이루어져야 하는 것이 신선이군요.

–그렇지. 도 수련을 통해서 깨달은 사람이 직접 선행까지 하는 것을 신선이라고 했지. 한데 난데없이 산속의 신선으로 변했네.

–이유가 뭘까요?

–이유야 간단하네. 힘에 밀린 것이지.

–불교를 말합니까?

–그렇지 불교와 유교에 밀린 것일세.

–우리 것이 밀리고 외래 사상과 종교가 들어온 것이군요.

–그렇지.

–성인이나 신선, 그리고 환인이 다른 것입니까. 아니면 깨달았다는 같은 의미입니까?

–구분하기가 애매하지만 차이는 있네. 살펴보세. 유교에서 소인–군자–성인의 단계가 있듯이 우리 전통사상에서도 단계가 있네.

이기가 잠시 시간을 두고 말했다.

–신선神仙이란 본래 저마다 타고난 것을 따라서 자신의 참되고 영원한 생명력을 깨달아 세상에 선을 베푸는 것을 말하는 것이라고 하지 않았나?

–예. 그렇습니다.

–깨달은 사람은 '개인開人' 이라고 했네. 그리고 깨달아서 실천하는 사

람을 신선이라고 하지.

–그렇다면 앞서 말씀하신 성인과 환인은 무엇이 다릅니까?

–성인은 세상에서 생활하는 깨달은 사람으로 본다면 환인은 정치적인 입장에서 바라본 지도자로 보아야 할 듯하네. 성인은 비정치적이라면 환인은 정치적인 인물로 왕, 즉 임금을 상징하기도 하지. 하지만 분명한 경계가 있는 것은 아닐세. 두 사람은 제법 걸어 주막에 들어갔다.

–지난번에 전佺에 대해 말씀하셨습니다.

이기가 나철에게 전佺에 대해 이야기했던 것을 기억해냈다. 전佺이란 '사람 인人+온전 전全' 이다. 즉 온전한 사람, 즉 모든 것을 갖춘 사람이란 의미라고 했었다. 환족들에게 온전한 사람은 수련을 통해서 득도한 사람이라고 했다. 도통해서 신선이 된 사람을 말하는 것이었다. 바로 환족의 상징적인 인물이고, 환족의 이상형이라고 했었다. 그래서 전佺이란 의미는 우리 민족이 가진 상징적인 단어였다. 수련으로 도통한 사람으로 역사에 관심을 가진 사람을 전佺이라는 의미였다.

–전佺과 환桓은 다른 겁니까?

–예리하군. 확실하게 기억하고 있구만. 대단하네.

–…

이기의 칭찬에 나철은 어색했다. 모르는 것이 너무 많았다.

–많이 다르네. 환은 정치적인 존재로 지도자 또는 왕을 말한다고 했지 않았나?

–그렇습니다.

–전佺은 후일에 우리 환족의 역사를 알고 있는 사람으로서 수행을 통해 깨달은 사람을 말하네.

–아하. 그렇군요.

–그래서 전佺의 옛 한자 뜻은 신선 이름 선이었네.

–조금 이해가 되지 않는 부분이 있습니다.

–이렇게 생각하면 되네. 수행을 통해 깨달은 사람인 것까지는 같네. 다른 것은 전佺은 후대에 잃어버린 역사를 알고 있는 사람으로 역사광복에 힘을 쓰는 사람을 전佺이라고 하네. 전인佺人이라고 할 수 있네.

–공부를 하면 할수록 어렵습니다.

–그것이 우리 역사의 매력일세.

–저도 그렇습니다. 수행하는 느낌이 들고, 지식인이 되어가는 기분입니다.

주거니 받거니 막걸리 잔이 오고 갔다. 두툼한 파전이 먹음직스러웠다. 두 사람은 이야기에 빠져 시간 가는 줄도 몰랐다.

–내가 오늘 보자고 한 이유가 있네.

이기는 오늘 정작 하고 싶은 말이 있었다.

술이 더 들어가기 전에 해야 하는 이야기였다. 술에 취하면 본론에 들어가지도 못하고 취할 수도 있었다. 조선인들은 술을 한 번 마시다 나라 이야기만 나오면 폭음을 일삼는 사람이 늘고 있었다.

홍범도, 처음으로 패하다

홍범도는 석굴의 구조를 잘 알고 있었다. 대원들을 이끌고 예정된 장소로 이동하고 있었다.

속도를 낼 필요가 없었다. 이미 밖의 상황과는 상관없었다. 동굴 안의 상황은 안정적이었다.

태양욱은 예정했던 도피로를 따라 이동하기 시작했다. 일본군의 추적이 빨라지고 있었다. 추적한 일본군을 향해 교대로 공격을 하면서 퇴로를 찾아가고 있었다.

냉골 사는 차도선이 추적하는 일본군을 맡았다. 다 이동한 후에 다음 소대인 2소대가 공격을 맡았다. 후퇴하면서 공격을 맡았다. 3소대가 일본군을 맡아 공격하고 있었다. 인원에서 너무 차이가 나 대적해서 정면 대응으로 싸우기에는 역부족이었다. 탈출하는 것만이 살길이었다.

3소대가 공격하고 있는 동안 지원소대가 통과할 때 홍범도 부대의 중간을 끊고 올라오는 일본군의 무리가 있었다. 지원소대와 3소대가 고립되는 순간이었다.

지원소대장인 허근이 소리쳤다.

–그냥 뚫고 가시오.

지체할 수 없었다. 지원소대는 앞을 맡아서 공격을 멈추지 않았다. 후미를 맡았던 3소대는 공격하면서 지원소대를 따라갔지만 이미 고립되어 가고 있었다

–각자 뚫고 가시오.

지원소대장이 외쳤다.

–살아서 집결지에서 만납시다.

3소대장 송상봉이 총을 쏘면서 외쳤다.

무리 지어서 전투를 할 경우 몰살 당할 수가 있었다. 촌각을 다투는 상황에서 각자 퇴로를 찾아갈 수밖에 없었다.

치열한 접전 상황에서 지원소대장이 총알에 맞았다. 부대원들이 다가갔지만, 지원소대장 허근은 이미 늦은 걸 알았다.

–나를 두고 가시오. 내가 끝까지 막을 것이오.

–부대원들이 허근을 부축하려고 하자 다시 소리쳤다.

–어서 가시오.

대원들이 후퇴하고 허근 혼자 남았다. 일본군들은 더욱 가까이 다가오고 있었다. 고립되었던 대원들의 상당수가 공격받기 시작했다. 치열했다. 한참 동안 총소리가 가득했던 후치령이 조용해졌다.

1소대장 차도선과 2소대장 태양욱이 만났다.

–대원들의 피해 상황은 어떻소?

–사상자가 없습니다.

차도선의 질문에 태양욱이 답했다.

–2소대는 어떻소?

–우리 소대는 이상 없습니다.

태양욱의 질문에 2소대장 차도선이 답했다.

—다행이오.

—3소대와 지원소대가 포위당했었는데 걱정됩니다.

—그렇소. 특히 지원소대장이 총상을 입은 것을 보았는데 걱정되오.

—일단 여기서 기다립시다.

태양욱과 차도선이 3소대와 지원소대를 걱정하고 있었다.

—일본군 유인을 책임졌던 홍대장님이 어떻게 되었는가 궁금합니다.

—위험속으로 들어갔던 홍대장님과 대원들이 어떻게 되었을까 걱정됩니다.

소대장들과 대원의 일부는 후치령에서 개마고원으로 이어지는 길을 잘 알고 있었다. 북청 일대에서 생활하고 활동했던 사람들이 다수 있었다. 기다리는 동안 소총을 정리하고 탄약을 점검했다. 그리고 중간 기점에서 기다렸다.

한참이 지난 후에 멀리에서 홍범도가 오고 있었다. 환호성을 질렀다.

—살아계셨군요.

—다행입니다.

모두 일어나 뜨거운 포옹을 했다.

—3소대장과 지원소대장이 보이지 않소.

—포위당했는데 아직 소식이 없습니다.

—아!

홍범도가 탄식을 했다.

—모두 고생했소.

비교가 되지 않는 수적 열세에 장비도 현저하게 차이가 났다. 산을 덮을 듯이 밀려오는 일본군을 보았다. 유격전도 통하지 않는 상황이었다. 지형을 선점해서 공격과 후퇴를 할 때 가능한 것이 유격전인데 산을 덮을 듯이 전면전인 공격에는 당할 수가 없었다. 예상을 훨씬 넘는 대대적인 공격이었다.

태양이 머리 위에서 뜨거웠다. 가을볕이 뜨거웠다. 새벽에 시작한 교전이었다. 시간이 제법 흘렀다. 멀리서 대원들의 모습이 보이기 시작했다. 다시 환호성이 터졌다. 대원들이 달려갔다. 부상당한 대원들을 부축해서 오고 있었다. 반가웠지만 상당수가 오지 못한 것을 확인했다. 지원소대장 허근이 사망했고, 중간 기점지에 도착하지 못한 대원들이 많았다. 상당한 손실이었다. 장비도 챙기지 못했다. 홍범도 부대로서는 처음으로 다수의 희생자를 냈다.

멈출 수 없는 행진은 계속되어야 했다. 집결지인 개마고원까지 한참을 가야 했다. 부상자를 데리고 가기에는 어려움이 있었다. 현재 상황으로는 치료도 받기 어려웠다. 생존이 급선무였기 때문에 다 버리고 올 수밖에 없었다. 홍범도는 결단을 내렸다.

-부상자는 여기서 돌아가시오. 부상자와 부상자를 보호할 대원을 뽑아서 민가로 이동하고 나머지 대원들만 최종 집결로 이동하겠소.

환자들을 민가로 내려보낸다는 것은 어려운 결단이었다. 하지만 상황이 너무 좋지 않았다. 치료받을 수 없는 상황에서 환자를 데리고 집결지로 간다는 것은 더욱 무리였다.

삼국사기에 놀라운 기록이 있다

전혀 다른 세상이었다. 전투가 벌어졌던 북청의 후치령과 역사로 길을 잃은 나라를 구하겠다는 피맛골 주막의 어수선함과 선조들이 말을 달리던 광개토대왕릉비를 찾아 만주벌판으로 달려가겠다는 세 사람의 길은 달랐다. 다 같이 나라를 걱정하고 있었지만, 방법이 다르고 길이 달랐다.

–우리 역사가 왜곡되었지만 상상하기 어려울 만큼 왜곡되어있다는 것을 보았네.

계연수가 입을 열었다.

–나도 느끼네. 공부할수록 '완전히 세상을 뒤집어 놓았구나.' 라는 생각을 하네.

이관집이 계연수의 말을 받았다.

–나는 황당하면서도 놀라운 것은 〈삼국사기〉의 기록이야.

계연수가 서두를 열었다.

–삼국사기 제46권三國史記 第四十六卷 155 최치원 조에 이렇게 적혀 있네. 고려백제전성지시高麗百濟全盛之時 고구려와 백제는 전성기에 강병백만強兵百萬 강한 군사가 백만이어서 남침오월南侵吳越 남으로는 오吳, 월越의 나라를 침입하였고, 북요유연제노北撓幽燕齊魯 북으로는 유주幽州의 연燕과 제齊, 노魯나라를 휘어잡아 위중국거두爲中國巨蠹 중국의 커다란 위협이 되었다.

–나는 거기까지는 몰랐네.

계연수의 이야기를 이관집이 놀라워하며 말했다.

–삼국사기에 있는 내용 원문 그대로 이야기한 것일세. 조금만 눈여겨 보면 놀라운 이야기가 많네.

–그렇다면 지금 설명한 오吳와 월越나라가 오월동주吳越同舟라는 고사성어에 나오는 나라 말인가. 중화의 남쪽 지방!

–그렇지. 그뿐만이 아닐세. 연燕나라, 제齊나라, 노魯나라라면 지금의 산동반도와 북경 근처가 아니던가?

–그렇네. 기록되어 있는 그대로를 이야기하는 걸세. 한마디로 정리하면 백제와 신라가 대륙의 동쪽에 있었다는 기록일세.

–놀랍군.

–놀라운 일은 이제 시작일세.

이관집과 이태집이 뜻밖의 사실에 놀라워하고 있는 것에 대해 이제 시작에 불과하다는 계연수의 말이었다.

–내가 이야기할 테니 조사해 보게.

계연수가 운을 뗐다.

–백제가 패망했을 때 5도둑부를 두었다고 했네.

–생각나네.

계연수의 이야기에 이태집이 답했다.

–5도둑부로 웅진 동명 덕안 금련 마한을 두었다고 했는데 지금 우리 땅에는 없네. 놀랍게도 제나라 노나라와 오나라 월나라 사이에 있네.

–그렇다면 삼국사기 제46권 최치원 조에 나와 있는 내용과 딱 맞는군.

–그렇지. 한 가지만 더 이야기하고 마무리하세. 이야기하면 답답하기만 하네. 계백장군이 황산벌에서 싸운 이야기는 잘 알고 있을 걸세. 우리 땅에 황산이 있던가?

–아하. 그렇군.

계연수의 이야기에 이관집이 답했다. 이태집은 귀를 기울여 듣고 있었다. 분명하게 황산은 지금의 중화 땅에 있었다.

–하지만 마찬가지로 제나라 노나라와 오나라 월나라 사이에 있네. 백제의 수도 웅진이 어디에 있었는지 아는가?

계연수의 말에 이관집과 이태집은 말없이 계연수의 말만 기다리고 있었다.

–태산太山 서쪽에 있었다고 나오네.

–아하.

계연수의 설명에 이관집과 이태집이 탄성을 질렀다.

–역기에 일식 같은 하늘의 현상이나 기상상황을 비교하면 중화의 현재 지명과 그대로 일치하네. 〈고구려와 백제는 전성기에 강한 군사가 백만이어서 남으로는 오吳나라와, 월越나라를 침입하였고, 북으로는 유주幽州의 연燕나라 제齊나라, 노魯나라를 휘어잡아 중국의 커다란 위협이 되었다〉라는 내용과 그대로 일치하지.

–조금만 더 이야기해주게.

계연수의 설명에 이관집과 이태집은 몰입하고 있었다. 너무 황당한 이야기였지만 삼국사기에 기록되어 있는 그대로를 설명하고 있어 반박이 있을 수 없었다. 계연수가 이야기하고 있는 역사적인 사실들을 흘리고 지나간 것이 오히려 아쉬웠다.

–그럼. 조금 더 살펴보세. 중국의 사서나 우리 삼국사기에 모두 같은 내용으로 기록되어 있는 것이 있네. 부여융扶餘隆이 고구리에서 죽었다고 되어있네.

–그렇지.

–부여융扶餘隆은 백제의 제31대 마지막 왕인 의자왕의 셋째 아들 아니던가?

–그렇네. 한데 부여융의 묘비가 발견된 곳이 북망산일세.

–북망산은 중화 화북평야 남부로 조금 전에 이야기했던 오나라 월나라와 연燕나라 제齊나라 노魯나라 사이에 있으니 정확하게 일치하는군.

–신라와 백제 그리고 고구려까지의 영역이 중화의 본토에 자리 잡고 있었다는 놀라운 기록일세. 전체를 종합하면 아귀가 딱 맞는다는 것이 더 놀랍네.

–진정 그렇네.

–우리의 역사 기록을 믿지 못하면서 중화의 기록은 맞다고 하는 사람들이 있다는 것이 슬프지.

–중화의 인물과 중화의 사상에 빠져 살면서 우리의 인물과 사상은 모르고 사는 현실이 안타깝네.

–그렇지. 노자와 장자는 알면서 우리의 태호복희와 염제신농은 모르

지. 불교와 유교는 알면서 우리의 신교에 대해서는 모르는 것이 현실일세.
–적어도 새로 연구해야 할 가치와 이유가 충분히 있다고 보네.
–그렇지. 진정한 선비라면 마음을 열어놓고 객관적인 눈으로 바라봐야 한다고 보네.
계연수와 이관집의 이야기는 선비의 책임으로까지 이어지고 있었다.
–우리의 기록과 중화의 기록 등 여러 정황을 종합할 때 백제와 신라는 대륙의 동쪽인 산둥 반도 일대에 자리잡고 있었을 가능성이 충분하다는 것이 내 생각일세.
–역사는 사료의 교차 고증과 발굴되는 유적을 객관적으로 분석하는 것이 필요하네.
계연수의 주장에 이관집이 원칙적인 역사인식을 말했다.
–아무리 우기면 무엇하겠는가. 이미 기울어진 마당에 물을 붓는 격일세. 영토싸움은 그만하고 우리는 대륙으로 가세. 선조들의 땅을 다시 밟아보세.
계연수가 화제를 바꾸자 분위기가 달라졌다.
–그래요. 대륙으로 말을 달려보시지요.
세 사람의 발길은 대륙으로 열리고 있었다.

이기가 나철을 불러 세운 것은 이유가 있었다. 술 한 잔하자는 것은 부담을 느끼지 않도록 하기 위한 배려였다.

–어찌할 셈인가?

나철의 진로에 대한 물음이었다. 지난번 조선인을 이끌고 갈 방안을 찾겠다고 한 바로 그 방안을 묻고 있었다.

–저는 종교를 만들 생각입니다.

–좋네.

나철의 말에 이기가 바로 마음을 전했다.

–저는 종교라고 해서 유교나 불교처럼 신앙의 대상에게 기도나 하는 것인 줄 알았는데 그것이 아니라는 걸 알았습니다.

나철의 이야기를 이기는 듣고 있었다.

–마음 수양이나 기 수련을 하는 것이 우리의 종교라는 걸 깨닫는 순간 이거다, 싶었습니다.

이기는 나철이 자신의 마음을 터놓고 이야기하도록 기다렸다.

–마음 수양도 하고, 기훈련도 해서 마음도 건강 몸도 건강해지는 것에 우리의 역사가 꿰뚫고 있으니 종교를 만들어 조선인을 깨어나도록 하겠다는 생각을 가졌습니다.

–좋은 생각일세.

이기가 자신의 마음을 보여주고 다시 입을 닫았다. 나철에게 하고 싶은 이야기나 알고 싶은 것이 있으면 물으라는 의미였다.

–저는 지금 부족하지만 역사공부를 더 하고, 말씀하신 수련도 시작했으니 곧 추진할 계획입니다.

–좋네.

다시 이기가 좋다는 의견을 말했다.

–좋다고만 하지 마시고 제게 도움을 주십시오.

나철은 이기가 좋다는 말만 이어가자 불만을 토로했다.

–홍망의 생각이 옳다는 말일세. 내가 해 줄 수 있는 건 한계가 있네. 결국 추진은 젊은 홍암이 해야 하네. 내 역할을 뒤에서 도와주는 역할이 다일세.

–역사에 대해서 입문도 제대로 못 한 상황인데 제게 맡겨만 놓으시면 길을 잃을 수 있습니다.

–그렇지 않네.

나철의 걱정을 단호하게 끊었다.

–지금 홍암이 결정한 내용만으로도 나는 가슴이 뛰네. 내가 하지 못한 일을 홍암이 해주고 있으니 고맙지.

이기의 솔직한 마음이었다. 자신은 역사의 은자로 역사를 공부하고 가슴에 간직한 채 살아왔다. 세상을 변화시킬만한 행동에 부족했음을 깨달았다. 하지만 나철은 달랐다. 과거에 급제해 벼슬을 얻었음에도 버렸다. 그리고 역사학당을 세웠다. 또한, 종교를 만들어 조선인을 교화하고 역사를 알게 하겠다는 것을 실천하고 있는 젊은이였다.

나철의 종교관은 확실했다. 우리 종교의 핵심은 자신이 스스로 자신을 만들어가는 인간 의지의 시험장 같은 것이 종교였다. 종교라기보다 심신수련의 도장 역할을 하는 것이 종교였다. 거기에 우리의 정신과 역사가 흐르도록 만들어진 것이 나철이 생각하는 종교였다.

–올해까지는 수련을 좀 더 하고, 수련의 의미가 무엇인가를 느껴보게. 그리고 역사공부는 책으로 만들 생각이네. 교재를 만드는 것은 나와 운초가 담당하겠네.

이기 자신과 계연수가 역사에 대한 부분을 담당해주겠다는 말에 나철은 큰 걱정 하나를 덜게 된 느낌이었다.

–오늘은 큰 사건 하나를 만들었으니 여담이나 하세. 인류 최초의 성이 무슨 성인지 아는가?

–글쎄요. 모르겠습니다.

–풍씨風氏와 강씨姜氏네.

–풍씨는 지금 조선에는 없잖습니까?

–그렇지. 풍씨는 태호복희의 성일세. 강씨姜氏는 치우천황의 아들들의 성씨이고.

–우리 조선에 사는 강씨들이 그걸 알까요?

–아마 모를 걸세.

–어떤 사람들은 중국 성이라고 하는 사람들도 있지 않을까요?

–그렇겠지. 역사를 잃으면 모든 것을 잃어버리게 되지.

–나라가 망하더라고 역사를 알면 다시 일어설 수 있을까요?

–당연하지.

이기의 당연하다는 확답에 나철은 마음이 조금은 놓였다.

–강씨에 대한 정확한 내용을 알아보세. 우리 성姓의 탄생은 단국에서 만들어졌네. 최초의 성은 치우에서 출발했지.

–치우천황을 말씀하십니까?

–그렇네. 치우천황!

나철이 뜻밖이라는 표정을 지었다.

–기록에 이렇게 되어있네. 〈치우가 강수姜水에 살면서 낳은 아들이 모두 강씨姜氏가 되었다. 강태공이 제나라를 다스릴 때 먼저 도술을 닦고, 천제지天齊池에서 천제를 올렸다. 강태공이 치우의 후손이다〉 한데 시대를 확인해 보면 풍風씨가 먼저라는 생각을 하네.

–왜지요?

–시대로 보면 태호복희씨가 살던 시대가 치우천황보다 먼저라네.

–아하. 그렇군요.

–기록에 치우의 강씨라고 했으나 다른 역사적인 이유가 있을 수는 있겠지.

역사에 숨겨지고 지워진 부분들이 있을 가능성은 얼마든지 있었다. 의도적인 누락일 수도 있고, 역사가 전수되어 오는 과정에서 빠졌을 수도 있었다.

–씨氏라는 의미는 무엇입니까?

−본래 씨氏는 열매를 말하네. 열매를 땅에 심어 다시 나게 하는 것이 씨지.

−사람에게도 씨가 있다는 의미군요.

−그렇지. 사람으로 이야기하면 다음 자손을 만들 수 있는 씨라네. 씨뿌린다고 하지 않나. 바로 그 씨일세.

−아하.

−남자는 씨가 있어 아저씨라고 하고, 여자는 아기주머니가 있어 아주머니라고 하는 바로 그 씨일세.

−그렇게 말씀하시니 아주 쉬운데요.

−그럼. 확실하게 알면 쉽네. 어설프게 알아서 어렵게 만드는 것이지.

−정말 그렇습니다.

이기의 설명에 나철은 확실하게 알았다.

−성씨를 가진 분들을 시대순으로 하면 태호복희는 풍씨風氏이고, 염제신농은 웅씨熊氏, 치우천황은 강씨姜氏일세. 그리고 황제헌원은 희씨姬, 소호금천은 금씨金氏네.

−아하. 그렇군요.

−우리나라에 여자 성씨가 둘 있네.

−여자 성씨가 있다고 하셨습니까?

−강姜씨와 안安씨지.

−아하. 여자 여女자가 들어가 있어서군요.

−역시 한학자답구만. 정답일세. 강씨의 한자인 강姜에서 알 수 있는 것

은 성을 만들 당시 강수姜水라는 지역은 목축 중에서 양羊과 깊은 관계가 있었고, 여자 여女가 있는 것을 봐서 모계사회 전통이 남아 있었다는 것을 말하네. 그리고 안安씨 성도 마찬가지로 모계사회의 전통을 가지고 있었던 부족이었을 걸세.

–우리의 근원을 찾아가는 공부는 은근 재미있습니다.

–우리 역사공부는 아편 같네. 빠져들수록 더욱 늪 같다네.

–인정합니다.

유쾌하고 흐뭇한 술자리였다.

홍범도 부대 이동하다

홍범도는 부상병들을 민가로 내려보냈다. 1소대장 차도선을 지정해서 통솔해서 민가로 내려가서 치료받도록 했다. 전투를 치르고 나서 홍범도 부대는 지쳤다. 집결지까지는 더 가야 했다. 이동 중에 쉬는 시간이었다.

–우리는 어디로 가고 있는 겁니까?

김수협의 질문이었다.

대원들은 모두 알고 있었다. 홍범도 부대는 아직 그런 일이 없었지만 다른 의병부대에서는 가족들이 수난을 당하는 일이 벌어지고 있었다.

의병을 자원한 사람들을 관군에게 밀고하는 일이었다. 의병활동을 막는 원인이 되고 있었다. 난감한 상황이었다. 나라를 위해 의롭게 일어났지만 지금 싸우는 것이 진정 나라를 위한 일인가 싶은 상황으로 전개되고 있었다.

조선 땅에서 홍범도 부대보다 일본군이 더 당당하게 활동하고 있었다. 조선 관군이 의병을 때려잡는 상황이기 때문이었다. 홍범도의 부대는 일본군과 조선 관군 양쪽에게 협공을 당하고 있었다. 조선 백성들의 입장도 어려워지고 있었다. 홍범도 부대를 위하여 행동하는 순간 관군의 표적이 되었다. 바로 잡혀가 처형을 당하거나 어려움을 당해야 했다. 나라가 어디로 가고 있는지 가늠하기 힘들었다. 홍범도 부대뿐만이 아니라 조선에서 일어난 의병들은 설 곳이 없었다.

–우리는 일단 집결 장소인 개마고원으로 이동하지만 다음 향배는 알 수가 없네. 너무도 곤란한 상황으로 변하고 있네.

모두 알고 있었다. 나라가 망했다면 나라의 독립을 위해서 싸울 명분이 있었지만, 지금의 혼돈스러운 상황은 목표를 잃고 있었다. 누가 우리의 적인가. 일본군인가, 조선 관군인가, 조선의 왕과 조정인가. 조선에 일반적으로 들어온 일본군은 침략군이었다. 그리고 홍범도의 부대를 공격하는 관군은 적으로 간주해서 싸울 수밖에 없으니 일단은 적이었다. 그리고 나라를 책임지지 못하고 일본의 주장을 수용해 홍범도 부대와 조선의 의병을 관군이 공격하도록 하고 있는 조선의 왕과 조정도 적이어야 하는가에 대한 난감함이었다.

홍범도 입장에서 주적이 있어야 싸울 수 있다. 싸울 명분이 있어야 위험을 감수할 수 있다. 싸울 명분이 필요했다. 어려운 과제였다. 일본군과 조선의 관군과 조선의 왕 중에서 누가 주적인가.

전봉준의 농민봉기 때와는 분위기가 달랐다. 탐관과 오리들을 척결하기 위해 일어난 봉기는 파급력이 빨랐다. 억울하게 당하고 짓눌려서 살아온 응어리를 풀기 위해서 일시에 일어났다. 하지만 지금은 달랐다. 관군은 이미 조선의 군사가 아니라 일본군의 지휘를 받는 부대 같았다. 일본군과 싸우는 의병을 공격하는 것이 관군이었다. 조선인들은 조선의 자주권을 원했지만, 조선인들에게 조선의 자주가 다시 백성들을 약탈하는 조정이 될지도 모른다는 불안감을 가지고 있었다. 그리고 왕정 외에 겪어보지 못한 조선인으로서 어떤 선택을 해야 할지도 몰랐다.

조선의 문제는 조선의 자주권이 어떤 세상을 만들어줄 것인지 불안했고, 조선의 멸망하면 어떠한 세상이 도래할 것인지 예측하는 사람이 없었다. 나라는 식물인간처럼 살아있었지만, 백성에게 어떤 도움도 되지 못했다. 믿고 의지했던 청나라는 일본에 졌다. 그리고 얕잡아 보던 일본의 힘은 강했고, 일본이라는 나라를 통해 만나는 세상은 개벽이었다. 과학이라는 낯설고 놀라운 세상, 노비가 없는 세상이 있음을 보고 놀랐다. 그토록 조선의 노비와 천한 신분의 사람들이 원했던 자유를 일본인들은 누리고 있는 것을 보았다. 군권이 일본을 지배하고 있었지만, 조선의 왕정과는 전혀 다른 정치제도를 가지고 있었다. 미워하면서 부러워하는 것이 일본을 보는 눈이었다. 한 수 아래로 보고 있던 일본에 당하고 있는 것이 분했지만 인정할 수밖에 없는 현격한 차이였다.
상상할 수 없었던 놀라운 세상을 일본을 통해서 들어왔고, 받아들여야 하는지 버려야 하는지를 놓고 공방하느라 조정은 해가 뜨고 날이 저물었다. 길을 잃은 난파선이 조선이었고, 길을 잃은 난파선에 타고 있는 사람들이 조선인이었다.
홍범도의 부대라고 예외일 수가 없었다. 강한 부대였고, 강한 결속력을 가진 홍범도의 부대였다. 하지만 최근 들어 의병활동이 크게 제약을 받고 있었다. 조선인들은 민족과 조국이라는 의식의 상당 부분을 잃어가고 있었다. 조선의 왕과 조선의 관리들은 무엇을 하고 있느냐는 성토였다. 조선을 구하자는 말은 무성한데 조선의 왕을 위하여 우리가 싸워야 할까라는 의문이었다. 분명하게 조선의 환경이 바뀌고 있었다.
–우리 모두 치열하게 자신의 생각을 말해보세. 그리고 결론이 날 때까지 토론해 보세.
홍범도가 결론이 날 때까지 토론할 것을 제안했다.
–우리가 나라를 구하고자 일본군과 싸우고 있을 우리 조선의 왕은 관군을 보내 의병들을 잡고 있습니다.
–조선의 관리들은 백성을 위해 일하는 것이 아니라 일본의 이익을 위해 일하고 있습니다.
–우리가 무언가를 위해 싸우고 있는 실체가 조선의 왕입니까. 아니면 조선의 백성입니까. 어느 것도 아닌 것 같다는 생각이 듭니다.
–나라가 망한 것도 아니고, 나라가 있는 것도 아닌 지금의 상황에서

목숨을 걸고 싸우는 우리는 정당한가에 대한 생각으로 머리가 복잡합니다.

홍범도는 듣고 있었다. 그리고 알고 있었다. 비슷한 생각을 가지고 있었다. 결국은 터트려서 다시 새살이 돋아야 하는 상황이었다. 무엇보다 명분이 있어야 싸울 수 있었다. 자발적으로 지원해서 만들어진 부대였다. 국가에서 관리하는 것도 아니고, 싸우다 죽어도 누구 하나 의로운 일을 했다고 박수 쳐줄 사람이 없었다. 적어도 지금의 상황에서는 그랬다. 오히려 밀고 당하면 처형당할 수 있는 위험한 일이었다. 숨어서 의로운 일을 하는 사람에게 목적이 있어야 했다. 지금 의병들이 힘들어하는 것은 일본군을 공격하는 것이 조선에 도움이 될까하는 의구심이었다. 조선을 조선의 왕이나 조정의 관리로 보아야 하나, 조선의 백성으로 보아야 하는가에 대한 어려움이었다. 조선의 왕이나 관리가 아니라면 당연히 조선의 백성이어야 한다. 하지만 조선의 백성은 의병들이 생각하고 있는 것과 비슷한 생각으로 혼란스러웠다. 일본이 조선을 괴롭히고 있다면 조선은 일본과 싸워야 하는데 조선은 일본군을 돕고 있다. 더구나 친일과 친청파 간에 치열하게 싸우고 있었다.

차도선이 이끄는 부상병들이 산에서 내려와 민가로 접어들고 있었다.

산에서 작은 밭을 일구고 있는 산사람을 만났다.

–수고하십니다.

–예. … 아이쿠.

차도선의 목소리를 듣고 돌아보다가 깜짝 놀라는 표정이 역력했다.

다친 사람들이 몇 명이나 되는 것을 보고 놀랐다. 더구나 그들의 손에는 총이, 어깨에는 탄약이 걸려있었다.

-도와주시오.

조선의 관군이 아니라는 것을 직감했다.

-얼른 따라 오시오.

산사람이 마을 이장을 소개해 주었다. 이장이 나와 적극적으로 도와주었다. 마을 사람들을 불러 밥을 짓고, 약초를 달였다. 마을이 시끄러웠다.

-어쩌다 이렇게 다치셨소.

-일본군으로부터 공격을 받았소.

마을 여인이 대원에게 묻자 대원이 사정을 이야기했다.

-그놈들은 왜 선량한 우리 조선인을 공격한단 말이오.

-조선을 괴롭히고 있는 일본군을 공격하려고 모인 사람들이 우리들이오.

-아하, 그랬군요.

-그런데 어디서 싸웠길래 우리가 모르지요.

-북청 후치령이오.

-아하, 그랬군요. 우리는 아무것도 몰랐지요.

북청에서 백 리는 떨어져 있는 마을이었다.

2. 역사의 땅, 대륙의 길

선조의 땅, 대륙을 달리다

계연수와 이관집과 이태집 형제는 압록강을 건너고 있었다. 고려가 일대 결전을 준비하고 최영을 팔도도통사八道都統使로 임명하고, 조민수를 좌군도통사, 이성계를 우군도통사로 삼아 출전했다. 적군과 싸우기 위해 출전했던 장수가 군을 돌려 자국의 왕을 공격하는 역사에서 보기 드문 사건이 벌어졌다. 반군의 핵심에 이성계가 있었다. 이성계는 철저하게 강한 나라에 머리를 조아리는 사대에 충실했다.

–스스로 소국을 선택한 사람이 이성계입니다.

이태집이 강하게 말했다.
–작은 나라를 인정할 수는 있으나 작은 나라가 큰 나라를 공격할 수 없다는 속 좁은 사람이 만든 나라가 조선이 맞네.
이태집의 말을 받아 이관집이 말했다.
이태집과 이관집은 천손의 자손으로 대륙을 달리던 크고 높았던 꿈은 사라지고 반도로 갇혀 소국을 스스로 선택한 사건으로 보았다. 명나라를 향해 들었던 칼을 자신의 주군에게 향하면서 이성계는 선언했다. 이른바 전쟁불가론이었다. 첫째 작은 나라가 큰 나라를 거스르는 일은 옳지 않다. 둘째 여름철에 군사를 동원하는 것이 부적당하다. 셋째 요동을 공격하는 틈을 타고 왜구가 창궐할 것이다. 무덥고 비가 많이 오는 시기이므로 활의 아교가 녹아 풀어지고 병사들이 전염병에 걸릴 염려가 있다는 4불가론四不可論을 들고 말을 돌려 고려의 왕을 공격하기 위해 개경으로 달렸다. 명나라의 요동遼東을 공략하기 위해 출정했던 이성계 등이 위화도에서 회군해 우왕을 폐위시키고 정권을 장악한 반란 사건이었다. 반란은 개인적인 정권탈취의 욕망도 있었지만, 역사적인 반란이기도 했다. 대륙의 역사를 버리고 스스로 반도로 갇히는 역사적 반란이기도 했다. 조선은 이후 철저하게 대륙의 역사를 버렸다.
스스로 작은 나라를 자청하는 자를 따른 군사와 성리학의 신봉자들이 만든 나라가 조선이었다. 조선 500년 동안 대륙의 역사를 기록한 서적은 불온한 책으로 수거했다. 수거에 응하지 않고 숨기거나 유통하는 자는 참수했다. 자신의 웅혼한 역사를 간직하는 것을 죄로 여긴 역사적 반란이 조선 내내 이어졌다.

-가슴이 벅찹니다. 이성계가 대륙을 버리고 반도로 갇히는 역사의 반란을 일으켰던 장소가 이곳이군요.

이태집이었다.

-나는 조선 500년 동안 우리의 위대한 기록을 적은 책들이 끈질기면서도 집요하게 수거해 조선 땅에서 사라지게 한 첫 단초를 제공한 사람이 이성계라고 봐.

이관집이 다시 이태집의 말을 이어서 말했다.

세 사람은 말을 빌려서 타고 가고 있었다. 말을 올라타고 대륙을 달려볼 심산이었다. 거칠고 험한 대륙이지만 선조들이 살았고 역사를 만들어온 땅을 달려가고 싶었다. 계연수와 이관집, 이태집은 이성계가 회군했던 요하를 건너고 있었다. 요하의 지류를 서압록과 동압록으로 나누었다. 압록강을 건너면서 세 사람은 감회가 새로웠다. 이성계는 위화도 회군으로 약한 나라, 작은 나라를 스스로 선언한 꼴이었다. 이성계가 대륙 회복의 꿈을 버렸던 압록강을 건넜다.

-이제 우리는 이성계가 회군한 압록강을 건너고 있네.

이태집이 이성계를 거론하며 앞서서 압록강을 건너고 있었다.

-대륙은 우리의 고향일세.

계연수도 마음이 흥분되어 말했다.

-맞아요. 우리의 역사와 문화, 그리고 문화유산이 그대로 살아있는 곳입니다.

계연수의 말에 이태집이 조금 흥분된 목소리로 말했다.
-우리는 역사가 살아있는 현장으로 들어가는 거야.
이관집이 강하게 역사의 현장성을 말하며 달려나갔다.

업業, 낭郎, 백伯은 일을 맡은 사람이다

운을 뗐으니 고민해보세.
-방향성을 찾았습니다.
조선인에게 역사를 알려 민족의 자주성을, 역사의 자주성을 심어주기 위해 전통종교를 다시 살리는 방법을 생각했다. 몸으로는 수련을, 마음으로는 깨달음을 찾아가는 수행이 바로 환족의 전통종교였다. 이기와 나철은 마음속에 조선인의 마음에 환족의 역사로 밝아지게 할 것을 다짐했다.
교주가 필요한 것도 아니었다. 불교나 유교, 그리고 새로 들어온 서학이라는 이름을 가진 기독교처럼 신앙의 대상으로 개인이 아니었다. 교리도 따로 필요하지 않았다. 환족의 역사를 복원해 알려주면 되었다.
-사실 저는 역사에 대해 깊게 생각한 적이 없었습니다. 더구나 중화의 인물에 대해 중요하게 이야기하는 것이 이상하지 않았습니다. 우리의 것이 있는 줄도 몰랐습니다.

–우리 조선인 대부분이 홍암과 같은 생각을 하고 있을 걸세.

–지금 우리가 가지고 있는 위대한 흔적들이 모두 중화의 것으로 알고 지냈습니다. 한자도 중국 것, 천자의 나라도 중국 것, 지금 우리가 향유하고 있는 문화도 중국 것으로 알았습니다. 문명의 근원이 환족의 것임을 비로소 알았습니다.

–이제라도 알았으니 고마운 일일세. 그것을 세상에 펼치고 알리는 것은 홍암과 우리 역사학당의 사람들일세.

–천천히 그러나 크게 추진하겠습니다.

환족 역사의 전파를 이기는 추진력이 뛰어나고 배포가 큰 나철을 지목했다. 나철은 기개도 있었고 사심이 없는 사람이었다. 민족과 나라만을 생각하고 있었다. 민족과 나라를 위해 할 수 있는 무엇인가에 대해 고민하고 있었다. 나철은 이기를 만나면서 민족과 나라에 필요한 것이 역사라는 것을 깨달았다.

–우리의 기록에 많은 것들이 살아있네. 업業이라고 하면 무슨 생각이 나나?

–살면서 한 모든 행위를 말하는 것이 아닙니까. 그래서 전생의 업을 현생으로 받고, 현생의 업으로 다음 생을 받는다는 것 같은…

나철이 조금 조심스럽게 답했다.

–업業은 행위가 맞네. 지금은 업을 직업의 의미로도 쓰고, 선업이나 악업이라고 해서 행위에 대한 기준을 이야기할 때 사용하기도 하지.

–그렇지요.

–선악의 업을 지으면, 선악에 상응한 고락苦樂으로 되돌아온다는 과보果報는 불교에서 강하게 주장하고 있는 내용일세. 착하게 살라는 가르침이지.

–예.

–업을 정의한 고대의 기록이 있네. 업이라는 처음의 의미가 무엇인지를 아는 것도 의미가 있을 걸세.

–그렇게 생각합니다.

–업業은 곡식 종자를 심어 가꾸고, 재물을 다스리는 일을 주관하는 사람을 업이라 했네. 업業은 임무를 맡은 사람을 말했지. 그것이 부여된 과업으로 되었고, 일, 직업, 학업 같은 것으로 변화되었네. 나중에는 좀 전에 이야기했던 것처럼 종교적인 업의 의미를 가지게 되었네.

–말은 살아있는 생명체와 같습니다. 시대와 상황에 변합니다.

–그렇지. 우리가 화랑이라고 할 때 '낭郎'은 백성을 교화하고 형벌과 복을 주는 일을 맡은 사람을 말하고, 지금 많이 사용하고 있는 '맏백伯'은 백성을 모아 산신께 공덕을 기원하는 일을 주관하는 자를 백이라 했네. 지금은 '맏'이라는 의미와 더불어 '첫'이라는 의미, 그리고 우두머리라는 뜻으로 다원화되었지.

–업業, 낭郎, 백伯이 모두 일을 맡은 사람을 말했군요.

–그렇네. 그것이 전체를 아우르는 의미로 확장되었다고 할 수 있네. 그리고 핵심적인 일이어서 세습되었네. 그것을 삼랑三郎이라고 하지.

–이런 것을 어떻게 아십니까. 신기합니다.

–신기할 것 없네. 기록이 남아 있네.

–궁금한 것이 있습니다. 김씨는 어디에서 온 것입니까. 중화에서 왔다고 하는데 그것이 맞습니까?

나철이 갑자기 생각이 났는지 화제를 바꾸었다. 지난번에 인류 최초의 성씨에 대하여 이야기했던 것이 생각났다. 그러면서 갑자기 김씨에 대해 궁금해서 혼자 있을 때가 떠올랐다. 조선의 성씨 중에 반을 차지하는 김씨에 대해 알고 싶었다.

–김씨 성을 이야기하려면 소호금천少昊金天이라는 인물을 이해해야 하네.

–소호금천이요?

–그렇네. 소호금천 뜻을 생각해보게.

–소호금천少昊金天이라고 하면 우선 떠오르는 것이 작은 하늘이라는 의미이거나 젊은 하늘이라는 의미가 아닐까 싶습니다. 금천金天은 소중하게 생각하는 금金과 하늘을 연결한 것으로 보입니다.

–우선 소호少昊에 의미가 들어있네. 역사의 묘한 면이 담겨있네.

–흥미진진한 이야기 같습니다.

–그럴 수 있네. 치우천황을 알지 않나?

–예, 공부한 바 있습니다.

–치우와 적대적인 관계를 가진 인물이 누군지 생각나나?

–예. 황제헌원입니다.

–역사의 역설은 여기에서 출발하네. 소호금천은 황제헌원에게 두 아

들이 있었네. 맏아들이 자字는 청양青陽이고, 성姓은 희姬씨였네. 소호가 궁상窮桑이란 곳을 다스리다가 제위에 올라 곡부에 도읍을 정했다는 것이 〈제왕세기〉에 나와 있네. 그리고 사마천이 쓴 사기에도 헌원의 맏아들이 현효玄囂, 청양青陽이라고 기록되어 있지. 우리가 알고 싶은 것은 소호금천이란 이름은 태호복희에서 따온 이름이라는 걸세.

–아하. 그렇다면 태호太昊는 큰 하늘이니 태호복희를 숭상해서 자신은 태호복희를 따르는 작은 하늘이라는 의미로 소호少昊라고 했다는 말씀이시군요.

–그렇지.

–황제헌원이 동이족 아니던가?

–그렇습니다. 황제헌원은 토착민이라고 기록되어 있네. 배달민족인 치우천황과 토착민인 황제헌원이 전쟁을 했지. 특별한 것은 소호금천은 아버지인 황제헌원의 계통을 이어받은 전욱고양이라는 인물과 대립관계로 있었네. 오직 태호복희의 뜻을 따랐지.

–배달민족의 전통을 이은 태호복희의 길을 따라간 소호금천이 결국은 아버지의 뜻을 거스르면서까지 다른 길을 걷게 된 것을 역사의 묘한 면이 담겨있다고 말씀하신 거군요.

–그렇네. 다시 설명하면 좀 복잡하지만 천천히 살펴보게.

–예 알았습니다. 김씨는 치우천황과 대적했던 황제헌원의 맏아들인 소호금천의 성이 희熙씨였다고 했네.

–이해되나?

–예. 이해됩니다. 그것이 이상했습니다. 소호금천의 성씨가 희씨라고 했는데 김씨로 바뀐 것이 이해가 되지 않았습니다.
–그렇지. 중요한 것은 성이 바뀌는 것일세. 소호금천이 왕에 올라 곡부에 도읍을 정했다고 하지 않았나.
–그렇습니다.
–바로 여기 즉위하고 나서 소호금천이 금덕金悳에 의해 임금이 되었다고 하여 금천金天이라고 이름을 바꾸었지. 김씨의 원래 성은 '금金' 이었지만 후일 '김金' 으로 바뀌었네. 어느 성씨보다도 복잡하고 변화가 있었네.
–아하. 이제 이해가 됩니다.
–성이 금씨에서 김씨로 바뀐 것에도 분명한 사연이 있네.
–금씨가 김씨가 된 것이라는 말씀이십니까?
–그렇네.
–김씨 성은 원래 금씨로 신라는 물론 고려시대까지 썼지. 그러다 조선에 와서 김씨로 성이 바뀌었네.
–그게 가능합니까?
–가능하고도 남지. 태종 같은 인물이 조선에 있었네. 음양오행설에 의해 쇠금金을 김으로 발음하게 했던 것일세. 이씨李氏 나라인 조선에서 이李씨의 나무목木을 금金이 누른다는 이유로 금金을 김으로 바꿔 부르게 된 것일세. 정사에는 없는 내용이니 편하게 생각하면 되네.
김씨의 내력은 소호금천이란 인물이 가장 중요한 인물이었다. 황제헌원의 맏아들로 희씨성을 가졌다가 왕에 즉위하면서 금덕金德의 힘으로 즉위했다고 해서 금천金天이란 이름으로 바꾸었는데 그것이 금씨의 출발이었다. 후일 금씨는 김씨로 다시 성을 바꾸었다. 긴 설명을 나철은 지루함이 없이 들었다. 그만큼 역사를 알아야 하는 막중한 짐을 지고 있었다.

–하나 더 묻겠습니다. 일반적으로 알고 있는 김수로왕과 감알지는 어떻게 이해해야 합니까?

나철은 이기의 설명을 듣고 소호금천에서 더 올라가 황제헌원과 연결되는 김씨의 근원이 이해되었다. 한데 김수로왕과 김알지는 소호금천과 어떤 관계인지가 밝혀지지 않은 것을 질문했다.

–아하, 그렇군. 궁금하겠지.

이기는 소호금천과 신라의 김씨들은 어떻게 이어졌는가를 설명해야 했다.

–〈삼국사기〉에 전하는 김유신 비문에는 '김유신이 헌원지예軒轅之裔요 소호지윤小昊之胤이라' 고 전하고 있네. 김유신은 황제헌원의 후예이고, 소호금천의 자손이라는 말일세. 지금 조선에서 "김씨가 한몫 끼지 않은 우물은 없다."는 속담이 있잖은가. 김씨는 조선에서 인구가 가장 많은 성씨일세. 그래서 이러한 내용은 여러 곳에서 밝혀졌네. 그건 개인적으로 알아보게.

–예. 알겠습니다.

–김씨는 김수로왕계의 김해 김씨와 신라의 김알지계의 신라 김씨 계통

이 있네.

–그 외에도 귀화한 김씨도 있습니다.

–그렇네. 세월이 흘러 다시 한번 연결되는 사람이 김일제金日磾일세. 김일제는 흉노의 왕자였다가 무제武帝에게 잡혀 투정후秺亭侯 또는 투후秺侯라고도 하는 벼슬을 한 인물일세. 김일제의 후손이 신라의 김알지일세. 그리고 같은 후손을 가야의 김수로왕으로 보면 되네.

–생각보다 복잡하군요.

–그렇네. 하지만 신라 문무왕의 비문에 구체적으로 적혀있네. 〈투후秺侯 제천지윤祭天之胤〉 즉 투후를 조상으로 모시고 하늘에 제사를 지내는 후손이라는 의미일세.

–정리하면 김씨는 황제헌원의 희씨姬氏에서 출발해, 소호금천에 이르러 금덕金德을 입었다 하여 성을 금씨로 바꾸고, 이어져 내려오다가 흉노의 왕자였던 투후秺侯 김일제金日磾의 후손이 하나는 신라의 김알지로 이어지고, 또 하나의 갈래는 가야의 김수로왕으로 나누어졌다는 것이군요.

–그렇지. 홍암은 정리의 달인일세.

–금씨와 김씨의 관계는 또 어떻게 되지요?

–정확한 내용은 아닐세. 김씨는 처음에 금덕으로 금씨라고 하지 않았나. 금씨는 실제로 금을 숭상해서 금을 최고의 보물로 여겼지. 신라에 많은 왕들이 있지만, 김씨 성의 왕들에게서 금 유물이 유독 많이 발견되네.

–그렇군요.

–하던 이야기를 계속하겠네. 김씨는 고려 때까지 금金씨로 불렸다고 하네. 음양오행을 따져보니 김씨가 이씨 조선을 무너뜨릴 것이라는 불길한 소문이 있어 태조 이성계의 명으로 쇠금이 아닌, 성姓김으로 바꿔 불렀다는 설이 있지.

광개토대왕 비 답방

조선인은 난파선에 올라탄 사람들이었다

부상병을 이끌고 내려간 차도선의 부대가 마을의 도움을 받아 휴식을 취하고 있었다.

산에서 처음 만났던 산 사람이 찾아왔다.

–얼른 피해야 할 것 같소.

–어쩐 일입니까?

산 사람의 말에 차도선은 물어보면서 바로 알아챘다. 누군가 밀고를 했다는 말이었다.

–마을 사람 중에 한 사람이 마을을 내려가는 것을 보았는데 분명 밀고를 하러 간 것이 틀림없소.

–알았습니다. 바로 자리를 뜨겠습니다.

차도선은 대원들을 소집했다.

–즉시 떠나겠소. 준비들 하시오. 이장 집 앞으로 집결시키시오.

차도선과 좀 나은 대원을 시켜 집집마다 알렸다.

이장집 마당에 집결한 대원들을 재촉해 산으로 자리를 옮겼다. 산 사람과 이장은 얼굴에 미안한 표정이 그대로 담겨 있었다. 서둘러 마련한 주먹밥과 대원들에게 쓸 일용품들을 마련해 가지고 왔다.

–도와주지 못해 미안하오.

–사정이 딱하게 되었소. 정말 안됐소.

나이 지긋한 이장과 산 사람이 진정으로 마음을 담아 말했다.

차도선은 대원들과 자리를 떴다.

–우리가 이런 대우를 받아야 합니까?

팔에 부상을 입은 대원 한 명이 불만을 터뜨렸다.

차도선도 같은 마음이었다. 하지만 마음을 누그러뜨리려고 마음을 다잡았다.

–마을 사람들 모두가 그런 것이 아니라 한 사람이 그런 것일세. 참게.

–그래도 그렇지 이건 아닙니다. 우리는 나라를 위해 일어난 사람들입니다. 목숨까지 걸고 싸운 사람들에게 이러면 안 되는 겁니다.

무슨 사고라도 칠 것 같은 분위기였다.

–이야기하지 않았나. 마을 사람들이 그런 것이 아니라 한 사람이 한 짓일세. 그리고 마을 사람들은 지금도 우리를 도와주려고 적극 지원하고 있지 않나.

정말 길지 않은 기간 동안 조선인들의 마음은 흔들리고 있었다. 누구 편도 아니었다. 조선은 백성을 위하여 무엇을 해주었나, 라고 생각했고, 일본군이 저지른 행위에 강한 적대감을 가졌으나 일본을 통해서 들어오는 놀랍고 새로운 세상은 배워야 하는 것들이었다. 그리고 믿었던 청나라는 종이호랑이에 불과했고, 고루한 과거의 것들이라는 생각이 지배적이었다. 관군과 관청은 아직도 과거에 머물러서 백성들을 상대로 착취를 하고 폭정을 하고 있었다. 조선의 백성들은 누구도 믿을 수 없었다. 그래서 조선의 백성들은 파가 나뉘고, 생각이 나뉘고, 다른 미래를 가지고 있는 백성의 모임이었다. 백성의 마음이 어둠을 헤매고 있었다.

홍범도 부대, 주적을 잃다

홍범도는 개마고원으로 이동 중이었다. 홍범도는 역사의 현장에 있는 사람이었다. 일본과 대적하고 있는 사내였다. 조선의 희망이었지만 조선 조정의 제거 대상이기도 했다. 조선인을 흔드는 감정의 기류는 예측하기 어려웠다. 전봉준의 농민봉기는 분명하게 조선의 왕과 조선의 관리들의 폭정과 수탈에 항거하기 위해 일어났다. 예기치 않은 변수가 나타났다. 조선의 왕과 관리들을 향해 일어난 폭정과 수탈에 대해 항거가 일어난 것을 빌미로 청나라와 일본이 조선을 침략했다. 갑자기 상황이 바뀌었다. 농민봉기가 갑자기 일본군과 싸우는 의병으로 성격을 바꾸었다. 나라를 먼저 살려야 하는 것이 먼저라는 애국에서 나온 변경이었다.

더욱 예기치 못한 상황은 일본의 조선 침략으로 조선인에게는 상상 못할 세상이 왔다. 노비 해방이 일어났다. 조선의 노비들이 500년 동안 꿈꾸었던 이상적인 나라가 찾아왔다. 일본의 침공에 놀란 왕과 조정 대신들이 개혁을 했다. 하지만 개혁의 중심에는 일본의 입김이 작용했다. 또한, 과학이라는 놀라운 세계가 펼쳐지고 있었다. 조선 백성들은 알았다. 조선이란 나라가 개혁을 하는 것이 백성들을 위해 한 것이 아닌 일본이 일본의 이익을 위해 강압으로 조선의 개혁을 끌어냈다는 것을. 조선 백성의 반이 노비였다는 현실에서 일본은 밉지만 미워할 수만 없는 나라였다. 그리고 조선이란 나라가 가난하고 뒤처진 나라라는 것을 처음으로 알게 되었다.

그럼에도 일본은 조선의 왕비를 죽이고, 조선을 무단으로 침공한 나라였다. 조선의 선비들은 반으로 나뉘었다. 청나라보다 훨씬 앞선 문명을 가지고 있는 일본을 배우자는 친일파와 그래도 신의를 지키며 서서히 개혁하며 청나라와의 관계를 유지하자는 친청파였다. 확실한 것은 일본이 청나라를 상대로 전쟁에서 승리했다는 것이다. 일본을 배워야 할 선진국으로 받아들일 수밖에 없었다. 조선 백성들은 흔들렸다. 조선을 침공한 일본군을 공격하는 것은 정당하지만 일본을 공격하는 것이 옳은 일일까. 세상은 개벽할 만큼 바뀌고 있었다. 전혀 새로운 세상으로 바뀌고 있었다. 말이나 소가 끌고 다니는 마차가 다니던 길에 저 혼자 가는 자동차가 생기고, 촛불을 켜는 세상에서 전기불이 들어오는 놀라운 세상으로 변모하고 있었다. 양반과 상민으로 나누어진 신분사회가 사라졌다. 그리고 노비와 천민이 대다수 차지하고 있어 고달팠던 세상에서 신분의 차이가 없는 개혁이 찾아왔다. 새로운 변화는 반가웠고, 다시 과거로 돌아가고 싶지 않았다.

-이제 우리는 결정해야 합니다.

난상토론으로 치열하게 토론을 했지만 결론은 나지 않았다. 의병활동이 타당한가에 대한 찬반토론이었다. 일본군으로부터 공격과 관군의 공격, 두 거대집단의 공격을 감당하기 어려웠지만, 문제는 조선 백성들 마음의 향배였다. 전봉준의 전주 농민봉기 때는 백성이 호응했다. 그리고 전봉준의 농민군이 의병으로 방향을 틀었을 때도 조선 백성들은 의병을 지지했다.

하지만 지금은 달라지고 있었다. 이미 상당 부분 달라졌다. 이제 적은 일본군이었다. 일본이 아니었다. 조선의 왕과 부패한 관리들이 다스리는 왕정으로 다시 돌아가는 것은 인정하고 싶지 않았다. 자유 신분에서 다시 노비로 돌아갈 수 없었다. 자동차가 다니는 것을 본 조선인들이 다시 소가 끄는 마차의 시대로 돌아가고 싶지 않았다. 핍박만 받아온 조선 백성들에게 원하는 일이든 원하지 않는 일이든 새로운 세상으로 바뀌고 있는 것이 일본의 영향이었음을 알고 있었다. 확실한 것은 일본이 적이 아니라 일본군만을 적으로 생각하고 있는 괴리현상이었다. 아마 조선이 패망했다면 일본과의 전쟁이 명분 있고 당당했을 것이다. 하지만 조선의 왕정은 살아있었다. 부패한 왕정이었고, 버리고 싶었던 왕정이었다.

–일본군을 공격해서 우리가 승리한다면 조선의 왕정은 부활할 것입니다.

평생 선배 같은 대원인 이호종이 말했다.

–그렇더라도 일본군을 공격해서 조선에서 내쫓아야 합니다.

2소대장 태양욱이었다.

–조선이 망하는 것은 원치 않지만, 조선이 다시 왕정으로 돌아가 노비로 살고, 천민으로 살고, 가난하게 사는 것도 원치 않습니다.

밤말 사는 이재인이었다.

–지금 우리가 결정해야 할 것은 우리 부대의 해산이냐, 계속해야 하느냐를 결정해야 하는 어려운 일이오.

홍범도의 목소리에는 비장함이 있었다.

–누구를 적으로 싸워야 하느냐에 대한 것이나 마찬가지라고 생각하오. 관군이 주적이냐, 일본군이 주적이냐를 결정해야 하오. 둘 다를 주적으로 하면 현재의 인원과 무기로는 비교할 수도 없는 열세요. 더구나 조선 백성들도 누구를 도와야 하는가 망설이고 있소. 왕정으로의 복귀를 걱정하는 소리도 들리고 있소.

홍범도가 목소리를 높여 말했다.

잠시 정적이 흘렀다. 누구도 쉽게 결정지을 수 있는 일이 아니었다. 나라를 위해 일어선 사람들이 두 갈래 세 갈래로 의견이 갈리고 있었다. 홍범도 부대만이 아니라 조선에서 일어난 의병들의 같은 고민이었다. 이미 해산한 의병들도 있었다. 주적이 없는 의병은 싸울 힘을 얻을 수가 없었다. 뿐만 아니라 조선의 백성들도 저마다 의견이 달랐다.

홍범도 부대는 연승행진을 하다 첫 패전의 고배를 마신 상태였다. 일본군과는 인원과 장비, 그리고 무기에서 비교할 수 없는 열세였다. 유격전도 한계가 있는 것을 이번에 절감했다. 10배, 100배의 인원과 싸우는 것은 무리였다. 자멸일 수도 있었다. 북청 일대의 주민들이 적극 지원해주어서 일본군과 대적이 가능했다. 먹을 것, 입을 것, 잘 곳을 제공해준 사람들이 북청 일대의 주민들이었다. 이들도 변하고 있었다. 관군에게 잡혀갈 것을 두려워하고 있었다. 심각한 것은 누구 편도 들고 싶지 않았다. 조선인은 길을 잃어버리고 있었다.

듣고만 있던 김수협이 일어섰다. 얼굴은 굳어 있었다.

–의롭게 일어났지만 지금은 아니라고 생각합니다.

사실 대원의 상당수가 비슷한 것을 가지고 있었다. 해산해야 한다는 말이었다.

–할 말이 있으면 더 하시오.

홍범도가 말했다. 김수협이 무언가 더 말할 것이 남은 것을 알고 있었다.

–관군과 싸워 이기면 누가 이로울까요. 조선의 왕과 관리들이라고 생

각합니다. 다시 폭압적인 왕정을 지지하는 것이 될 수도 있습니다. 당연히 일본군과 싸워야 하지만 우리가 승리한다면 조선은 다시 왕정으로 돌아갈 가능성이 있습니다. 우리가 살길은 조선의 관군과 일본군을 상대로 승리한다면 우리가 원하는 세상을 만들 수 있을 것입니다. 하지만 우리에게는 그런 힘이 없습니다. 더구나 우리 조선 백성들은 저와 비슷한 생각을 가지고 있습니다. 싸울 상대를 잃어버린 군사는 싸울 이유가 없습니다.

김수협이 열변을 토하듯 말했다.

광개토대왕을 말하다

달리고 달려도 벌판이었다. 만주벌판이라는 이유가 있었다. 평지에서 해가 떠오르고 평지로 해가 지는 곳, 만주는 넓었다. 어둠을 이끌고 오는 달빛이 어둠을 이끌고 지는 곳, 만주는 컸다. 태양이 뜨는 곳에서부터 태양이 지는 곳까지 광야였다. 바람은 거침이 없었다. 가리는 것 없는 광야를 바람은 거칠게 때론 부드럽게 흘러갔다.

선조들이 문명을 이루었던 곳, 선조들이 역사를 만들어갔던 곳, 말을 달리고 양떼를 몰고 이동하던 곳이 만주였다. 만주는 환족들의 고향이었다. 대륙의 한가운데서 3천 명의 문명개척단을 이끌고 동으로, 동으로 이동하던 무리들이 걸었던 곳이었다. 나라는 만들어지고 무너졌지만 땅은 건재했다. 하늘은 변함이 없었다. 문명을 만든 사람들은 사라지고 다시 후손들이 삶을 일구며 살아가는 곳이었다. 인생의 어느 하루가 가벼울 리 없었다. 살아내는 것만으로도 장하고 빛나는 일이었다.

하얀 몸을 드러내고 하늘로 자라고 있는 박달나무가 끝없이 이어졌다. 천상과 지상을 연결하는 신목으로 박달나무는 백의민족과 관련성을 가지고 있는 것을 아는지 모르는지 서 있었다. 밤이면 하늘의 별들이 그대로 지상 가까운 곳까지 내려와 빛나는 곳이었다.

계연수와 이관집 이태집 형제는 달리고 달렸다. 마음 안에 바람이 가득 찰 때까지 달렸다. 쉼 없이 달려보고 싶었다. 거침없이 달려보고 싶었다. 지쳐서 쓰러질 때까지 달려보고 싶었다. 역사의 흔적을 찾아가는 길이 고단할지라도 돌 틈에 피고 지는 들꽃까지도 어루만지고 싶었다.

–군신軍神으로 동북아를 비롯하여 대륙을 공략했던 치우천황이 말을 타고 기마단을 이끌고 달렸을 이 광활한 벌판에 광개토대왕이 다시 기마단을 이끌고 달렸을 광야입니다.

–그렇지. 대륙을 달리며 정복의 땅에 문화를 전파하던 광개토대왕을 생각하니 감개가 무량하네,

이태집의 감격어린 말을 받아 계연수가 이어서 말했다.

–우리 민족은 문명을 만들고 전파한 것이 그중 위대한 일이라고 생각하네.

이관집이 설명하듯 말했다.

–그건 우리 모두 같을 걸세. 광개토廣開土란 이름이 땅을 넓혔다는 뜻이 아니던가. 대륙을 정복하고, 공략한 위대한 정복자로 우뚝 섰던 분일세.

계연수가 광개토대왕에 대한 의미를 설명했다.

–나는 광개토대왕릉에 도착도 하기 전에 이미 감동했네. 광개토대왕은 18세의 어린 나이로 왕위에 올라 정복자로 말을 달리고, 천하를 호령했네.

–그렇지. 39살이라는 젊음과 패기가 넘치는 나이에 그만 생을 마쳤지. 왕의 자리에 있었던 21년은 위대했지.

이태집의 웅변조의 말을 받아 이관집이 부연 설명하듯 말을 이었다.

–나는 비문 내용을 보고 감동하였네. 여기 오기 전에 공부를 하고 왔지. 〈왕의 은택이 하늘까지 미쳤다. 무인의 기세는 사해에 떨쳤다. 나쁜 무리를 쓸어 없앴다. 백성이 모두 생업에 힘쓰고 편안하게 살게 되었다. 나라는 부강하고 풍족해졌으며, 온갖 곡식이 가득 익었다. 아쉽게도 하늘이 백성을 불쌍히 여기지 않았나 보다. 39세에 세상을 버리고 떠나셨다.〉 위대한 한 인생을 이렇게 정리해서 적었네.

–〈하늘이 백성을 불쌍히 여기지 않았나 보다. 39세에 세상을 버리고 떠나셨다.〉는 부분에서 가슴이 뭉클합니다.

계연수의 설명을 이태집이 받아서 말했다.

–비는 장수왕 3년에 세워졌습니다. 광개토대왕이 죽고 2년 뒤의 일입

니다. 묘호廟號가 깁니다. 국강상광개토경평안호태왕國罡上廣開土境平安好太王입니다.

–강력한 군주였음을 보여주는 단어들이 보이네. 나라가 강력했다는 국강國罡, 땅을 정복해 국경을 넓혔다는 광개토廣開土, 평화는 강자만이 누릴 수 있는 것인데 평화로움을 누렸음을 말하는 평안平安, 그리고 큰 왕이라는 의미의 태왕太王 들어있지. 최고로 강한 군주였음을 보여준다고 할 수 있네.

–재위 시의 칭호는 영락대왕永樂大王이었습니다.

–영락永樂만큼 강한 나라가 있을까. 누구도 범접할 수 없어야 나라가 영원히 즐겁지 않겠는가.

계연수가 이태집의 영락대왕이라는 말을 설명하면서 뒤에 한 마디를 붙였다.

–공부 많이 해왔군.

계연수가 이태집이 공부해온 것에 대해 칭찬했다.

–별러서 왔으니 공부를 하지 않으면 억울할 것 같았습니다.

–나도 이리저리 많이 찾아보았다.

이태집과 이관집 형제가 말을 주고받았다.

–〈삼국사기〉에는 이렇게 적혀있네. 〈나면서 웅위롭고 남달리 높은 뜻이 있었다. 12세의 나이로 광개토대왕은 태자가 되었다.〉는 의미심장한 평가를 하고 있네. 진정 놀라운 것은 광개토대왕은 즉위하자마자 귀족들의 사병 제도를 철폐하여 군대를 통일시키는 등 정복 전쟁

을 위한 사전 준비를 철저히 실행한 후 출병했지. 즉위한 지 2개월만인 즉위 원년 7월에 친히 4만 명의 병력을 거느리고 남쪽으로 진군해 백제를 정벌했네. 진정 놀라운 것은 18살의 패기 넘치는 젊은이였다는 점일세.

–정복왕의 기개가 어린 나이 때부터 넘쳤군요. 광개토대왕답습니다.

계연수의 설명을 듣고 이태집이 감동스러워했다.

–이때 점령한 성이 석현성을 비롯한 10여 성이었네. 또한, 한강 이북의 부락 다수가 고구려의 손안에 들어왔지. 광개토대왕이 보여 준 군사적 위세가 대단했네. 당시 백제의 국왕이었던 진사왕이 "담덕이 전쟁에 능하다"는 말을 듣고 겁을 먹어 싸우지도 못할 정도였다고 하네.

–첫 전쟁에서부터 예사롭지 않은 전과를 올렸군요.

다시 계연수의 말을 이태집이 받았다.

–특별한 것은 '왕이 친히 군대를 끌고 가 토벌하였다.'는 내용일세. 지금 우리 조선의 왕과 비교해 보세. 전쟁이 나면 가마 타고 도망하는 것이 조선의 왕이지 않는가. 부대를 이끌고 진두지휘하는 모습의 광개토대왕과 전쟁 소식을 듣고 겪을 갖춰 도망가는 왕, 비교가 되네.

–조선의 선조가 그랬고, 인조가 그랬습니다.

–광활한 영토를 마차를 몰고 달려 점령해 가는 모습이 상상되네.

–광개토대왕은 마지막으로 독립적인 연호를 사용한 마지막 왕이라고 할 수 있습니다.

–동북아를 비롯해 대륙을 넘나들던 강국의 품위를 고구려 때까지는 유

지했기에 가능했다고 보네.

이태집의 강한 어투로 조선의 왕을 비판하고, 광개토대왕을 추켜올렸다. 이태집과 계연수의 대화가 무르익었다.

–동북아의 강자였던 지위가 북부여를 거쳐 고구려와 백제까지 가능했지. 이후 소국으로 전락하게 되네. 신라에 의한 삼국통일이 아니라 신라만 남는 형국이 되었다고 할 수 있네. 삼국통일이라는 말을 하기에는 국토면적이 현저하게 줄어들었지.

–국토면적이 줄어들었다고 하셨습니까?

–그렇네. 조금만 살펴보면 알게 되네. 대륙백제와 대륙신라에 대한 연구가 좀 더 진행되면 확실하게 알 수 있을 것으로 보이네.

–형님은 확실하게 믿고 계시군요.

계연수와 이태집의 대화가 계속 되었다.

–나는 확신에 가깝네. 지금도 이해가 되지 않는 것은 신라 경주의 대릉원이야.

–대릉원이 무엇이 문제입니까?

–생각해보면 이상한 걸 알게 되네. 조선의 왕이나 고려의 왕들이 능을 쓸 때 어떻게 쓰나?

–무슨 의미인지 모르겠습니다.

–공동묘지처럼 모아서 능을 마구 쓰나, 아니면 제대로 능묘제도에 의해서 쓰나?

–당연히 능묘제도에 맞춰 격식을 갖춰 사용하지요.

–그렇다면 대릉원을 보게. 왕들의 공동묘지라고 생각하지 않나?

–왕들의 공동묘지라고요?

–그렇지. 왕들의 공동묘지지. 비석 하나 없고, 둘레석 하나 없지. 절을 할 수도 없도록 붙여서 만들어져 있네. 무엇을 의미한다고 생각하나?

–…

계연수의 의문 사항에 대해 이태집은 답을 할 수가 없었다.

분명 왕들의 묘인데 일반인들의 묘보다도 못하게 만들어져 있었다. 묘 앞에서 고인에 대해 절을 할 공간도 없을 만큼 다닥다닥 붙여서 조성되었다. 있을 수 없는 일이었다. 조선의 경우 능묘관리제도가 철저하게 관리되고 있고, 관리 되는 것이 당연한 일이었다. 왕릉을 조성할 경우 왕릉에서 십 리 안에는 마을은 철수해야 하고, 집은 철거되어야 했다. 뿐만 아니라 들어가는 입구에 금천교부터 시작한다. 홍살문을 통과해 정자각을 세우고, 정중석 – 장명등 – 혼유석 – 능 – 둘레석으로 배치하게 된다. 석물 배치는 물론 능묘제도에 따라 완벽하게 만드는 것이 관례였다.

–더욱 놀라운 것은 두 개의 신라가 오래전부터 있었다는 기록이 있네. 그리고 백제 땅에 백제의 왕궁터가 없고 왕들의 묘가 몇 기 없다는 놀라운 것일세. 신라 경주에 왕궁이라고 할만한 터가 있던가 살펴보게.

–점점 이해가 되지 않습니다.

–공부를 하면 할수록 우리의 역사는 증발하고 말지. 고구려 백제 신라의 역사는 미궁에 빠지는 걸 볼 수 있네.

–아하.

–그래서 우리는 우리의 역사를 찾아야 하는 걸세.

이관집은 계연수와 이태집의 대화를 귀를 기울여 듣고 있었다.

–더 놀라운 사실을 하나 더 알려주겠네.

–더 놀라운 것도 있습니까?

이태집이 계연수가 하나 더 놀라운 사실을 알려준다는 말에 말꼬리를 높였다.

–고지도를 살펴보면 알게 되네. 삼국이 전투를 한 지역을 살펴보면 지금 우리 조선 땅에는 별로 없네.

–그러면 어디에 있습니까?

이태집이 더욱 놀라는 표정으로 물었다. 지금까지 알고 있는 상식으로는 말도 안 되는 이야기였다.

–중국 본토의 한 중심에 있네. 그리고…

계연수가 한 뜸 쉬었다 이야기를 시작했다.

–우리가 이야기하는 백제의 지명과 신라의 지명이 그대로 살아있는 곳이 있네.

이태집과 이관집은 놀라는 표정으로 계연수의 이야기를 듣고 있었다.

–더 놀라운 것은…

–또 있습니까?

더 놀라운 이야기가 있다는 말에 계연수가 어이없다는 표정이었다.

–그러니 우리의 역사가 잘못되었다는 말이 나오는 걸세. 정말 이해가

되지 않는 일들이 있네. 〈삼국사기〉에 나오고, 사마천의 〈사기〉에 나오고, 중국의 사서에 나오는 것들을 종합한 것이 중국 땅에 있는 백제와 신라가 위치한 방향과 전투의 궤적이 딱딱 맞아떨어진다는 점일세.

–아하!

이태집과 이관집이 놀라움의 탄성을 질렀다.

당연한 것으로 알고 있던 것들이 무너지는 순간이었다. 삼국사기와 중국의 사서들을 종합하면 도리어 중국 본토에 백제와 신라가 위치한 방향과 전투의 궤적이 딱딱 맞아떨어진다는 이야기였다.

–예를 들면 신라와 백제가 치열하게 전투를 벌인 황산벌이 우리 땅에 있던가?

–없지요.

–중국 본토에는 지금의 신라가 가진 산 이름과 지명까지 그대로 있다는 점일세. 백제도 마찬가지고.

–우와. 놀랍습니다.

–우리가 다 할 수는 없네. 어느 것이 진실인지는 밝혀야 할 숙제일세.

지금까지 일반적으로 알고 있던 것들이 틀렸다는 이야기로 단정 짓지는 않았다. 하지만 강하게 의문점이 있다는 것을 보여주었다.

–할 일이 많습니다.

–하지만 지금 우리는 우리가 알고 있는 우리 역사의 진실만이라도 지켜야 하는 것이 우리 임무라네.

우선 급한 문제가 역사의 은자들이 가지고 있는, 아주 겨우 남아있는 역사만이라도 지켜서 전달해야 할 의무감이 있었다.

–그래야지요. 하지만 말씀하신 내용이 놀라울 따름입니다.

–이번에는 고구려의 역사 현장을 확인할수 있으니 얼마나 다행인가. 더구나 천하를 호령하던 광개토대왕을 만나러 가는 것일세.

–더욱 빨리 가고 싶어집니다.

계연수의 설명을 듣고 이태집이 말의 속도를 높였다.

성기자유成己自由와 개물평등開物平等이 정치철학이다

주고받는 술에 이기와 나철은 취기가 적당히 올랐다. 두 사람은 나와 길을 걷고 있었다. 사람들의 발길이 많았다. 나라가 망하든 역사가 사라지든 상관없이 사람들은 어떻게든 살아간다. 부글부글 가슴 안에서 화가 치밀어 올라도, 근심으로 잠을 못이루고 미칠 것 같아도 세월은 가고, 사람들은 살아간다. 목숨 부지하고 사는 것만으로도 벅찬 것이 인생이었다. 집안에 당장 먹을 때거리가 없는 상황에서 나라 걱정, 미래 걱정하는 것이 사치라고 이야기하는 사람들이 부지기수였다. 당장 지금 나 살 일이 벅찬데 다른 걱정을 할 상황이 아니라는 사람이 대부분이었다.

–망국으로 가는 길에 치열해야 하는데 실소가 자꾸 나오네.

–저도 그렇습니다. 저도 모르게 어처구니없는 웃음이 나옵니다.

이기의 말에 나철이 받았다.

–나라가 망하는 현장을 내가 목격할 줄은 몰랐지.

–그래도 희망이 있다고 주장하지만 자신이 없습니다.

–너무나 많은 잘못을 한 결과가 조선의 현 상황을 만들었지.

–저도 그렇게 생각합니다.

–조선의 왕과 조정의 대신들을 비호할 생각은 조금도 없네.

–그렇습니다. 그들이 나라를 이렇게 만들었습니다.

이기와 나철의 대화는 비관적인 내용이었다. 평소와는 다른 분위기였다. 술이 주는 영향이었다. 힘들어도 헤쳐 나가야 하고, 무언가를 시도해야 한다는 것에서 다소 벗어난 이야기가 이어지고 있었다. 가슴 한 중앙에 자리 잡고 있는 슬픔과 절망 때문이었다.

숭례문을 지나고 있었다. 사람들에게는 남대문이라는 이름이 더 익숙한 문이었다.

남산 쪽으로 걸어가고 있을 때 일본군 무리가 행렬을 갖춰 걸어오고 있었다. 당당하고 거침이 없었다.

–가슴 아픈 일일세. 남의 나라에서 저렇게 당당하게 열을 갖춰 이동할 수 있다니!

–정말 안타까운 일입니다.

–아쉽게도 조선은 이미 기울어가고 있네.

–저희가 할 일은 그래도 역사겠지요.

–그렇네. 안타깝게도 그것이 먼저일세.

이기의 '안타깝다' 라는 표현은 몸으로 일어나 세상을 뒤바꿀 수 있는 것은 물리력이라는 말이었다. 무력이나 폭력으로 세상을 바꾸는 것이 쉽고 현실적이지만 세상은 역할이 있었다. 역사학당의 사람들은 역사를 주제로 모인 사람들이다. 대단한 역사의 후손으로 조선인이 자존감을 가질 수 있도록 하는 것이 목표였다. 역사학당에 잠시라도 들어와 활동했던 사람들 중 벌써 몇 명이 현장으로 달려나갔다. 전봉준의 농민운동이 있었고, 홍범도가 홍장군으로 기세를 떨치고 있었다. 거기에 이상룡도 의병활동을 하겠다고 고향 안동으로 내려갔다. 저마다의 역할이 있었다. 총을 들고 거병을 하고 싶은 마음이었지만 지금 이기 자신이 할 행동으로는 부적절하다는 표현이었다.

–이럴 때일수록 진중해야겠지요.

–그렇네. 3세 단군은 이렇게 근본에 대해 말했네. 중일中一이라고.

–중일이요?

–중일이라고 하면 언뜻 이해가 되지 않을 수 있네. 중도일심中道一心이라고 해야 조금 이해가 될 거야.

–중심된 마음과 하나의 마음이라고 하면 부족한가요?

–그 말이 정답이겠지. 하지만 굳이 의미를 설명한다면 하늘의 마음을 천부天符하라는 것이지. 천부란 무엇이던가?

–하늘의 뜻을 그대로 옮겨놓았다는 의미 아닌가요?

–그렇지. 정확하네. 하늘의 뜻을 그대로 옮겨놓은 것이 천부고, 천부의

의미대로 살아야 하는 것이 또한 천부라고 하면 중도일심은 천부의 실천방법이라고 할 수 있네.

–천부의 실천방법이 중도일심이라는 말씀이시지요?

–그렇네. 중도일심中道一心은 좌우로 치우치지 않고, 상하로 넘나들지 않고 중심을 가지고 하나로 모아진 참 마음을 말하네.

–중도일심의 구체적 방법은 없습니까?

–있네. 3세 가륵단군이 직접 훈시한 것이네. 중도일심은 아비 된 자 마땅히 자애롭고, 자식 된 자 마땅히 효도하고, 임금 된 자 마땅히 의롭고, 신하 된 자 충성하며, 부부 된 자 마땅히 서로 공경하고, 형제 된 자 서로 우애하고, 노인과 젊은이가 마땅히 차례를 잘 지키고, 친구끼리 마땅히 서로 믿음을 가지는 것이다, 라고 했지.

–당연한 것을 당연하다고 말씀하셨습니다.

–지금부터 몇 천 년 전에 필요했던 덕목들이었겠지. 지금은 귀에 익을 만큼 들어 당연하게 느껴지는 것이고.

–그렇군요.

–또한 성기자유成己自由와 개물평등開物平等이라고 하셨네.

–성기자유는 자신을 이루어 자유로워진다는 것입니까?

–비슷하네.

–개물평등은 좀 어렵습니다. 만물평등이라고 했으면 이해가 되는데 무슨 의미인지 확연하게 잡히지 않습니다.

–결국은 비슷한 말일세. 성기자유成己自由는 수련을 해 자신을 완성하면

자유자재로 자신을 다룰 수 있는 상태를 말하고, 개물평등開物平等은 만물의 뜻을 열어 고르고 한결같이 하라는 의미일세.

–만물의 뜻을 연다는 의미는 알 듯한데 고르고 한결같이 하라는 의미는 아리송합니다.

–만물이 존재하는 의미를 알되 그 의미에 높낮이가 없고 깊이가 다르지 않은 고유의 존재 이유가 있으니 이를 고르게 그리고 한결같이 다루라는 의미지.

–아하. 이제야 확연히 다가옵니다. 오랜 옛날에 만물의 의미를 동등하게 보고 동등하게 대우해야 한다는 철학을 가진 것이 놀랍습니다. 그리고 여러 번 말씀하셨던 것이 떠오릅니다. 내 안에 하늘이 들어있고, 내 안에 땅이 들어있으니 나를 깨달아 세상을 나를 얕보지도 않고, 나를 웃키우지 않아서 본래 우주인 내가 우주에서 사니 자유로워지는 원리를 이제야 깨닫게 됩니다.

–오호. 나보다 한 수 위일세. 제대로 깨우쳤구만.

–고맙고 감사합니다. 제가 우주의 원리로 만들어졌으니 그 원리를 깨우쳐 이 세상에서 자유자재로 사는 것이 기대됩니다. 수련에 더욱 힘을 쏟겠습니다.

–수련은 끝이 없네.

홍범도 부대 해산하다

이제 우리는 해단할 것을 결의합니다.
홍범도의 목소리에 비장함이 있었다.

홍범도의 부대는 해산하기로 최종 결론을 냈다. 어렵게 결정했고, 난상토론을 거쳐 치열하게 자신의 마음들을 이야기했다. 그리고 결정된 것이 부대를 해산하는 것이었다. 싸울 상대를 잃어버린 부대는 존재가치가 없었다. 세상이 일본군과 대적해서 싸우고 있는 것을 정당하다고 보지 않고 있었다.

조선의 왕과 조정이 누구의 손을 잡을지 결정하지 못했다. 조선의 선비들이 나뉘어서 친청파, 친일파, 친러파 등으로 쪼개지고 있었다. 백성들은 더욱 우왕좌왕했다. 하루가 다르게 변하는 제도와 새로운 문물로 눈이 휘둥그레졌다. 조선은 망한 것도 아니고 조선이란 나라가 존재하는 것도 아니었다. 나라를 구하겠다고 일어선 의병들도 마찬가지였다. 주적을 잃어버린 상태였다. 명성황후 시해 사건으로 떠들썩했던 것이 조선 조정의 의견이 갈라지고, 조선 선비들이 마음의 결단을 하지 못하고, 백성은 백성대로 누구 편을 들어야 할지 길을 잃은 상태였다. 나라는 있으나 나라 역할을 하지 못하고 있어서 조선이란 거대한 배는 좌초된 상태였다. 의병들도 마찬가지였다. 어디에서도 도움을 받을 수 없는 상황이었다.

조정의 지시를 받는 관원들은 의병을 적으로 공격했고, 일본군은 의병과 당연히 적대적이었다. 백성들은 어느 편을 들어주어야 하나 결정할 수 없었다. 의병은 어디에도 의지할 수 없는 고립무원의 상태였다. 무엇보다 주적을 일본군으로 잡았으나 주적 개념이 약해지고 있었다. 이유는 조선의 왕과 조정이 의병을 적으로 간주하고 공격하는 상황에서 조선이란 나라를 위해 싸우겠다는 의병들의 주적 개념을 허물어버렸다. 그리고 조선의 백성들은 달라진 것에 대해 불만이 없었다. 앞서 설명한 것과 같이 그토록 바랬던 노비와 천민의 신세를 벗을 수 있게 된 것이 순수하게 조선 왕조의 뜻이 아닌 것을 잘 알고 있었다. 일본의 영향으로 개선된 것이라고 이야기하는 조선인들이 다수였다. 분명 아니라고 이야기할 수 있는 사람이 몇이나 될까. 그런 상황에서 의병의 존재 가치가 줄어들었다.

홍범도가 다시 이야기를 멈추었다가 시작했다.
-우리는 나라를 위해서 일어섰습니다. 목숨까지 바치겠다는 피 끓는 심정으로 일어섰습니다. 안타까운 것은 우리가 싸울 상대가 없어졌다는 것입니다. 일본군과 싸워서 이기면 조선의 왕정으로 돌아 갈 수 있습니다. 우리가 바라는 바가 아닙니다. 이미 천민과 노비가 해방되어 자유를 얻었습니다. 조선의 왕정으로의 복귀는 백성들의 바라는 바가 아닙니다. 하지만 일본군과 싸우고 있는 우리에게 총구를 들이대고 있는 것은 안타깝게도 조선의 관군입니다. 조선의 관군이 주적으로 삼고 있는 것은 놀랍게도 일본군이나 청나라군이 아니라 저희 의병입니다.

우리는 분명하게 조선을 위하여 싸우고자 일어섰습니다.
모두 침묵으로 듣고 있었다. 무슨 힘인지 모를 적막이 있었다. 홍범도는 호소하듯 말했다. 웅변과 적막이 공존하고 있었다.

–우리가 힘을 얻어서 싸울 수 있었던 것은 조선 백성들의 전폭적인 지원과 응원이었습니다. 하지만 조선 백성들은 갈피를 잡지 못하고 있습니다. 조선 백성들이 원하는 길로 우리는 나가야 합니다. 하지만 조선 백성들도 길을 잃었습니다. 우리도 길을 잃었습니다. 조선은 있되 조선은 백성을 위해 있는 관청이 아니라 자신들만이 살아남기 위한 곳으로 변했습니다. 조선을 침공하는 일본군에게 저항하고, 조선의 왕이 살해되었을 때 분노했으나 지금 조선의 왕은 자신의 안위가 더 중요하고, 조정의 대신들도 마찬가지로 자신의 안위가 중요합니다. 조선에 조선이 없습니다. 껍데기뿐인 조선의 왕을 공격한들 달라질 것이 없고, 일본국과 싸운다고 해서 조선인들이 바라는 미래가 만들어지지 않을 것을 봅니다. 조선에 조선이 없기 때문입니다.
난상토론 결과 우리는 이제 해단식을 하게 되었습니다. 슬프지만 미래를 다시 생각할 것입니다. 흩어져 조선 백성의 한 사람으로 돌아가지만, 조국이 나를 필요로 할 때 뭉칠 것을 믿습니다. 일단 우리는 헤어져야 합니다. 고향으로, 내 집으로 돌아가서 살아가기를 바랍니다. 가족과 재회해서 따뜻한 세상을 꾸리기 바랍니다. 분명한 것은 우리는 패자로서 해단하는 것이 아니라 승자로서 해단하는 것을 명심하시기 바랍니다. 우리는 오늘 헤어지지만, 다시 만날 것을 믿습니다. 그동안 감사했습니다. 고맙습니다.

홍범도는 평소의 홍범도답지 않게 길게 이야기했다. 평소의 홍범도답지 않아서 더 인간적인 호소가 되었다. 대원들의 마음을 흔들었다.

사내들의 연대였지만 뜨거웠다. 스스로 자원한 사람들이었다. 서로를 뜨겁게 안았다. 그리고 이별의식은 의외로 길었다.

홍범도는 대원 한 사람 한 사람을 안았다. 그리고 손을 잡았다. 돌아가는 뒷모습을 바라보았다. 다 떠나가고 김수협과 둘만 남았다.

–고생했네.

–고생하셨습니다.

홍범도가 김수협을 바라보며 말하자 김수협이 홍범도의 말을 받았다.

–뜨겁게 타올랐던 불꽃이 그대로 꺼져가는 것만 같네.

–안타깝습니다. 하지만 다시 불붙을 것을 믿습니다.

–이런 상황이 오리라고는 생각 못 했네. 황량한 벌판에 홀로 서 있는 기분일세.

–저도 그렇습니다.

산은 여전히 제 자리에 있었고, 숲도 변함이 없었다. 늘 보던 그대로의 숲이었다. 새가 지저귀고, 가을을 잔뜩 품은 잎들이 단풍이 들고 있었다. 숲은 가을 한복판을 지나가고 있었다.

–어디로 갈 작정인가?

–저는 집으로 갑니다.

계연수와 이관집과 이태집 형제는 광개토대왕릉에 가까워졌다. 생각보다 평지에 광개토대왕릉 비석이 있었다. 구릉을 이루고 있는 낮은 산지에 세워져 있었다. 멀리서부터 보이기 시작했다. 크고 우람했다. 자연석으로 만들어진 것이 천 년 이상의 세월을 바람을 맞고 비를 맞고 서리와 뜨거운 태양을 견디며 서 있었다.

–와아! 거대합니다.

–천 년을 서 있다고 생각하니 감개가 무량하네.

이태집이 먼저 비석을 발견하고 탄성을 올리자 계연수가 걸어가며 말했다.

주위에는 민가가 자리 잡고 있었다. 관리되지 않고 버려진 것 같았다. 사람 키의 네 길은 되는 크기였다. 크고 우람했다. 자연석을 조금 다듬어서 세웠음을 알 수 있었다. 글씨가 쓰인 돌이 전체적으로 조금만 다듬어서 울퉁불퉁했다. 의도적으로 자연미를 담기 위해서였음을 알 수 있었다. 글자 하나가 손바닥만 하게 크게 조각되어 한 눈에 들어왔다. 간결하면서도 꾸밈없는 필체였다. 광야를 누비며 세상을 호령하던 웅혼한 젊은 왕을 떠올릴 수 있었다.

–푸르디푸른 열여덟 살의 나이로 정복전쟁에 나선 도전하는 청년이 떠오르네.

–그렇지. 우리 나이가 나면서 한 살이고, 생일이 지나지 않아도 한 살을 쳐주니 실제로는 16, 17세라고 할 수 있는 나이였네.

–즉위 21년이 위대했고, 생애 39년이 뜨거웠습니다.

계연수와 이관집, 그리고 이태집이 이어서 평을 순서대로 했다.

–광개토대왕의 21년은 동북아의 강국인 고구려를 가장 높은 위치에 올려놓은 분이었네.

이관집이 말했다.

–인정하네. 평화는 강함에서 나온다는 것을 보여준 군주였네. 모든 평화는 모두 강국이었을 때만이 가능하다는 것을 확인시켜주었지. 특히 재위 시의 칭호가 영락대왕永樂大王이라는 것에서 느껴지지 않나. 대륙에서 강자로 호령하던 때였기에 안정된 평화가 있었네. 평화를 유지하려면 전쟁을 준비해야 하는 이유일세. 장수가 싸울 수 있는 힘을 가지고 있을 때 백성은 안전할 수 있다는 것을 보여주는 것일세. 영락永樂은 인간의 큰 숙원 아니던가.

계연수가 평소답지 않게 마음이 들 뜬 기분으로 길게 이야기했다.

–우리 역사에서 대왕이란 호칭을 받을 수 있는 왕은 몇 없네.

–그렇지요. 고구려의 광개토대왕, 그리고 조선의 세종대왕. 가끔 정조대왕이라고도 하지요.

–사실 통 큰 세상은 조선보다 선대에 많았는데 지워지고 잊혀졌네.

–저도 그렇게 생각합니다.

계연수와 이태집이 이야기를 이어갔다.

–동북아 전체를 지배했고, 대륙 세력을 이끌어간 것은 우리의 단국과 고조선 아니던가.

–맞습니다. 위대한 인물들이 줄을 이었습니다.

–인류의 문명을 창조한 태호복희, 염제신농, 치우천황 그리고 문자 혁명을 이끈 삼랑 을보륵 같은 인물들이 있었지. 거기에 인류에게 농사짓는 법을 알려준 고시씨 같은 선인이 있었지.

–정말 대단한 민족입니다.

–우리의 역사는 사실 문명창조의 역사라고 할 수 있지. 가슴이 훈훈해지는 것을 느끼네.

–저도 그렇습니다.

계연수와 이태집의 이야기를 이관집이 말없이 흐뭇한 표정으로 듣고 있었다.

역사의 전문가들이 만난 자리였다. 조선의 역사를 알고 있는 사람은 적었다. 더구나 고대 역사를 알고 있는 조선인은 극소수였다. 집안 대대로 이어져 내려오는 사가史家였다. 세 사람 모두 역사는 자신의 운명이라고 생각하는 사람들이었다. 어려서부터 몸에 익고, 마음에 스며들은 역사의식이었다. 그리고 무엇보다 많이 알고 있었다. 사명의식까지 가지고 있는 조선의 역사인들이었다.

– '해동의 융성이 이때 절정을 이루었다' 고 기록하고 있네. 그만큼 동북아를 지배한 고구려 중에서도 광개토대왕은 대표적인 정복 군주였고, 강력한 군사를 보유하고 있었던 시기라고 할 수 있지.

–대륙의 종주국으로서의 역할을 다시 하게 되었다고 할 수 있지요.

–그렇네. 공부하다 보면 백제와 신라가 대륙에 있었다는 기록에 당황스럽기도 한데 그것이 한 곳이 아니라 여러 기록이 나온다는데 역사적 진실을 확인할 수 있지. 더 뜻밖인 것은 고구려의 기록에도 오와 월이 나오지.

–어떻게 기록되어 있습니까?

–'오吳와 월越은 본래 구려九黎의 옛읍이고, 산월山越과 좌월左越은 모두 그 후예가 갈라져 옮겨 살던 땅' 이라고 적혀있네. 고구려가 신라를 정벌하면서 쳐들어갔던 지역을 설명하는 내용 중에 있네. 여러 기록에서 한결같이 신라가 대륙에 있었다는 것을 적고 있네. 아주 구체적으로 설명하고 있지. 놀라운 것은 우리만이 우리 기록에 있는 것조차 무시하고 산다는 점일세. 우리 역사가들이 계속 공부해야 할 사항일세.

–역사가 조작되고 만들어져 있어 어디서부터 손을 대야 할지를 모르겠습니다.

–나도 인정하네.

역시 계연수와 이태집이 이야기를 주고받았다. 이관집은 듣고만 있었다.

–이제 우리가 할 일이 남았네.

–아하. 그렇군.

세 사람은 준비해 온 것이 있었다. 깜박 잊었던 것을 이관집이 상기시켜 주었다.

산 제사와 광개토대왕릉비를 탁본해 갈것을 준비해왔다. 마음이 들떠서 준비해 온 것을 펼쳐 놓지도 못하고 이야기 삼매경에 빠져있었다.
세 사람은 북어와 대추, 배, 사과 등을 꺼내어 화선지를 바닥에 깔고 올려놓았다. 간단하게 제사를 지낼 생각이었다. 축문은 계연수가 준비해왔다. 계연수가 축문을 꺼냈다. 날짜와 축문 앞 내용을 읽었다. 그리고 본문을 읽어 내려갔다.
–역사의 사명을 가진 세 사람 계연수, 이관집, 이태집이 인사를 올립니다. 웅혼하고 기백이 넘치는 나라를 만들어주셔서 감사합니다. 지금은 안타깝게도 영토를 잃어버렸지만, 후손 된 자격으로 부족하지만, 다시 역사의 큰 꿈을 펼치려 찾아왔습니다. 저희 세 사람이 미약하나마 인류의 문명을 개척한 선대의 위대한 뜻과 광개토대왕님의 광활한 활동무대를 개토開土하신 뜻을 받들겠습니다. 오늘 저희는 광개토대왕님의 업적을 적은 비석의 탁본을 할 것입니다. 널리 저희의 마음을 받아주시고 세상에 알리는데 도와주시기 바랍니다.
그리고 세 사람의 이름을 다시 호명하고 안전하고 잘 탁본할 수 있도록 부탁드리는 말씀을 전하고 마쳤다.
–이제 위대한 대왕의 업적을 우리 손으로 탁본할 수 있게 된 것이 자랑스럽네.
이번에는 말이 없던 이관집이 모처럼 흥분된 목소리로 말했다.

나철, 수련을 하다

나철은 수련에 마음을 빼앗긴 상태였다. 수련이 환족의 역사를 이해하는데 중요한 열쇠라는 것을 확인한 후에 몰입하고 있었다.

–수련은 마음공부이기도 하고 몸 공부입니다. 그리고 영혼을 이롭게 하는 공부입니다.

나철은 수련이 몸과 마음에 같이 해당된다는 말에는 공감했으나 영혼을 이롭게 하는 공부라는 말에는 동의하기 어려웠다. 하지만 처음이라 다른 마음을 전하지 않고 나철은 설명을 듣고 있었다.

–수련의 핵심은 수승화강입니다.

–예?

–수승화강水昇火降은 차가운 기운을 올라가게 하고 뜨거운 기운은 내려가게 하는 자연 원리입니다.

–차가운 기운을 올리고, 뜨거운 기운을 내려가게 한다는 것이 무엇을 말합니까?

이해가 되지 않는 말이었다.

나철은 자연 원리가 차가운 것은 내려가고 뜨거운 것은 올라가는 원리는 짐작할 수 있었으나 무엇을 어떻게 하는 것인지 감이 오지 않았다.

–건강을 유지할 수 있는 음양오행의 원리 중 하나입니다. '물은 위로, 불은 아래로' 라는 의미 그대로입니다. 자연상태에서 물은 수증기가 되

어 하늘로 올라가고, 태양의 따뜻함은 땅속에 흡수돼 내려간다는 뜻입니다. 그렇게 되어야 자연상태가 조화를 이루고 생명체들이 살아갈 수가 있습니다.

단경檀耕京선생이라고 자신을 소개한 사람이 수련을 가르치고 있었다.

나철은 이름을 듣는 순간 알아챘다. 단은 박달나무 단檀일 것이고, 경은 단을 설명하거나 받쳐주는 경일 것이라고 짐작했다. 그렇다면 경은 지름길徑이나 밝을 경暻이 아닐까 싶었다. 단檀에 이르는 지름길이거나 단檀에 이르는데 밝다는 것을 의미하지 않을까 짐작했다. 우리 역사나 사상과 관련 있는 단檀일 것이라고 짐작했다. 역사를 배우면서 알게 된 것들이었다.

–선생님. 단경의 한자가 어떻게 됩니까?

–박달나무 단檀에 밭 갈 경暻일세.

나철이 생각했던 것과는 한자가 조금 달랐지만 느낌을 알 수가 있었다.

외모가 선인 같았다. 신선을 본 적이 없었지만 맑은 피부에 밝은 낯, 그리고 조용히 서 있는 큰 나무 같았다. 하얀 두루마기가 흰 수염이 더욱 특별하게 만들었다. 풍모가 뛰어났다.

–이름의 의미는 왜 물어보시는가?

–제가 우리의 역사를 공부하고 있습니다. 역사를 공부하다 보니 역사와 관련된 단어들이 있음을 깨달았습니다. 선생님의 호에도 그런 의미가 담겨있는 듯했습니다.

–그렇습니다. 우리의 두 번째 나라인 배달국의 이름을 땄지요. 단檀

이란 글자에는 우리 민족의 사상을 이해할 수 있는 것들이 들어있어 굳이 이름에 단檀을 넣었습니다. 좌변에 있는 나무 목木은 발달나무인 것을 알지요?

–예.

–우변의 돼지해머리두亠는 하늘 위를 상징하는 것이기도 합니다. 그 밑에 돌회回는 참성단을 말합니다. 그리고 날일日로 태양이 있지요. 하단에 다시 땅을 상징하는 일一이 있습니다. 다시 물어보면 하늘과 땅 사이에 제단인 회回와 태양인 일日이 들어있는 것을 상징한 글자입니다. 우리 민족의 상징인 태양과 제단인 참성단을 넣은 글자입니다. 거기에 밭갈 경暻이니 우리 민족의 혼으로 살겠다는 마음을 담은 것이 단경檀暻입니다.

–아하. 충분히 이해됩니다. 그래서 수련을 배우고 가르치시는 것이군요.

–그렇습니다.

다경 선생은 아주 정중하게 존칭을 썼다.

–우리 몸을 수승화강, 다시 말해 차가운 기운을 올리고, 뜨거운 기운을 내려가게 하는 상태를 유지하면 자연치유력과 면역력을 높여줍니다. 세 가지로 이루어졌습니다. 호흡 명상 운동입니다.

–예.

–사람에게는 몸과 마음이 소통하는 길이 열려 있습니다. 그것을 활용하는 것이 바로 수승화강입니다. 마음이 몸과 연결되어 있는 감각을 살

아나게 해서 소통을 하면 몸과 마음이 평온해집니다. 마음의 평화가 몸의 평화로 이어지고, 몸의 평화가 마음의 평화로 이어지는 순환의 감각을 깨우는 공부입니다.

–…

–먼저 몸이 자신에게 주는 이야기에 귀를 기울이면서 자신의 몸을 느끼는 법을 배워야 합니다. 몸과 마음이 연결되어 있음을 인정하고, 자신을 바라보는 훈련이 필요합니다. 한 번 해볼까요?

–?

–당황할 필요가 없습니다. 아주 간단합니다. 복잡하고 어려운 것들은 대부분 진실이 아닐 가능성이 있습니다. 첫째 자신이 건강의 주체라는 것을 인식하는 것입니다. 둘째는 자신의 몸과 소통하는 감각을 회복시키는 것입니다. 셋째는 몸과 마음의 조화와 균형을 유지하는 습관을 기르고, 실천하는 것입니다.

–예.

–오늘은 아무것도 하지 말고 누워서 자신을 바라보는 것만 하다 가세요.

–예?

–편안하게 누워보세요.

나철은 단경 선생이 시키는 대로 바닥에 편하게 하늘을 보고 누웠다.

–그대로 눈을 감고 편안한 마음을 가지세요.

나철은 편안한 마음으로 누워있었다.

–그냥 자신의 몸과 마음을 편하게 유지한 상태로 마음이 몸의 상태를 바라본다는 생각을 유지하고 있으면 됩니다.

참 오랜만에 평화가 찾아왔다. 나라 걱정, 세상 걱정, 미래 걱정으로 복잡했던 마음을 잊고 자신의 몸을 바라본다는 마음으로 있으니 평화가 찾아왔다. 순간 정적이 찾아왔다. 평화가 찾아왔다. 내가 나를 발견할 수 있는 정적의 시간이었다. 평소에 누마루나 대청마루에 누워서 고민과 울화로 어지러웠던 때와는 다른 세계였다. 마음 한 번 달리 생각하니 전혀 다른 세계가 찾아왔다. 고요와 정적이 멀리 있지 않음을 보았다.

사람은 영혼의 존재라는 생각이 불현듯 들었다. 그렇구나. 자신을 바라보는 일만으로도 세상이 이렇게 달라지는구나 싶었다. 아무것도 배운 것 없이 누워서 자신을 바라보는 마음을 유지하는 것만으로도 이렇게 세상은 변할 수 있는데 왜 자신은 내 밖의 일들에만 골몰했지 정작 중요한 내 안의 일에는 무심했음을 깨달았다. 세상 날씨에 울고 웃었던 날들이 있었다. 내가 어찌할 수 없는 세상 날씨였다. 마음 날씨는 내가 다스릴 수 있음을 보았다. 적어도 가능성을 느낄 수 있었다. 눈을 감고 마음의 방향을 자신에게 향한 것 말고 한 것이 없음에도 마음 상태가 달랐다. 평화가 왔고, 정적이 있었다.

–눈을 뜨고 일어나십시오.

시간이 얼마나 흘렀는지 가늠이 안 갔다. 아주 잠깐 같기도 했고, 시간이 많이 흘러간 것 같기도 했다. 고요와 정적인 상태에서는 시간이 다르게 흘러가는 것을 느꼈다.

—어떻습니까?

—다른 세상을 보았습니다.

—우리 몸과 마음은 작은 변화로 큰 것을 바라보게 합니다. 그리고 느끼게 합니다.

—예.

—올라 있는 화기는 아래로 내리고, 아래에 있는 수기는 위로 올리는 훈련을 하면 됩니다. 힘을 빼기만 해도 자연 순환이 운행할 준비를 합니다.

힘을 뺀다는 말에서 나철은 자신의 몸이 경직되어 있다는 것을 느꼈다. 어깨에 힘이 들어가 있었고, 허리에 힘이 들어가 있었다. 눈에도 힘이 들어가 있는 것을 느꼈다.

—저도 모르게 제 몸에 힘이 들어가 있었습니다.

—마음에도 힘이 들어가 있습니다.

—아하!

나철은 순간 느꼈다. 힘은 몸에만 들어가 있었던 것이 아니라 마음에도 들어가 있었음을. 나철은 수행의 첫 단추를 끼우고 있었다. 역사의 본원으로 들어가는 첫 단계이기도 했다.

광개토대왕비 탁본을 계획하다

거대한 비를 탁본할 일이 남았다. 눈으로 식별하기에는 글자 수가 많았다. 1400년 전의 기록이었다. 동북아의 강자 고구려가 남긴 비석이었다. 고구려가 420년을 수도로 삼았던 집안의 국내성은 하늘을 향해 아직은 건재하다고 소리치고 있는 듯했다. 이제야 찾아왔냐고 원망하는 듯도 했다. 고구려는 북부여와 함께 900년을 이어온 거의 천년의 역사를 가진 나라였다.

광개토대왕릉이 있는 지역은 버려진 땅이었다. 망국으로 나라가 사라지자 고구려의 후예들이 대진국을 세웠다. 발해로 더 알려진 이름이었다. 발해마저 망하고 주인 없는 땅으로 비어 있었다. 청나라가 들어서면서 자신들의 발원지라고 하는 백두산 주변 지역을 신성 지역으로 출입을 금지했다. 이른바 봉금정책이었다.

서로의 이해가 맞아떨어지는 곳이 백두산이었다. 청나라를 세운 사람들은 처음에는 금나라를 세웠다. 후일 이름을 고쳐 청나라로 고쳤다. 금나라는 김씨金氏의 나라라는 것을 의미한다.

–금나라를 세운 사람이 누군지 아나?

–글쎄요?

계연수가 광개토대왕릉을 살펴보면서 이태집에게 물었다.

–신라 사람일세.

–지금 청나라의 원국가인 금나라를 세운 사람이 신라사람이라고 하신

겁니가?

―그렇네.

―오호. 그렇다면 우리에게 지금처럼 대하면 안 되는 것 아닙니까?

―그렇게 생각할 수가 있으나 자세히 알아보면 그렇지 않네.

―그렇지 않다니요?

이태집은 계연수의 말을 동의하지 않았다.

―무슨 의미인지 이해하네. 정묘호란과 병자호란을 이야기하려고 하는 것 아닌가?

―그렇습니다.

계연수가 이야기한 것이 맞다면 청나라가 모국인 조선을 치면 안 되는 것 아니냐는 말이었다.

―자세히 들여다보면 알 수 있네. 여러 번 형제국으로써 잘 지내보자고 했지만, 조선이 물리쳤네.

―그랬나요.

―그렇네. 금나라를 세운 사람이 누구냐면 바로 애신각라愛新覺羅일세.

―애신각라라고 하면 언뜻 이해가 되지 않습니다.

―우리식 이름은 아닐세. 애신각라愛新覺羅라는 말을 살펴보면 바로 답이 나오네. 애신愛新은 만주어지. 애신愛新은 우리말로 금, 즉 김金이고 각라覺羅는 우리말로 성씨姓氏라는 의미라네.

―예?

이태집이 놀랐다. 옆에 있던 이관집도 놀랐다.

–우리말로 쉽게 풀면 '김씨, 김가네' 라는 말이지.

–그렇다면 그들이 누구인지 알 수 있습니까?

–우리나라 신라시대 이후 만주로 건너간 김씨들이 세운 나라일세. 신라가 망하고 80년 후에 금나라가 생기지 않았는가?

–그렇지요.

–금나라를 세운 아골타는 김한보라는 인물의 6대손이자 김핵리발의 둘째 아들일세. 고구려의 옛 땅에서 태어났지.

–김한보라는 인물은 어떤 인물입니까?

–마의태자의 후손이라고 짐작이 되네.

아골타의 이름은 여진 이름인 아골타와 부족 이름인 완안이 성이었다. 여진어로는 완안아골타라고도 불렀다. 신라로부터 내려오는 이름은 김민이었다.

–여진족은 물론 환족 계통의 나라이고 요遙, 금金, 청淸나라는 환족의 후예들이 주체가 되어 세운 나라인 것은 확실해 보이네.

모처럼 이관집이 입을 열었다.

–우리 기록에 있는 내용이 아니라 금사金史에 전하는 역사 기록이라는 점에서 확실하지.

광개토대왕릉 비석 앞에서 세 사람의 이야기가 길어졌다.

만주를 자신들의 주무대라고 생각하는 청나라와 조선의 힘겨루기에서 강자였던 청나라가 백두산 일대를 사람이 살지 못하게, 거주의 자유를 인정하지 않는 지역으로 정했다. 백두산은 환족의 땅이었고, 환족의 성산이었다. 대륙의 패권을 잡은 청나라의 성산도 백두산이었다. 같은 환족의 후예들이었기 때문이었다. 결국, 청나라의 힘에 의해 백두산의 출입을 금하는 봉금정책이 오래 지속되었다. 그렇게 만주는 비어 있었다.
거친 바람이 불어가면서도 광개토대왕릉비는 건재했다. 찬바람이 불어갔고, 뜨거운 바람이 불어갔다. 유목의 땅에 정주한 광개토대왕릉은 천여 년을 눕지 못하고 서 있었다.
오랫동안 광개토대왕비는 여진이 세운 금나라 황제의 비석으로 여겨졌었다. 조선 시대 사신들 역시 만주에 커다란 비석이 있는 정도로 기록하고 있었다. 고구려의 비석이라는 것이 알려지지 않았다. 청나라의 봉금정책이 해제되어 만주지역에 대한 관심이 커졌다. 사람들의 출입이 가능해지면서 농사를 짓기 위해 새로운 땅을 개간하던 농부가 거대한 비석을 발견해 신고했다. 비로소 광개토대왕비의 존재가 세상에 알려졌다. 계연수와 두 형제도 광개토대왕릉의 비석이 있다는 말을 전해 듣고 흥분했던 추억이 있었다.
세 사람은 비석 앞에서 행복했다. 그리고 할 말이 많았다. 무엇보다 비석에 새겨진 글의 내용을 알고 싶었다. 눈으로 헤아려 글자 수를 세기에는 많았다. 문제는 탁본이었다. 엄두가 나지 않았다. 거대해서 그냥 올라갈 수가 없었다. 생각하지 못했던 추가적인 일들이 발생했다. 가설물이 필요하다는 결론이었다. 사람 키의 네 길이나 되는 높이를 올라가야 탁본이 가능했다. 안전도 문제였다.

–우선 가설물부터 설치해야겠네.

이번에는 이관집이 먼저 나섰다.

–주위에서 도움을 받아야 할 듯하네.

–그렇게 하세.

비석을 바위 삼아 집을 짓고 사는 원주민이 있었다. 비석은 잊힌 유물이었다.

–주인 계십니까?

–어인 일입니까?

사람을 찾으니 집 안에 있던 주인이 나왔다. 반가운 것은 머리를 만지며 나오는 사람의 말이 조선말을 하고 있었다. 반가웠다.

–저희는 비석을 찾아온 사람들입니다.

–좀처럼 비석을 찾아오는 사람들이 없는데 무슨 일입니까?

–저희는 비석을 연구하는 사람들입니다. 도움이 필요해서 왔습니다.

–그래요.

–예. 비석 옆에 가설물을 설치해서 탁본을 뜨려고 합니다.

–그렇다면 사람이 필요합니다. 목재도 필요하고, 목수도 필요하지요. 그냥 올라가면 위험합니다.

–예. 도와주시면 고맙겠습니다.

모두가 흩어졌다. 의기로 모였던 사람들이 바람처럼 흩어졌다. 울적하고 쓸쓸했다. 무슨 일을 한건가 싶기도 했다. 의병을 일으키겠다던 이상룡도 잠정 의거를 중단했다는 소식이 들어왔다. 홍범도가 겪었던 것처럼 의병을 일으킬 환경이 아니었다. 의병부대들이 해산했다는 소식이 여기저기서 들려왔다. 홍범도는 분기가 가슴을 치고 올랐다. 일본군을 공격하는 의병들을 공격하는 관군의 행태에 대해서였다. 조선의 왕이 가련했고, 무능해 보였다. 자신의 안위만을 생각하는 왕이 미웠다. 과감하게 싸워야 하는 것이 아닌가. 홍범도는 분노했다. 하지만 지금의 상황에서 의병에게는 활로가 없었다.

홍범도는 냉골로 발길을 옮겼다. 부대를 해산한 후 처음으로 차도선을 보러 가는 길이었다. 왠지 낯설게 느껴졌다. 늘 보던 산도 낯설었고, 숲도 어색했다. 마을도 무언가 생소한 느낌이 들었다. 부대를 해산시킨 후 마음의 변화 때문이었다.

–잘 지냈나?

–예. 이상 없이 살고 있습니다.

–환자들은 잘 귀가 시켜 주었나?

–예. 그것도 이상 없이 잘 처리했습니다. 교전이 있을 뻔했지만, 무사히 넘겼습니다.

–아니. 일본군과 말인가?

–아닙니다. 관군과 교전이 있을 뻔했습니다.

–우리와 싸운 것은 일본군인데 관군이 웬일이란 말인가?

–마을에 내려가 도움을 요청해 쉬고 있을 때 마을 사람 하나가 관가로

달려갔습니다. 다른 사람이 알려주어서 서둘러 자리를 피했습니다.

–참으로 서글픈 일일세. 나라를 위해 일어선 사람들을 단속하다니!

–그렇습니다. 함께 힘을 합해 공격해도 어려운 상황인데 조선인끼리 싸우는 꼴입니다.

–해산할 수밖에 없는 현실이 마음 아프네.

–저도 그렇습니다.

–다시 사냥을 시작해야겠군.

–그래야지요.

오랜만에 다시 만나 이야기를 나누고 있었다. 목숨을 걸고 함께 생활해서 그런지 마음이 더욱 갔다. 그리고 마음 한편이 싸했다. 동지애가 생겼음을 알았다.

–나는 나를 성장시켜준 분을 만나러 가는 길에 들렀네. 지난번 해산하면서 환자들을 이끌고 내려간 자네가 궁금하기도 했고, 만나고도 싶었네.

–저도 소식이 궁금했습니다. 마음 놓고 다닐 상황이 아니라서 자제하고 있습니다.

–당연하네. 당연히 몸단속을 해야 하네. 무슨 상황이 닥칠지 모르네. 가능하면 이사를 하게.

–저도 생각하고 있습니다.

–이사하고 나면 동지들에게만 연락하고 당분간은 자숙 기간을 가지는 것이 좋을 듯하네.

조선인의 적은 조선인이었다. 의병활동을 했다는 전력은 잡혀갈 수 있는 전력이었다. 숨기고 움직여야 했다.

홍범도 기사범을 찾아가다

덕패장터에 도달했다. 낯익은 장터였다. 추억이 있는 장터였다. 홍범도에게는 기사범이 스승이었고, 인생 선배였다. 인생을 알게 해준 은인이기도 했다. 어렵던 시절에 힘이 되어 주었고, 기댈 언덕 하나를 얻은 기분이기도 했다.

홍범도는 지게 하나를 샀다. 그리고 막걸리 통을 지게에 실었다. 고기도 몇 덩어리 샀다. 그리고 기사범에게로 갔다. 걸어가는 발걸음이 즐거웠다. 맨몸으로 와서 의지했던 자신을 아무 조건 없이 받아준 사람이 기사범이었다. 홍범도는 모든 것이 여유로와졌다. 마음은 분노로 차 있었지만, 지금은 달랐다. 기사범을 만나러 가는 기분은 가볍고 유쾌했다. 울분도 접어놓고 콧노래가 나왔다. 사람 하나가 마음을 이렇게 달라지게 하는구나 싶었다. 너무나 당연한 것이었지만, 다시 한번 인생을 만드는 것은 결국 사람이었음을 느꼈다.

스스로 선택했음에도 긴장되고 힘들었던 의병활동도 잊었다. 기사범이 있는 곳으로 다가가면서 잊었다. 마음이 편해졌다. 고향에 온 포근함이 있었다. 전쟁터에서 갑자기 평화지대로 이동해온 느낌이었다. 마음 안에 한 사람을 두면 세상이 넉넉해지는 느낌이었다. 남자의 가슴에 남자가 들어와 있는 것은 든든함이었다. 홍범도의 마음이 든든해졌다.

홍보도를 맞이한 것은 정돌치였다. 정돌치가 밖에서 수련을 하다가 홍범도를 보았다.

–어서 오세요.

정돌치가 멀리서 알아보고 달려 나왔다.

–잘 있었나?

–예. 저는 잘 있습니다. 스승님도 안에 계십니다.

이제는 정돌치도 기사범을 스승으로 부르고 있었다.

안으로 들어가자 기사범 혼자 누워있었다.

–안녕하세요. 홍범도입니다.

–어서 오게. 반갑네.

어눌하고 느린 듯한 기사범이 반가운 표정으로 빠르게 일어나 앉으며 말했다.

–여전하시군요.

–그렇지. 하루 중에 반은 누워 계시나 봐요.

–인정하네.

기사범이 호쾌하게 웃으며 말했다.

–저는 조금 누워있으면 몸이 근절거리고 불이 나는 듯해서 누워있기가 어렵습니다.

—나는 눕는 재미로 살아.

—누워있으면 무엇이 좋아요.

—몸이 땅하고 통으로 밀착되어서 살아있는 전체가 편안해지지.

기사범의 말에 홍범도가 크게 웃었다.

—그렇지 않은가?

진심 어린 표정으로 기사범이 말하자 다시 한번 홍범도가 웃었다.

따라 들어와 있던 정돌치도 따라 웃었다.

—참 저하고 다르십니다.

—나무는 온몸으로 일어서서 살아있는 내내 성장을 하지. 나무는 정적인 생명체인 듯하지만 실은 치열하게 살아.

—나는 반댈세. 마음으로는 치열하게 생각하며 사는데 몸은 수직이 아니라 수평을 좋아하네.

—나무는 수직, 스승님은 수평!

홍범도의 정리하는 듯한 말에 세 사람이 웃었다.

—저는 이곳에 오면서 마음이 편해졌습니다. 스승님을 생각하면 마음이 편안해집니다.

—나처럼 누워있으면 편해지는 것이 아니고.

다시 세 사람이 웃었다.

—장터에 도착하면서부터 벌써 고향에 온 듯한 느낌이었습니다.

—사람은 사람에게 중독되는 거 아나?

—사람이 사람에게 중독된다고요?

–그렇지. 그것이 사랑일세.

–아하. 그렇군요.

–뿐만 아닐세. 모자란 사람이 모자란 사람에게도 중독되지.

–그건 아닌 듯합니다.

–맞다니까. 바보 친구는 바보야. 여우 친구는 여우고, 늑대 친구는 늑대야.

–글쎄. 그것은 동의할 수가 없습니다.

–동의해 달라는 것이 아니라 닮은 것끼리는 밀어내는 듯하면서 끌어당기지.

여전히 동의할 수 없다는 표정으로 다른 화제로 말을 바꾸었다.

–제가 이곳에 머물 때 혼자 생활하셨잖아요.

–그렇지.

–외롭지 않으셨어요?

–외로웠지.

–외로운데 왜 혼자 사세요?

–외롭고 싶어서.

–예?

홍범도의 놀라는 표정 그대로 정돌치도 뜻밖이라는 표정이었다.

–외로움에는 놀라운 세상이 가끔 찾아와.

–…?

외로움에는 놀라운 세상이 가끔 찾아온다는 말에 홍범도는 이해할 수 없다는 표정으로 기사범의 말을 기다렸다.

–외로움에는 귀가 있어.

…?

다시 기사범의 말을 기다릴 수밖에 없었다.

–나는 혼자 살기 위해 진화된 인물일세.

기사범의 말은 소걸음처럼 성큼성큼 앞질러가는 느낌이었다.

–가만히 정적과 마주하고 있으면 세상의 생명들이 말을 걸어오지. 그들도 외롭거든.

–…?

홍범도는 듣고 있었다. 정돌치는 부엌으로 자리를 떴다.

–외로움의 말들이 들려 와. 그 말들을 듣고 있으면 시간이 금세 가.

–왜 제게는 안 들리지요?

–그야. 간단하지.

–…?

–침묵의 시간을 가져보지 않아서 그래. 몸은 쉬고 있지만 생각으로 바빴겠지. 무엇보다 걱정이 많은 사람은 늘 분주하지.

홍범도는 자신을 두고 하는 말처럼 들려 은근히 찔렸다.

–미래에서 어떤 사람은 걱정을 가불해 오고, 어떤 사람은 희망을 가불해 오지. 둘 다 미리 미래를 가져다 쓰는 것인데 걱정을 가불한 사람은 초초하게 살지. 하지만 희망을 가불한 사람은 마음이 부풀어 있지.

그랬다. 정말로 자신을 생각해보니 몸도 바빴고, 생각으로 바빴다. 정확하게 말하면 생각이라기보다 걱정과 할 일에 대해 골몰해 있었다. 쉬는 시간이 아까웠다. 무엇인가를 해야 하는 생활이었다. 사냥을 하거나 과거의 일들을 기억하면 자신을 힘들게 하기도 했다. 그리고 내일 걱정으로 사는 일이 벅찼다. 미래에서 걱정을 가불할 것이냐, 희망을 가불할 것이냐, 순간 호흡을 정지시키고 생각했다.

–혼자서 사는 사람은 자기 자신을 들여다볼 줄 알아야 해.

–그건 또 무슨 말씀이시지요?

홍범도는 기사범의 이야기가 이해가 되지 않았다.

–자신의 마음이 움직이는 걸 바라보고 있으면 세상의 큰 스승이 나 자신이란 걸 깨닫게 되지.

–저는 행동으로 움직여야 직성이 풀리는 사람이라 어렵겠습니다.

–당연하지. 마음이 시키는 대로 사는 것이 잘 사는 걸세.

두 사람의 대화가 무르익고 있었다. 두 사람의 대화가 이렇게 길게 이어진 것은 드문 일이었다.

–저는 스승님을 뵙고 의논하고 싶었던 일이 있었습니다. 우리 부대를 해산시켰습니다.

–아하.

홍범도의 말에 기사범은 놀랐다. 기사범은 홍범도를 돕기 위한 방법을 모색하고 있었다.

–잘한 일인지, 못한 일인지를 묻고 싶었습니다.

–고민이 많았겠네.

–…

–홍대장이 이곳에 온 것에 우선 놀랐네. 생사를 다투고 조선 전체가 알고 있는 인물이 이렇게 다녀도 되는가 싶었고.

기사범은 잠시 말을 멈추었다. 잠깐의 시간이 흐른 다음 다시 말을 이었다.

–우리 예전처럼 말을 타고 한 번 달려보겠나.

기사범과 홍범도가 밖으로 나와 말에 올라탔다.

이기와 나철, 김윤식을 알다

나철은 분주한 일상을 보내고 있었다. 수련을 시작한 이래 더욱 바빠졌다. 이기와 나누었던 역사의 보급에 대한 내용을 구체화하기 위한 작업이었다. 그리고 수행에 더욱 많은 시간을 보냈다.

–참선을 시작했다고 들었네.

–예. 시작했습니다.

–할만하던가?

–제가 생각한 세상과 다른 세상이 있음을 보았습니다.

–무엇이 다르던가?

–저는 입문도 하지 않은 상태라 말씀드리기 어렵습니다. 하지만 전혀 다른 세상을 보는 듯합니다. 특히 앉아 있는 상태부터가 다른 것을 느낍니다. 얼굴이 맑아지고 목소리가 차분해지는 것이 어디서 오는지 그것이 궁금합니다.

–홍암도 하다 보면 알게 될 걸세. 나도 겨우 입문한 정도라 말하기 어렵네. 입문한 것만으로도 삶을 대하는 태도가 달라지네.

–인정합니다. 어릴 적 고향의 이웃 구례에 사시던 천사川社 왕석보王錫輔 선생님 생각이 납니다. 바로 앉아 계신 모습과 말씀이 안정되었던 기억이 납니다. 저분은 다르다, 라는 생각이 들었습니다.

–천사 왕석보 선생이라고 했나?

–그렇습니다.

–내 스승일세.

–오호. 그러시군요. 저는 아주 어려서 배움을 받지는 못했지만, 외모에서 주는 모습이 강렬해서 기억이 납니다.

–남다른 분이셨네. 유학에 깊은 분이셨네. 특별한 것은 개혁적인 분일세. 명나라의 문명과 일본의 과학이라는 새로운 세계를 받아들이려 노력하신 분일세. 오직 나라만을 생각하셨지. 배우고 개혁하는 데는 어느 나라의 것이 중요하지 않고 오직 백성을 위한 길만 있어야 한다고 주장하며 실용의 길을 찾으려 한 분일세.

–운양雲養 김윤식金允植 님을 아십니까?

–알다마다. 선배시네.

–그러셨군요. 제가 신세를 지고 있는 분이십니다.
–그런가. 지금 어떻게 지내시나?
–귀양을 가셨습니다. 그래서 제가 방문을 드리려고 합니다.
–귀양이라니. 그 강직한 분이, 잘못한 것이라면 바른말을 한 것밖에 없을 텐데.
–그렇습니다. 제 스승이시자 도움을 직접 주시고 계신 분입니다.
–고마운 일이구만. 스승에 세상사는 것까지 도움을 주다니. 큰 인연일세.
–그렇습니다. 천사 왕석보 선생님도 아시고, 운양 김윤식 선생님도 아신다니 세상 참 좁습니다.
같은 호남이 고향이기는 했지만, 나철이 배운 두 분의 스승과 이기가 각별한 사이여서 놀랐다. 모르고 산 것이 아쉬웠다. 나철은 어려서부터 무척 영민했다. 나철은 집에서 아버지로부터 한학을 공부했다. 아홉 살 때 서당에 들어갔을 때 왕석보를 만났다. 기억이 남아 있는 것이라고는 수염이 긴 외모에 마른 체구, 그리고 신선 같은 풍모였다.
나철을 관통하는 인생관을 만들어준 사람은 김윤식이었다. 공부도 배웠고, 인생도 배웠다. 그리고 세상에 나와서는 스승 김윤식의 집에서 숙식을 하며 도움을 받았다. 김윤식은 역사의 스승으로 모신 이기와도 잘 아는 사이였다. 이기의 선배가 김윤식이었다. 매천 황현도 김윤식의 문하에서 수학했다. 그래서 황현이 이기를 깍듯하게 예우를 하는 이유였다. 정확하게 이야기하면 김윤식은 특별하게 만난 사이였다. 김윤식이 순천부사로 있을 때 가까이 있던 왕석보의 제자들이 모여 공부하는 곳이 있다고 해서 합류했던 인물이었다. 왕석보의 명성을 듣고 시간이 날 때마다 와 제자들과 학문을 함께 하던 사람이 김윤식이었다. 자연스럽게 이미 타계한 왕석보의 학문적 제자가 되었다. 그때 이기 황현도 같이 공부를 했다. 김윤식은 경제적인 도움도 주었고, 당시 절대 부족했던 먹과 종이를 대 주는 등 여러 가지 혜택을 준 인물이 김윤식이었다.

왕석보의 제자들인 운양雲養 김윤식金允植, 해학海鶴 이기李沂 그리고 매천 황현 같은 제자들의 사상이 개화사상 중에서도 자주적인 개화사상인 이유가 스승의 사상을 이어받아서였다. 왕석보는 다산 정약용의 실학사상을 물려받았다. 왕석보의 학문이 진취적이고 활달한 것은 당시 이단시됐던 양명학에 밝아서였다. 왕석보가 양명학에 밝았다는 것은 매우 진보적인 사상의 소유자였다는 뜻이다. 그래서 김윤식, 이기와 황현과 같은 애국적이면서 개혁적인 사상의 소유자들을 만들었다.

-지금은 어디 계신가?

-제주도에 계십니다.

-같이 가세.

-고맙습니다.

-고맙기는 선배이기도 하고, 같은 스승 문하에서 공부한 분이니 보고 싶네.

나철은 지나온 시절을 생각했다. 계연수와 이기를 만나면서 새로운 세계를 경험하고 새로운 길을 개척하고 있지만 두 사람을 만나기 전에는 유학이 전부였고, 선비로서의 길에 충직하려 했었다.

나철의 생애에 전환점이 있었다. 형과 함께 한양에 왔다가 김윤식 선생을 만났다. 반가웠다. 순천 부사로 있던 시절 만났던 인연이 있었다. 한양에 형과 함께 올라와 형은 귀향하고 나철은 한양에 머물러 있을 때였다. 처음 올라와 어떻게 해야 할지 몰랐을 때 기꺼이 자신의 집에 머물면서 다음 일을 찾아보라는 말에 그만 눌러앉아 신세를 지고 있었다. 김윤식의 식객이 되었다. 시골의 무명 청년이 당시 정계의 거물이었던 김윤식을 만난 이유였다.

김윤식은 1874년 문과에 급제하여 황해도 암행어사를 했다. 세상을 처음으로 들여다 볼 수 있는 기회였다. 순천부사에 임명되었다. 그때 만난 이기 황현 그리고 나철이었다. 김윤식은 친청파로서 중국에서 북양대신 이홍장과 7차에 걸쳐 회담을 했다. 조미수호통상조약이 체결되었을 때 현장에 있었던 인물이었다. 김윤식은 실세였다. 어윤중 등과 흥선대원군 제거 전략을 세워 실현했다. 갑신정변 때는 청나라의 실력자 위안스키에게 구원을 요청, 청국 군대와 함께 창덕궁을 점거하고 있던 일본군을 공격해 물리치기도 했다. 김윤식이 병조판서를 역임하고 있을 때 만나 도움을 받았다. 과거시험을 볼 때도 도움을 받았다.

최고의 요직인 승정원 가주서假注書로 임명되어 고종 임금을 만났다. 가주서란 임금의 모든 움직임을 친히 모시면서 기록하는 사관史官이었다. 병조사정兵曹司正, 승정원 부정자副正字, 징세국장에 임명되어 짧은 기간

관직에 있었다.

김윤식이 이기와 선후배라는 사실이 반가웠다. 나철은 역사에 발을 들여놓고 있는 현장에서 많은 사람들의 이야기를 듣고 싶었다. 그중 인생의 스승인 김윤식이 유배되어있는 현장을 찾아가고 싶었다. 이기가 자청해서 함께 가자는 제의가 고마웠다.

–언제 출발할까요?

–빠를수록 좋네. 조선 역사의 현장을 낱낱이 알고 계신 분 아니시던가. 만나면 좋은 혜안이 있을 걸세.

이기와 나철은 역사학당이 빌 수밖에 없어 신명에게 맡기기로 했다. 신명의 해박한 조선인에 대한 통찰을 역사학당 학생들에게 가르칠 수 있도록 했다.

감연극이 배를 타면서 데라우치 마사타케의 지시를 떠올렸다. 일본에서 조선으로 가기 위한 배였다.

"고생했다. 홍범도의 부대를 찾아낸 것은 인정한다. 수고했네."

"예. 감사합니다."

홍범도 부대 위치 정보를 알아내 공격까지 한 것에 대해서는 칭찬을 들었다.

"하지만 부대가 어디론가 사라졌다. 수단 방법을 가리지 않고 찾아내라."

"예. 알겠습니다."

데라우치 마사타케의 목소리는 예리했다. 군인이었다. 홍범도의 부대가 사라진 것을 알아내지 못했다는 질책을 받았다.

“역사학당을 없애 버려라.”

–”예, 실행하겠습니다.”

데라우치 마사타케의 역사학당을 없애버리라는 지시였다.

데라우치 마사타케는 감연극을 앉혀 놓고 지시하고 있었다.

–상부의 명령이다.

누구라고 구체적으로 이야기하지 않고 상부 명령이라는 말로 시작했다.

–상부의 생각은 확고하다. 우리가 조선을 점령해 통치하게 될 것이라는 확신이다.

데라우치 마사타케의 목소리는 카라카랑했다.

데라우치 마사타케의 지시를 듣고 있는 감연극은 이미 조선에서 밀약하고 있었다. 탁월한 능력을 가진 밀정이었다. 투철한 사고를 가지고 있는 밀정이었다.

–조선을 점령하기 위한 준비 작업은 이미 준비되고 있다. 지금 할 일은 조선의 역사와 정신을 말살하는 것에 있다. 이유는 간단하다. 조선을 일본화하려면 조선의 역사는 없어야 한다. 우리보다 역사도 짧고 빈약해야 한다.

말에 단호함이 묻어 있었다.

–우리 일본제국은 위대하다. 위대한 일본제국이 조선의 역사를 지운 후에 새로 일본제국이 원하는 역사를 가르칠 것이다. 그 작업은 조선을

점령한 후에 진행될 것이다. 우선은 조선의 역사를 없애는 일에 주력해야 한다.
–예. 알았습니다.
–조심할 것은 아직은 조선이란 나라가 살아있다는 점이다. 조선에서 작업하기 때문에 일본에서 활동하는 것과는 다르다. 철저하게 준비하고 실행하기 바란다.
–지시대로 실행하겠습니다.
–문제점이 있나?"
–없습니다."
–알았다. 그러면 실행하라."
데라우치 마사타케는 간결하게 지시했다. 그리고 감연극은 명쾌하게 대답했다.

광개토대왕 비문 탁본을 위한 모금을 하다

탁본 준비가 시작되었다. 가설물을 설치해야 기본적인 작업이 시작될 수 있었다. 몇 층 높이가 되는 비석에 올라가려면 목재가 필요했다. 쉬운 일이 결코 아니었다. 탁본을 뜨기 위한 작업이 큰 작업이었다. 사람이 필요했다. 세 사람은 크게 도움이 되지 않았다. 목수가 필요했다. 하루에 될 일이 아님을 금세 눈치챌 수 있었다. 세 사람은 생각한 것보다 일이 큰일임을 깨달았다.

–일이 커집니다.

–글쎄. 생각보다 큰일일세.

이태집의 말에 이관집이 파악한 상황을 말했다.

–우리의 목적은 탁본을 뜨는 일인데 하루 이틀에 될 일이 아닌 것 같네.

세 사람 모두 같은 생각이었다. 가설물을 설치한다 해도 탁본을 뜨는 일이 어려웠고, 탁본을 뜨기 위해 먹을 가는 일도 몇 시간에 할 수 있는 일이 아니었고, 탁본을 뜰 종이의 양도 엄청났다. 생각보다 실제 탁본을 뜨는 일은 컸다.

–우리가 가진 돈을 다 합해도 모자랄 듯하네.

계연수는 탁본을 떠봤지만 이렇게 크고 높이가 있는 비석을 본 일이 없었다. 집을 두세 채 지을 만큼의 자재가 필요했다. 큰 비석에 상처를 주지 않으면서 일을 진행하는 것도 예사로운 일이 아니었다. 한양에서 평양을 거쳐 집안까지 온 지금 무리해서라도 탁본을 떠야 하는 목적이었다.

–문전걸식을 하더라도 탁본은 완성해보세.

–좋네. 그래야지요.

계연수의 결의에 이관집과 이태집이 동의했다.

개인이 할 일이 아니었음을 깨달았다. 방안을 찾아보기로 했다. 이곳에 사는 사람들에게 하소연해서 통할 리는 없고 주위에서 영향력 있는 사람을 찾아서 도움을 청하는 것도 방법이라고 생각했다.

원주민이 목수를 데리고 찾아왔다. 마침 목수도 조선 사람이었다. 문제가 없어 다행이었다.

–조선인이십니까?

–우리는 그냥 여기가 내 집이라고 생각하고 살고 있습니다. 우리는 대대로 이곳에서 살고 있는 조선사람입니다.

목수의 이야기에 비석 옆의 집주인이 머리를 끄덕이며 동의했다. 두 사람 모두 조선 사람이었다.

–이곳에는 조선 사람이 많습니다.

–반갑습니다. 집안에 와서 조선 사람을 만나니 반갑습니다.

비석 옆 집주인의 설명에 이태집이 반가움을 전했다.

–한데 이곳을 찾아온 이유는 무엇입니까?

–이 비석의 주인이 우리 조선인들의 고대 국가의 위대한 왕이십니다. 광개토대왕이라고 하는 분인데 직접 보러 왔습니다.

–아, 그렇군요. 제가 위대한 왕의 비석을 바람막이로 알고 살고 있었습니다. 왕의 은총은 제가 다 받은 듯합니다.

비석 옆 집주인의 농담에 모두 웃었다.

–이곳은 사람의 흔적이 많지 않은 곳입니다. 사람의 흔적이 드문 곳입니다. 여기에서 한참을 가면 마을이 나옵니다. 그래서 말씀하신 가설물 작업이 만만치 않습니다. 우선 목재가 준비되어 있지 않습니다.

예상했지만 어려운 작업이었다. 비가 와도 작업을 할 수 없고, 목재를 이곳으로 나르는 작업도 예사롭지 않은 일이었다.

–목재를 준비하는 시간만 해도 며칠이 걸릴 듯합니다.

목수가 말했다.

비용 걱정도 해야 했다. 여유가 있는 사람들이 아니었다. 나라에서 도와주는 일도 아니고, 독지가에게 도움을 청해서 구해온 것도 아니었다. 열정만으로 집안에 도착해 큰일을 준비하고 있었다.

세 사람은 논의를 시작했다. 세 사람이 가진 돈으로는 도저히 할 수 없는 금액이었다. 여비에서 겨우 조금 여유 있는 정도였다. 딱한 사정이었다. 비석 옆 집주인과 목수의 생활 형편은 봐도 알 수 있었다. 도움을 청할 사람들이 아니었다. 겨우겨우 호구지책을 하는 형편임을 알 수 있었다. 그래도 기왕 왔으니 일을 저질러보자는 결론이었다. 집주인과 목수에게 부탁해 능력 있는 사람들을 찾아가 부탁해보기로 했다. 되든 안되든 실행은 해보기로 했다. 몇 집을 선정해서 찾아가기로 했다. 조선인들이 살고 있다고 했으니 조선인에게 부탁하기로 했다.

–저는 매번 느끼는데 의로운 일을 하려면 의심을 받고, 오해도 사고, 힘든 것을 느낍니다.

–그렇지. 의로운 일이라고 누가 도와줄 것이라는 생각은 착각임을 여러 번 보았지. 자네도 그랬군.

이관집이 자신이 겪었던 일을 말하자 계연수도 마찬가지 경험을 말했다.

세상은 선한 일을 할 때 사람들이 믿어주지 않아 실망하게 된다. 나쁜 일을 할 때는 저 사람이 나쁜 일을 하는 것이라고 믿지만 선한 행위는 의심을 받게 된다. 의로운 일을 하려면 의심을 받고, 오히려 방해하는 사람을 만나게 되고, 고난이 따른다. 그렇더라도 해야 하는 것이 의로운 일이었다.

–우리는 왜 이러는 거지요?

이태집이 말했다.

역사의 은자들은 더욱 그러한 현실을 잘 알고 있었다. 밝혀지면 집안이 위험에 처할 수 있는 위험한 일을 하면서도 숨어서 해야 한다는 것이 힘들었다.

진정 필요한 일을 하면서도 남에게 드러낼 수도 없었고, 죄지은 사람처럼 살아야 하는 것이 안타까웠다. 정말 이해할 수 없는 일을 하는 사람들이 역사의 은자들이었다. 그러한 고난도 견디며 살아왔는데 후원할 사람을 찾아 탁본을 뜰 수 있는 재원을 마련하는 것이야 오히려 작은 일이었다.

–무슨 운명인지 모르겠다는 생각을 종종하네.

계연수가 자신의 심정을 말했다.

–내가 진정 왜 이렇게 살아야 하나를 가끔, 아주 가끔 하곤 하네. 혼자서 가만히 생각하면 눈물이 날 때도 있네. 누구도 알아주지 않는 일을 혼자서 짊어지고 가고 있는 나는 누구일까. 왜 나는 고행을 스스로 짊어진 것일까, 생각하네.

계연수가 길게 말했다.

–저와 형님도 그렇지만 운초 형님은 진정 전생이 있다면 우리 민족과 깊은 관계가 있는 분이셨을 거라고 혼자 생각합니다.

이태집이 시원한 말투로 이야기했다.

–자네 말이 맞네. 그럴지도 모르지. 더 낙망하지 말고 탁본을 해갈 수 있도록 우리에게 후원해 줄 사람을 찾아보세.

계연수가 마음이 처지는 것을 경계하며 마음을 결의를 다졌다.

3. 광개토대왕 비문 탁본

홍범도, 기사범을 스승으로 모시다

별판을 달려가는 두 필의 말에 올라탄 사람은 상쾌했다. 바람은 방향을 바꾸며 불어오고 있었다. 아직 가지에 남은 단풍이 위태로워 보였다. 겨울로 걸어 들어가는 가을의 모습은 쓸쓸했지만 봄을 향하고 있었다. 기어이 다시 푸르러서 찾아올 것을 기약하고 있었다. 봄은 언제나 기어이 오고야 말았다.

–오랜만에 마음 후련하게 달려봅니다.

들판을 가로질러 들머리에 올라서 홍범도가 말했다.

–나도 오랜만일세.

갇혀있던 물이 터져서 흘러가듯 답답했던 마음이 뻥, 뚫리는 기분이었다. 마음도 물웅덩이처럼 갇혀있다는 것을 느꼈다. 마음도 물꼬를 터줘야 흐르듯 체증이 내려가는 듯했다. 두 사람은 잘 어울리지 않을 듯하면서 서로에게 힘을 주고 있었다. 홍범도는 스스로 기사범을 스승으로 모시기로 결정했다. 기사범도 홍범도를 만나면 듬직하면서도 배려가 있는 따뜻한 마음에 흐뭇했다. 마음이 편했다. 홍범도도 걸림이 없는 대범한 성격이었다. 물론 두 사람은 경계가 없었지만 다른 느낌의 화통함이라고 할 수 있었다. 홍범도에겐 일상생활적인 면에서 화통했고, 기사범은 도인 같은 풍모에서 나오는 화통함이었다. 서로는 말로 표현하지 않았지만 서로에게 의지하고 있었다.

–의논할 일이란 것이 무엇인가?

기사범이 먼저 말문을 열었다.

–이미 결정을 내렸지만 자문을 얻고 싶습니다.

–답이 되지는 않겠지만 참고는 되었으면 싶네.

–제가 부대를 해산했습니다.

–아하, 그랬군.

–얼마 안 되었는데 마음이 복잡합니다.

–당연하지. 큰 결정을 했네.

기사범이 홍범도를 위로하는 마음으로 짧게 말했다.

–저로서는 힘든 결정이었습니다.

–모든 결정에는 두 개의 얼굴을 가지고 있네. 반쪽을 버려야 하는 아쉬

움이 있는 것 아니던가. 그냥 결정했으면 돌아보지 말게.
-언제 다시 일어날지 기약이 없는 해산입니다.
-큰일을 하는 사람은 단순해야 하네. 복잡한 마음을 단순화해야 일이 쉽네.
-무슨 말씀이신지 잘 모르겠습니다.
-말 그대로일세. 지도자가 할 일은 결정일세. 그 결정에 울고 웃겠지만 냉정해야 하네. 하나를 버리는 순간 간결하게 마무리하고 뒤를 돌아보면 안 되네. 지도자가 돌아보는 순간 따르는 사람들은 순간 길을 잃어버리고 우왕좌왕하게 되지.
-인정합니다.
-나는 의논하고 싶다는 사람들의 심리를 아네. 이미 마음의 결정은 되어있지만, 확정짓는 데 도움을 받으려는 마음이 크지. 그리고 위로받고 싶은 마음이 있네.
-제 마음을 꿰뚫어 보시는 듯합니다.
-아는 방법도 단순하네. 내 마음이 그러하니 세상 사람들도 비슷하지 않겠나. 스승은 어디에 두라고 했나?
-그런 말씀을 하신 기억이 없습니다.
-그런가?
-그렇습니다. 제가 스승으로 모시겠다고 했을 때 나도 더 배워야 하는 사람이라고 물리치신 적은 있습니다.
-내가 그랬던가. 내 인생에 제대로 바른말 했군. 하지만 가만 생각해보

니 자네가 틀렸네. 내가 분명히 이야기했던 것이 기억나네. 자네 가족과 함께 있을 때였네.

*

—보기 좋습니다.

홍범도의 가족과 함께 식사를 하면서 기사범이 홍범도 부인에게 말했다.

—예. 저도 꿈만 같습니다.

—저하고 있을 때 많이 힘들어하는 것을 보았습니다. 그리워했지요.

—저도 어떻게 살았는지 알 수가 없습니다. 황망했지만 기다렸습니다. 기다림의 끝에서 해가 떠오를 것이라 믿었습니다.

—저는 사실 홍 형에게 많은 것을 배웠습니다.

—홍 형이라니요.

홍범도에게 홍 형이라고 하자 기사범의 말을 끊고 손사래를 쳤다.

—알았네. 우리 아우에게 많이 배웠습니다.

—아니. 아우라니요. 저는 스승님의 제자입니다.

—알았다니까.

홍범도의 부인이 소리 없이 웃었다. 아들 양순이는 밥을 먹다가 무슨 일인가 싶어 쳐다만 보고 있었다.

—사내 중의 사내입니다. 마음이 곧고 변함이 없습니다. 그걸 배웠습니다.

–그건 저도 인정합니다.

기사범의 말에 홍범도의 부인이 짧게 대답했다.

–사실 그때 저는 환자였습니다. 마음의 병이 깊었습니다. 삶에 대한 현실적인 어려움보다는 마음이 아팠습니다. 그리고 이렇게 힘든 삶이 필요한 것인가 생각했습니다. 그때 저를 구해준 분이 스승님이십니다.

–나는 다시 이야기하지만 겨우겨우 사네. 겨우겨우 사는 사람에게 배울 것이 있는 것이 아니라 배울 준비가 되어있었다는 것이 더 정확한 말일세.

– 두 분은 서로에게 배우셨으니 저는 두 분에게 배워 부자가 되었습니다.

홍범도의 아내는 짧은 말속에 긍정과 웃음을 담는 능력을 가지고 있었다.

–한 사람이 한 사람을 받아들인다는 것은 하늘이 한 일이라고 받아들입니다. 저는 그런 사람이 없었습니다. 아우를 만나 행복했습니다. 그리고 연대의식을 처음으로 느꼈습니다.

–지금까지만 아우로 하세요. 제가 스승님으로 모시려는 이유가 있습니다. 저도 사욕이 있어 그러니 이해해 주시기 바랍니다.

홍범도의 이야기에서 더 할 말이 있음을 감지했다. 기사범이 다음 말을 기다렸다.

–저는 인생의 좌표가 없었습니다. 처음으로 여자를 알았는데 그 사람을 잃고, 태어나서 누구에게도 따뜻한 말 한마디를 듣지 못한 접니다.

누군가를 의지해서 살아갈 사람이 필요했습니다. 그것이 스승님이었습니다. 그것은 제가 그곳을 떠나서 더욱 느꼈습니다. 마음에 구멍이 크게 뚫린 듯 허전했습니다. 그래서 마음속으로 다짐했습니다. 스승님으로 모시고 내 마음을 다스리고, 살아가는 이정표로 삼기로 했습니다. 못난 제자지만 받아주시기 바랍니다.

홍범도의 목소리에는 힘이 들어가 있었다. 이렇게 길게 목소리에 힘을 주어 말하는 것을 처음 보았다.

–이해하네. 나도 흔들리며 사네. 다만 나는 예전에 말했듯이 내 안에 있는 모자란 나 자신을 스승으로 삼고 사네. 내가 자네의 마음마저 꺾을 필요가 없지만 내 안의 모자란 나를 스승으로 삼으면 어느 날인가 진정 스승이 되어주는 걸 느끼네. 스승은 완전한 자만이 스승이 되는 것이 아니라 흔들리는 그 마음 자체를 바라보는 것만으로도 스승의 역할을 하네.

–예. 알았습니다. 그렇지만 제게는 당장 스승이 필요합니다.

기사범의 말에 동의하지 않았다.

–제게도 스승이십니다.

홍범도의 부인이 말했다. 순간 홍범도와 기사범이 서로 얼굴을 바라보며 크게 웃었다.

–저도 스승, 할게요.

앞뒤가 조금은 맞지 않는 말로 아들 양순이도 말했다. 다시 한번 큰 웃음이 터졌다.

하늘이 만들어준 가족이란 공동체는 북청에서도 환했다.

기사범의 말에 홍범도가 비로소 생각이 난 듯 무릎을 치며 인정했다.

내 기억력이 가끔은 맞네.

–제가 그때 말씀하신 것을 다 이해하지 못해 인정하지 않으려고 잊었나 봅니다.

–나는 자네가 틀리면 통쾌하네. 신중한 사람이 틀리면 더 기분이 좋지.

기사범의 농담에 두 사람은 환하게 웃었다.

–저는 지금부터 무엇을 해야 하는가에 대해 고민하고 있습니다.

진정 큰 고민이었다. 의병을 해산하고 다시 사냥을 하려니 마음이 허락하지 않았다. 사내가 태어나 무언가를 해야 하는 것이 아닌가 싶었다. 목숨을 걸고 찾아온 사람들을 해산시킨 것이 잘 한 것인가 싶었다. 마음이 편하지 않았다. 물론 치열하게 토론하고 결정했다. 그런데도 무언가 석연하지 않았다.

–확실한 것 중에 하나는 자네가 사람을 잘못 찾아왔네.

–제가 믿는 분께서 그렇게 말씀하시면 저는 당황스럽습니다.

–당황스러운 행동을 하고 있는 걸세. 이야기하지 않았는가. 부족한 나 자신이 흔들리고 고뇌하는 것을 바라보는 것을 공부라고 생각하며 사는 사람에게 찾아온 것은 분명 실수라네.

–제가 스승님을 압니다.

–그렇게 억척을 부린다면 내가 할 수 있는 일이 있네.

–무엇입니까?

홍범도가 호기심 어린 목소리로 물었다.

–자신에게 물어보게.

–많이 물어봤지요.

–그럼. 내가 묻겠네. 왜 의병으로 일어났나?

기사범의 질문에 갑자기 숨이 턱 막혔다. 당당하고 확신에 차 일어났는데 기사범의 질문을 받으니 뜻밖에도 말문이 막혔다. 여러 번 자신에게 반문했고, 토론까지 했던 내용이었다. 홍범도는 자신에게 물어본다는 말이 이런 의미였구나 했다.

–조선 백성을 위해서 일어났습니다.

정답이라고 자신할 수 없었으나 해산할 것인가, 싸울 것인가를 놓고 격렬하게 논쟁을 할 때 나왔던 의견이었다.

–자네는 왜 사나?

기사범의 질문에 다시 말문이 막혔다. 너무나 자연스러운 질문이었다. 내가 태어나 사는 의미도 모르고 산다는 것은 인간으로서 수치일 수도 있었다. 허를 찌르는 질문이었다. 정확하게는 당연한 질문이었다. 자신이 살아가는 의미가 무엇인가를 진정으로 물어본 적이 없음을 확인하는 자리였다. 홍범도는 당황스러웠다.

–저는 사실 당황스럽습니다. 그런 질문을 받은 적도 없었고, 사는 것은 당연한 것이라 생각했습니다.

–사는 것이 왜 당연한가. 죽음과 삶은 같은 곳에 있네.

정말 그랬다. 삶 옆에 바로 죽음이 있었다.

–사람들은 늘 선택해서 살 수 있는 권리를 가지고 있지.

–권리라고요?

–권리가 아니면 무엇이던가?

기사범이 도리어 물었다.

–…

홍범도는 할 말을 잃었다.

–당연하게도 삶의 가장 가까운 곳에 죽음이 있지 않은가. 삶과 죽음은 항상 같이 있네. 선택할 수 있는 선택사항이란 말일세.

–그렇다면 사람들은 당연하게 삶을 선택한다는 말씀이십니까?

–그렇지. 너무나 습관적으로 삶을 살지.

–아하.

홍범도는 낙망스러웠다.

두 번째 질문에서 벗어나지 못하고 있는 자신이 부끄러웠다.

–사람들은 삶을 버릇처럼 살지. 하지만 사는 이유는 알아야 하지 않겠는가. 설령 사는 이유가 없다면 만들어야 하네.

사는 이유가 없다면 사는 이유를 만들어야 한다는 말에 귀가 솔깃했다.

이기와 나철, 김윤식을 만나러 유배지 제주도로 가다

이기와 나철은 제주도로 가고 있었다. 김윤식을 찾아가는 길이었다. 말로만 듣던 조선에서 가장 먼 유배지인 제주도 길이었다. 조선을 대표하는 지식인이라는 평을 듣는 김윤식은 아관파천에 의해 친러파 내각이 성립되고 나서 명성황후 시해의 음모를 사전에 알고서도 방관했다는 죄목이었다. 억울하고 말도 안 되는 죄목으로 제주도로 종신 유배형을 받았다. 종신이라는 말이 주는 막막함을 견뎌야 할 유배형이었다.

이기와 나철은 채비를 갖춰 한양을 떠났다. 일단 배를 타고 가야 하는 머나먼 길이었다. 배를 탈 곳은 강진이었다.

–우리가 가야 할 강진이 어디인지 실감이 나는가?

–저는 실감이 납니다.

–아하. 그렇군. 자네 고향이구만. 깜박했네. 고향을 찾아가는 길이구만.

–고향은 바로 옆 보성입니다. 강진도 고향 같습니다.

–아하. 그런가. 보성이었군.

–예. 그렇습니다.

–강진의 옛 이름을 아는가?

–모르겠습니다.

이번에 제주행을 결정하면서 조사해 보았네. 〈고려사〉에 보니 탐진이었네. 탐耽이란 의미를 살펴보고 제주와 깊은 연관성이 있음을 보았지.

–그런가요?

–그렇네. 신라시대부터 제주를 탐라라고 불렀네. 탐진은 '탐라로 들어가는 뱃길 나루' 라는 뜻일세. 지금도 이름이 남아 있는 흔적이 있네.

–탐라의 흔적이라면 … 아하. 탐진강인가요?

–그렇네. 조선 태종 때에 이웃한 도강현道康縣과 합치는 과정에서 도강道康과 탐진耽津의 뒷글자에서 하나씩 뽑아 강진으로 바꾸었네.

–제 고향 강진의 유래를 오늘에야 알게 되었습니다.

강진은 삼면이 산으로 둘러싸여 있었다. 북쪽에 우두봉牛頭峰, 동쪽에 금사봉金沙峰, 서쪽에 주작산朱雀山이 있었다. 남쪽만이 탐진강의 어구와 남해에 연결하여 열려 있었다. 남해안을 따라 해상교통이 발달했다. 내륙으로 해남, 장흥과 연결되어 수륙교통의 중심역할을 하고 전남 해안의 지역 중심지였다.

–제주가 옛 이름이 탐라라는 사실도 나도 이번에 알았네.

–〈고려사〉 지리지에 있더군. 제주도 3성씨姓氏는 알지 않는가?

–예. 고高·양梁·부夫 3성姓입니다.

–시조 성씨 중 하나인 고을나高乙那의 15세손 고후 · 고청과 아우 3형제가 배를 만들어 타고 바다를 건너 탐진耽津에 이르렀다네. 3형제가 신라 조정에 들어가 조공하자 신라왕은 이를 가상히 여겨 맏아들에게는 성주星主, 둘째에게는 왕자王子, 막내에게는 도내都內라는 작호를 주고 국호를 탐라라고 했다고 하네. 이에서 탐라국이라는 명칭은 유래했지.

–우리 삼한이나 삼조선처럼 세 성씨가 촌장으로 있다가 나라를 세운 듯합니다. 아닙니까?

나철이 조금은 자신이 없는 듯 말했다.

–그것은 내가 알 수 없지. 한 가지 문제를 내겠네.

–좋습니다.

이기가 문제를 내겠다는 말에 나철이 자신 있게 말했다.

–탐라耽羅라는 뜻은 무엇인지 말해보게.

–즐길 탐耽에 그물 라羅인데, 라羅는 그물이란 의미가 아니라 신라를 지칭한 것이 아닐까 싶습니다. 굳이 설명하면 신라가 통치권을 그대로 유지해주었고, 작위까지 내려주었으니 신라로 인해 즐겁다는 뜻은 아닐까요?

–역시 학자다운 해석일세. 너무나 답은 정확하고 싱겁네.

–?

– '섬나라' 라는 뜻일세.

이기와 나철은 강진에 도착하기 전에 보성을 잠시 들렀다. 탐진나루를 찾아가기 전에 나철의 집을 찾았다. 배 시간을 확인하고 묵어갈 마음이었다. 한양에서 한강 건너 동작진을 지나 과천 – 수원 – 성환역 – 직산 – 천안 – 공주 – 여산 – 삼례 – 태인 – 정읍 – 장성 – 영암 – 해남을 지나왔다. 그리고 보성에 도착했다. 긴 여정이었다. 한양에서부터 걸어 내려온 여독도 풀 겸해서 고향집으로 가 쉬었다 출발했다. 귀양을 가는 마음도 서글픈데 귀양지를 향해서 걷고 걷고 또 걷는 것도 지치고 힘든 일이었음을 확인할 수 있었다.

이기와 나철 두 사람이 걸어온 길을 그대로 낙망한 가슴으로 걸은 사람이 있었다. 세상에서 죄인으로 낙인이 찍혀 유배지를 향해 걸어가는 마음은 쓰렸으리라. 두 사람이 찾아가고 있는 김윤식도 이 길을 걸었다. 이기와 나철이 걷는 마음이 아니라 죄인의 신분으로 언제 죽음에 이를지 모르는 어둠의 길을 걸었다. 김윤식이 걸은 길을 오래전에 걸었던 사람이 있었다. 김윤식의 스승이 천사 왕석보 선생이었다. 그리고 왕석보 선생을 길러낸 분이 바로 다산 정약용이었다. 정약용이 유배된 곳이 강진이었다. 정약용의 제자면서 왕석보 선생의 제자인 김윤식의 유배지도 강진까지는 역시 같은 강진이었다. 김윤식은 다시 배를 타고 바다를 건너 제주도로 가야 했다. 강진에서 제주도로 향하는 배를 탔다. 강진에서 제주를 오가는 배를 덕판배라고 했다. 제주의 전통 배였다. 험난한 파도에 견딜 수 있도록 만들어진 평저선으로 말 30마리에서 40마리까지 동시에 실을 수 있는 규모였다. 배는 생각보다 컸다. 덕판배에는 선원, 승객을 포함하여 100여 명이 승선했다.

덕판배를 이용한 제주 해로를 항해하는 데에는 적당한 바람과 바람의 방향이 제일 중요했다. 제주로 들어갈 때는 서북풍, 나올 때는 남동풍을 이용했다. 두 사람은 출항 시에 알맞은 바람이 불 때까지 기다려야 했다. 가기도 험한 길을 유배지로 결정되어 가는 마음을 짐작할 수 있었다.

–배가 크니 안심이 되네.

–그렇습니다. 강진이 멀다고 했는데 제주도는 정말 먼 곳입니다.

–더구나 유배된 자에게는 더욱 먼 곳이었겠지.

–충분히 마음을 읽을 수 있을 듯합니다.

–유배지가 멀수록 죄가 크다는 것을 말하니 제주도는 최고의 중죄라고 할 수 있네. 참형을 면한 사람 중에서도 강도가 높은 죄인이라는 것을 말하지.

–역적으로 몰린 것만 아니어도 다행입니다.

–명성황후가 시해당하는 것을 방조한 죄라는 누명을 뒤집어썼으니 중죄인일 수밖에 없었겠지.

바다로 나가면서 점점 파도가 거칠어졌다. 여기저기서 토하는 사람들과 어지럽다며 눕는 사람들이 늘었다.

–자네는 괜찮은가?

–저도 좋지 않습니다.

점점 파도가 커졌다. 너울이라고 해서 파도가 산처럼 왔다가 갔다. 앞으로 항해하는 배가 너울에 얹혀서 공중에 떴다가 너울이 가라앉는 순간 턱하고 배가 바닥에 떨어지듯이 충격을 받았다. 사람들이 어이쿠, 어이쿠 하며 넘어지지 않으려고 주위에 있는 것들을 잡기 바빴다. 바다가 예사롭지 않았다.

선원이 선창에 나와 소리쳤다.

–지금 이 배는 파도를 피했다가 다시 출발하겠습니다. 배는 소안도로 들어갑니다.

사람들은 선원의 안내하는 말에 대한 관심보다도 지금 자신이 급박했다.

배가 어디로 향하는 것인지 알 수가 없었다. 아무것도 보이지 않는 망망대해서 배가 흔들리고 있었다. 밖에서 들어오는 파도가 안까지 들어왔다.

–우리도 안으로 들어가세.

이기는 이미 얼굴이 일그러져 있었다. 토기와 속이 뒤집어지고 있었다. 선원들 몇을 빼고는 모두 넋이 나간 사람들처럼 지쳐 있었다. 나철은 다행히 다른 사람들에 비해 잘 견디고 있었다.

강진과 제주를 오가는 배는 종종 이런 경우를 만난다고 했다. 워낙 멀고 예측할 수 없는 바다의 변화였다. 항해 중간에 바람이 사라지거나 바람 방향이 바뀌면 추자도나 보길도, 소안도 등지에서 바람을 기다렸다가 다시 항해한다고 했다. 강진과 제주 항해는 일정을 예측하기 어려운 긴 바닷길이었다. 난파의 위험을 감수해야 하는 항해였다.

소안도에 도착해서 모두 내렸다. 바다가 잠잠해지기를 기다려야 했다.

–육로도 힘이 드는데 해로는 정말 힘들구만. 바다에서는 피할 곳이 없네.

–그렇습니다. 정말 거대한 바다에서 파도를 만나니 배는 종이배에 불과해 보입니다.

–파도를 피했으니 다행이지만 언제 출발할지 막연히 기다려야 한다니 바다만 바라보고 있어야 하겠네.

–자연 앞에 사람은 아주 작아 보입니다.

–그렇네.

하루를 묵어간다고 했다. 잘 곳을 수소문해야 했다. 다행히 나루 근처에 숙박할 곳이 여럿 마련되어 있었다. 바다에 사는 사람들에게는 흔히 당하는 일이었다.

–그래도 많이 온 겁니다.

힘들어하는 이기와 나철을 보고 소안도 사람인 듯한 노인이 말했다.

–그렇습니까?

–이곳에서 바람만 잘 만나면 반나절에 들어갈 수도 있습니다.

파도가 심하면 보길도나 소안도 같은 바람 피난처에서 적당한 바람을 얻어 남쪽으로 항해하면 화북이나 조천까지 반나절에 도착할 수도 있다는 고마운 소식이었다. 문제는 출항을 언제 할지 모르는 상황이었다.

고난은 넘으라고 온다

고난은 넘으라고 찾아온다고 했는데 우리가 바로 그런 입장일세.

계연수가 먼저 입을 열었다.

광개토대왕릉비의 탁본을 생각했지만, 예상보다 어려움이 큰 것을 확인했다. 큰 공사일 것은 알았지만 집을 두어 채 지을 정도까지는 아니었다. 그냥 포기하고 돌아갈 수는 없었다. 실행해보고 포기하기로 했다. 각자 행동할 것인가, 뭉쳐서 행동할 것인가를 고민하다 함께 행동하기로 했다. 집안시에서 조선인으로서 영향력이 있는 사람을 찾아갔다. 안내는 비석 옆에 사는 원주민과 공사를 하기로 한 목수가 했다. 집안에서 선대부터 오랫동안 살았고, 넉넉한 부호 집이었다. 의외로 반겨주었다.

-들어오시지요.

한양에서 왔다는 말에 상당히 호의적이었다.

-저희는 광개토대왕릉의 비석을 탐방하러 왔습니다.

-우리도 그 비석이 왕의 비석인지를 모르고 있었습니다. 그만큼 잊고 살았지요.

-저희는 역사를 연구하는 사람들입니다. 비석이 예사로운 비석이 아니라는 것을 알고 찾아왔습니다. 문제는 비석의 내용을 정확하게 알고 싶어 탁본을 뜨려고 합니다. 비용이 생각보다 월등하게 들어 도움을 요청하러 왔습니다.

-도와 드려야지요.

예상하지 못한 반응이었다. 너무나 쉽게 도움 요청을 받아주어서 놀랐다.

-이곳엔 조선 사람들을 구경하기 힘듭니다. 내왕이 오간 지 오래되었

습니다. 이곳은 중국도 아니고 조선도 아닌 변방 아니 변방이 되었습니다. 한데 비석의 주인은 누구입니까?

–고구려의 위대한 왕이었던 광개토대왕입니다.

–여기 집안사람들은 정체성을 잃어버렸습니다. 역사도 잃어버렸고요. 우리는 오랫동안 선조 대부터 이곳에 살아왔습니다. 누구의 후예라는 말을 하기가 어려운 형편입니다. 하지만 조선인이라는 의식은 가지고 있습니다. 왜냐하면, 조선말을 쓰고 있고, 조선 사람이라는 생각을 잊은 적은 없습니다.

–아하, 그러시군요. 저희로서는 고맙고 반갑습니다. 타국에서 동족을 만난 기분입니다.

–얼마나 필요합니까?

평소에 말이 없던 이관집이 의외로 나서서 설명했다. 마음을 열고 도와줄 의향이 있음을 보여주었다.

함께 참석한 목수가 경비 설명을 했다. 그리고 공사 내용까지 자세하게 설명했다.

–좋습니다. 제가 일부를 대고 주위의 도움을 받아 후원하기로 하겠습니다.

너무나 쉽게 일이 풀리고 있었다. 그리고 나서서 지역의 유지들을 만나게 해주었다. 그리고 자청해서 설명까지 하며 함께 도움을 주자고 권하기까지 했다. 너무 쉽게 경비 문제가 해결되었다. 술자리까지 마련해주어서 흔쾌하고 유쾌한 자리가 되었다.

-고마웠습니다.

계연수와 이관집 이태집 형제 세 사람은 진심으로 감사한 마음을 전했다.

-우리들이 해야 할 일을 한양에서 찾아와 해주는 것만으로도 감사한 일입니다. 이곳은 땅만 파면 고분이나 유적이 나올 정도로 역사가 있는 땅입니다. 하지만 연구하는 사람도 없고 나라에서도 관심이 없습니다. 발견된 무덤만도 수백 개가 됩니다. 하지만 그대로 방치되어 있습니다.

-안타깝습니다. 저희 조선에서도 관심이 없습니다. 저희는 역사와 인연이 있어 이렇게 찾아왔습니다.

-역사에서도 무엇을 연구하는 분들입니까?

-우리 조선인들의 선조들이 어떤 분들인가를 연구하고 있습니다.

역시 이관집이 평소와 달리 열심히 설명했다.

-우리 선조들은 어떤 분들입니까?

-문명을 만든 사람들입니다. 특히 동양문명을 최초로 창조해서 세상을 이끌어온 사람들입니다.

-그런 것들이 무엇입니까?

-음양오행이나 천지인 같은 동양사상을 세상에 내놓은 분들입니다. 그리고 우리의 조상들이 살던 곳이 바로 이곳입니다.

놀라운 것은 집안에 조선에서는 도깨비라고 하는 얼굴상이 곳곳에 그려져 있었다. 또한, 삼족오가 유적지나 생활 그림으로 자리 잡고 있었다. 놀라운 일이었다. 도깨비가 아니라 치우천황이었다.

공사가 시작되었다. 비석이 자리한 곳은 집안에서도 멀리 떨어져 있는 한적한 시골이었다.

마차가 들어오고, 지게가 동원되었다. 집안사람들의 상당수는 조선 사람으로 조선인의 생활방식을 그대로 가지고 있었다. 자재가 먼저 도착했다. 인원도 비석 옆집 주인과 목수가 나서 인부들을 동원했다. 비석의 높이가 높고 커서 자재가 주위에 가득 쌓였다.

-가설물을 설치하는 것만으로도 장관일세.

마치 마을 축제 같았다. 비석을 탁본 뜬다는 소문이 마을에 퍼졌다. 돈을 지원한 사람들도 찾아와 더욱 북적였다. 비석 옆에 혼자 집 짓고 살던 원주민도 상기되어 있었다.

집안 고구려가 도읍을 정하고 수백 년을 유지한 곳으로 유적도 많고 무덤도 많았다. 세월이 흘러 돌보는 사람도 없었다. 고구려를 국통으로 이은 나라라고 나선 나라가 없었다. 고구려라는 나라 이름이 세상 사람들의 눈에서 멀어지고 마음에서 멀어졌다. 조선은 적통이 없는 나라였고, 쇄국으로 선조들의 땅을 회복하기는커녕 관리하던 땅마저도 관리부실로 잃어버리고 있었다. 대마도에서 자신들을 받아달라고 간청을 해도 타국으로 치부해 버렸고, 울릉도도 비워놓아 아무도 살지 않는 섬으로 만든 장본인이 조선이었다. 울릉도와 섬들은 공도정책으로 수백 년 동안 아무도 살지 않는 땅으로 비워 두었다. 만주도 마찬가지였다.

비석을 물로 닦는 시간만도 하루가 걸려서도 부족했다. 물을 길어 올려서 위에서 뿌리는 일이 쉽지 않았다. 뭣 하나 규모가 커서 시간이 오래 걸렸다.

탁본은 정말 쉽지 않았다. 먹을 양동이로 갈아야 했다. 먹과 벼루도 한 두 개로 충당될 양이 아니었다. 먹을 가는 전담반을 만들어 갈았다. 그림 한두 장 그리는 먹물 양이 아니었다. 모두 인력이 필요한 작업이었다. 출발할 때는 세 사람이 힘을 합하면 거뜬히 할 수 있을 거라고 생각했던 무지가 어처구니없는 착각이었음을 알았다. 일반 집 높이의 두세 배가 되는 높이였다. 비석은 네면 모두를 탁본해야 했다. 글씨가 빼곡하게 쓰여 있었다.

한 장 한 장 탁본이 시작되었다. 작업은 세 사람이 전적으로 담당했다. 꼼꼼하면서 글씨가 두드러지게 보이도록 부드럽게 작업을 했다. 조금만 작업을 잘못해도 탁본 종이가 찢어져 못쓰게 되었다. 탁본한 것을 밑으로 전달하다 바람이 불면 겹쳐졌다. 주고받는 과정에서 조심을 해도 젖은 상태라 찢어졌다. 화선지를 말리기 위한 건조대도 만들었다. 말리는 탁본으로 건조대가 넘쳐서 바닥에 널어야 했다. 수십 장이 아닌, 백여 장이 넘는 양이었다. 정성을 들여 한 장 한 장 번호를 매겨가며 탁본을 떴다.

화선지를 말리는 풍경이 장관이었다. 수십 장을 넘어 백여 장의 화선지가 비석 주위에 널렸다. 주위가 하얗게 넓어지고 있었다. 바람에 흔들릴 때면 나비 떼가 날아오르려는 모양 같았다. 비라도 오면 낭패였다. 마음이 조심스러웠다. 멀리서 먹구름이 몰려오기 시작했다. 작업을 중지하고 화선지를 걷어야 했다. 만약에 비가 내리면 탁본작업은 완전히 다시 시작해야 하는 난감한 상황이었다. 비용도 예상보다 늘어나고 있었다.

사는 이유가 없다면 만들어야 하네

'사람들은 삶을 버릇처럼 살지. 하지만 사는 이유는 알아야 하지 않겠는가. 설령 사는 이유가 없다면 만들어야 하네.' 라는 기사범의 말에 홍범도는 마음 안에 천둥이 치는 소리 같았다.

–삶을 버릇처럼 살기에는 너무 힘이 든다는 점일세. 노동과 같은 것이 삶일세.

노동과 같은 것이 삶이라는 말에 홍범도의 머릿속에서는 혼돈이 일어났다. 하루하루가 살아내기였다. 너무 힘들고 벅찬 날들이었다. 홍범도를 낳고 바로 세상을 뜬 어머니였다. 먹을 것이 없어 동냥젖으로 얻어 먹여가며 아버지가 키우다가 아버지마저 세상을 떴다. 그리고 어린 나이부터 고난은 시작되었다. 하루도 편안하고 넉넉한 평화가 없이 살았다. 고난의 언덕을 넘으며 살았다. 처음으로 사랑을 느낀 것이 지금의 아내였다. 그것도 처음 알게 된 사랑으로 절에서 쫓겨나 서로의 소식도 모른 채 원망하며 살다가 겨우 두 사람이 만나 이제 안정을 찾은 것이 홍범도 자신이었다. 정말 사는 것은 노동이었다.

마음 안에서 하고 싶은 말이 많아졌다. 너무 힘들고 벅찬 것이 인생이었다고. 기사범의 사는 것이 노동과 같다고 하는 말에 과거의 기억들이 떠올랐다. 정작 세상에 대해 소리치고, 탓하고 싶은 말이 넘쳤음에도 아무 말도 하지 못하고 있었다. 홍범도는 갑자기 슬펐다. 삶과 죽음을 선택할 수 있는 것임에도 왜 자신은 힘들게 인생을 끌고 왔을까. 할 말이 없었다. 어떤 변명으로도 설명하기 어려웠다. 노동과 같은 삶을 단지 버릇처럼 살아가고 있었다는 사실이 아팠다.

'자네는 왜 사나?' 라는 말에 홍범도는 당황하고 있었다. 너무나 자신있게 답할 수 있는 말 같았다. 하지만 말문이 턱, 하고 막혔다.

–중요한 일일세. 다시 말하지만 사는 이유가 없었다면 만들어야 하네.

–만들어야 한다고요?

–그렇지.

그럼 제가 묻겠습니다.

홍범도가 마음을 추스른 후 기사범을 바라보며 말했다.

–나에게 왜 사냐고 물으려고 하는 것이지?

홍범도는 뜨끔했다.

–당연히 궁금하겠지. 하지만 나의 삶의 이유를 듣는 것은 자네의 삶에 아무 도움이 되지 않네.

–그럴 리가 없습니다.

홍범도가 자신 있게 말했다.

–나는 예전에 같이 살 때도 말한 적이 있었네. 하지만 자네가 흘려들어서 생각나지 않을 뿐이지.

홍범도는 기사범의 말을 듣고 기억을 떠올려 보았지만 기억이 나지 않았다.

–나의 인생은 여행일세.

—여행이라고요?

—그렇네. 나는 관찰자로 족한 사람일세. 그래서 어떤 사건에도, 어떤 일에도 무심하게 사는 것일세. 우리가 살고 있는 세상을 경험하려는 사람일세. 내가 사는 것보다 타인의 삶과 이곳의 자연을 느끼고 바라보는 일로도 내 삶은 넘치고 즐겁지.

—관찰자라는 말씀이 무엇을 의미하는지 다가오지 않습니다.

—내 몸의 욕망을 바라보고 절제를 바라보네. 마음의 욕망을 바라보고 절제를 보네.

—제삼자로서 자신의 욕망이 생겨나고 참아내는 것을 바라본다는 말씀이시지요?

—그렇네.

—나 자신이 스승이라고 하시는 말씀이 조금은 이해가 됩니다.

—나는 내 안에서 일어나는 일만으로도 지루하지 않게 살고 있네. 내 안에서도 해가 뜨고 해가 지지. 또한, 바람이 불어오고 바람이 불어가지.

—대단하십니다. 세상의 일들과 한발 물러서서 관찰자로 산다는 것이. 저는 세상과 싸우고, 세상의 희노애락을 몸으로 다 겪고 사는데.

—대단한 것이 아니라 다르게 사는 것이지. 나는 내 인생을 내가 이끌어가야 한다고 우기는 사람일세.

세상 밖의 일들이 마음 안에서도 같이 일어나는 것을 보면서 즐기기도 하고, 힘들어도 하고, 벅차하기도 하네.

기사범의 말에 기사범의 인생이 이해가 되었다. 어디에도 개입하지 않고 혼자 조용히 살고 있던 사람이었다. 홍범도가 기사범의 인생에 끼어들었지 기사범이 요청하지 않았다. 마찬가지로 김형구와 정돌치도 마찬가지로 받아달라고 해서 이곳에 머물고 있었다. 일을 만들지 않았고 간섭을 받지 않는 삶을 선택해서 살았다. 주위에서 찾아와 함께 살 것을 강요받아 공동체를 이루어 살고 있었다.

–자네는 아직도 왜 사냐는 말을 답하지 않았네.

말없이 홍범도를 바라보았다. 이야기할 시간을 주었다. 하지만 홍범도는 답하지 못했다. 마음으로는 가족을 위해 산다고 하고 싶었지만, 가족을 위해 산다는 것보다 근원적인 물음임을 알고 있었다. 의롭게 일어나 세상을 위해 살고 싶다고 했지만, 그것보다 원초적인 물음임을 알았다.

–저는 자신이 없습니다.

'왜 사느냐' 는 질문에 대한 답을 할 자신이 없다는 말이었다.

–없다면 지금 만들어도 좋다고 말씀하셨습니다. 도움을 주셨으면 합니다.

홍범도의 솔직한 마음이었다.

–자신의 삶을 돌아보게. 힘들고 벅차고 서럽고 아픈 인생이었네.

기사범의 말에 적극 동의했다. 홍범도는 머리를 끄덕였다.

–이제 내 인생을 살펴보게. 내가 내 인생을 바라보는 것이 아니라 타인이 되어 내 인생을 바라보게.

–무엇이 다르지요.

–완전히 다르네. 남의 시선으로 내 인생을 바라보면 '왜 저렇게 살지' 라는 생각이 드네. '힘든 인생을 왜 사냐' 는 질문을 하고 있는 걸세.

홍범도의 머릿속에 복잡했다.

'힘든 인생을 왜 사냐' 는 질문에 다시 한번 흔들렸다. 습관처럼 산다고 할 수는 없었다. 적어도 지금은 이유가 있어야 했다.

–다시 묻겠네. 내가 살아온 인생을 제 삼자의 시선으로 보게. 왜 나는 이러한 삶을 선택했을까로 문제를 바꾸겠네. 내가 선택해서 사는 것이라면 나는 왜 내 인생을 이렇게 설계했을까. 찾아보게.

홍범도는 생각했다 하지만 뾰족한 생각이 떠오르지 않았다.

두 사람이 이야기에 몰두하고 있을 때 김형구가 문을 열고 들어왔다.

–친구가 왔다는 말을 들었지. 반갑네.

두 사람은 친한 사이였다는 듯이 서로를 끌어안았다. 김형구가 북청에 와서 만난 것이 두 사람의 사이를 더욱 가깝게 했다.

–홍대장을 여기서 만나게 될 것이란 생각은 못했었네.

–왜 그런 생각을 했지?

–이제는 조선의 홍대장이 아니던가?

–그것과 내가 이곳에 오지 않는다는 것은 별개 아닌가?

–그렇게 생각할 수도 있지만 이제는 공인이 아니던가. 그리고 자유롭게 다닐 수 있는 사람이 아니라는 생각을 했지. 누군가가 홍대장이 여기 있다는 것을 알면 예측하지 못한 상황이 벌어지겠지.

홍범도와 김형구의 이야기가 자연스럽게 풀렸다.

–이제는 홍대장이 아닐세.

–그건 또 무슨 말인가?

–부대를 해산했네.

–아하! 그랬나?

–지금은 때가 아니라는 생각을 했네. 고민 끝에 결단을 내렸네.

–이해는 가네.

의병활동이 정상적으로 작동하지 못하는 것을 조선인들은 이미 알고 있었다. 김형구도 조선의 분위기를 알고 있었다.

–어쩔 셈인가?

–그것을 찾으러 왔네.

부대도 해산하고 다시 원점으로 돌아온 홍범도였다. 갈 길을 잃어버린 사람처럼 마음이 복잡하고 허망하기도 했다. 김형구가 기사범을 쳐다보았다. 형님이 책임져야 할 것이라는 무언의 눈빛이었다.

이기와 나철, 김윤식을 만나다

날씨가 좋다는 것이 이렇게 절실한 것인지 배를 타니 실감이 납니다.

–그렇군. 나도 배 탈 일이 없어서 이제야 실감하네.

나철의 말에 이기가 답했다.

바다가 다시 잠잠해져서 출항을 했다. 제주도가 가까워지고 있었다. 멀리 제주도가 보이기 시작했다.

–슬픕니다.

–당연하지.

–나라만을 생각하는 분이 이 먼 곳으로 유배를 오다니.

–안타깝지만 평생 제주도를 고향으로 알고 사는 사람도 있네. 유배를 당한 것은 안타까운 일이지만 누구에게는 유배지이나 누구에게는 고향일세.

나철이 고향 보성으로 유배를 왔던 이건창을 떠올렸다. 이건창에게는 보성이 멀고도 먼 귀양지였지만 나철에게는 고향이었다. 그때 이건창과 만나 이야기를 나누었던 기억들이 떠올랐다.

물어 물어서 김윤식에게로 갔다. 예상 못 한 광경이 펼쳐졌다. 우울하고 비관적인 모습을 상상했던 이기와 나철은 놀랐다. 찾아간 곳은 유배지가 아니라 학습당이나 향원이나 서원 같은 느낌이었다. 김윤식이 살고 있는 집은 크고 밝은 느낌이었다. 육지에서는 가을이 깊어 쓸쓸했는데 김윤식이 거거하는 집에는 꽃이 피어 있었다. 유배지에 핀 꽃은 소국으로 고왔다. 이기와 나철을 보고는 김윤식이 대청에 앉아 있다가 맨발로 뛰어나왔다.

–귀한 분들이 찾아왔구만. 정말 고맙네.

–스승님. 인사받으시지요.

나철이 몸을 굽혀 절을 하려 하자 김윤식이 나철의 행동을 막으며 대청으로 안내했다.

–절은 무슨. 올라가세.

김윤식은 이기와 나철의 손을 번갈아 잡으며 반가운 기색을 숨기지 못했다.

이기와 나철이 알던 김윤식의 모습이 아니었다. 의젓하고 행동에 기품이 있는 분이었는데 두 사람을 보고는 예의를 다 벗어버리고 반겼다.

주위에 사람들이 여럿 있었다. 공부를 하다 멈춘 듯한 모습이었다.

–내가 이 사람을 동생처럼 조카처럼 대하는 사람으로 호남의 대표적인 학식이 있는 지식인으로서 선비라고 할 수 있네. 동문수학을 한 사람일세.

이기를 먼저 소개했다.

–그리고 이 사람은 내 제자네. 과거에 급제까지 하고서 나라에서 준 벼슬도 버리고 나라를 위한 일을 하겠다고 몸을 던진 사람이네.

주위 사람들에게 이기와 나철을 소개하고 모인 사람들의 면면을 다시 이기와 나철에게 소개했다.

–놀랐을 걸세.

귀양 온 사람이 한양에서보다 더 안정되고 여유가 있어 보이는 것에 대한 해명이었다.

–잘 알다시피 귀양이란 것이 내가 의식주 모두를 해결해야 하는 것 아닌가. 나라에서는 귀양지에 던져놓고 알아서 살라는 것이 우리 조선의

법이 아니던가.

-그렇습니다.

-이곳에 도착해 대우를 받고 있네. 고맙고 감사한 분들일세. 나라에서 버린 사람을 제주 도민분들이 찾아와 반겨 주었지.

김윤식이 자신이 귀양 와서 있었던 일들을 설명했다.

집은 여러 채로 이루어져 있었다. 넓고 화려하게 느껴질 정도였다. 책갑과 탁자도 깨끗했다. 꽃과 나무도 마당에 심겨 있었다. 뜰도 있어 산책을 즐길 수도 있었다. 귀양 온 신분이 머물기에는 분에 넘치는 것 같았다.

주위의 도움으로 김윤식은 유배지인 제주에서 시회를 만들었다. 이른바 귤원橘園이었다. 귤원이라는 시회詩會를 만들었다. 귀양지에서 시모임이라니. 뜻밖의 일이었다. 그리고 시작 활동을 했다. 육지에서 건너온 사람 5명과 제주도 주민 10여 명으로 결성했다.

-놀랍습니다. 유배지에서 시회를 만드시다니!

-그렇네. 여자 팔자는 뒤웅박 팔자라고 하지 않던가. 남성 주도 사회에서 여자 팔자는 노력보다는 남편이나 부모덕에 산다고 하지. 내가 그렇네. 내 팔자가 제주도민들에 의해서 이렇게 복이 터졌네. 상팔자가 따로 없네.

뒤웅박은 박의 꼭지 부분을 조그맣게 뚫어 구멍으로 박속을 파낸 뒤 말린 것을 말한다. 뒤웅박은 입구가 좁아 안에 든 것이 여간해서는 밖으로 빠져나오지 않는다. 한 번 들어가면 나오기는 어려운 상황이 된다는 뜻으로 쓰인다. 여자가 한 번 신세를 망치면 계속 흉한 일만 겪으며 거기서 빠져나오기가 어렵다는 의미였다. 하지만 귀양이라는 절망의 상황이 뒤바뀌어 제주도 행운아가 된 것과 대비해서 말했다.

-정말 다행입니다.

나철이 스승의 밝은 상황에 마음이 즐거웠다.

-여러분. 정말 고맙습니다. 우리 스승님을 환대해주셔서.

나철이 주민에게도 감사의 인사를 전했다.

-그렇지 않습니다. 우리가 감사하고 고마워하고 있습니다.

젊은 청년이 나철의 말을 받아 이야기했다.

-저희가 공부를 할 수 있는 기회를 얻었습니다. 조선의 인물을 만나 배우게 된 것이 영광입니다.

진심으로 고마워하는 표정이었다.

-내 인생은 없고 공무로만 살아온 인생이어서 사는 것이 과연 사는 것인가라고 자문하기도 했는데 제주에 와서 나를 만나고 있네. 나랏일에서 떨어져 있느니 내 인생이 보이기 시작했네. 그리고 좀 더 나랏일을 냉정하게 볼 수 있었네.

-여기 계신 동안은 잊고 사시지요.

-그럴 생각이네. 내가 아무리 소리쳐도 항아리에 대고 소리치는 것과 같네. 그래서 나를 반겨주는 이곳 분들과 나눔을 가지려 하네.

-스승님이 좋아하시니 저도 좋습니다.

나찰과 김윤식의 대화가 무르익었다. 한양에서 만날 때와 전혀 다른 느낌의 만남이었다.

김윤식이 이기를 바라보며 물었다.

–내가 자네와 마지막으로 만난 적이 언제였지?

–강진에서 뵙고 못 뵈었습니다.

–오래되었군.

–그렇습니다. 워낙 공무로 바쁘셔서 뵙기가 어려웠지요.

–나도 나를 잊을 만큼 바쁘게 살았지. 쉬지 않고 뛰었지만, 결과는 망국으로 가는 것을 바라보고 있어야 하는 참담한 상황일세.

–정말 그렇습니다.

–나로서는 최선이었지. 우리가 우리 것이 옳다고 살았던 것들이 우물 안의 함성이었다는 것을 느끼네. 전혀 다른 세상이 있었다는 걸세. 명나라와 청나라가 최고의 나라인 줄 알았는데 서구사회란 것이 존재하고 있다는 것을 몰랐지. 일본이 서구를 배워 우리를 압도하리라고 상상을 못 했네. 안타깝고 안타까운 일일세.

–쇄국은 스스로 갇혀 낙후될 수밖에 없는 운명인 것을 보았습니다.

–그렇네. 나는 뼈저리게 느꼈네. 고립은 무너지는 지름길이라는 것을.

김윤식은 지나온 관리로서 한 일들을 떠올리면서 회한에 사로잡혔다. 그리고 잠시 공백을 두었다가 말을 이었다.

–국가 간의 의리는 백성 앞에서는 가벼워야 하네.

김윤식의 목소리에 힘이 들어가 있었다.

–백 번 옳으신 말씀입니다.

나철이 김윤식의 말을 인정했다.

–왕에 대한 충성을 뼈에 새길만큼 듣고 살아왔네. 하지만 그것도 백성 앞에서는 가볍네.

–잡혀가시겠습니다.

김윤식의 말에 나철이 '잡혀가시겠습니다', 라고 답하자 모여 있던 사람들 모두가 웃었다. 귀양지에서는 더욱 조심해야 할 말이었다. 백성의 뜻에 의해 왕을 바꿀 수도 있다는 불경스러운 말이었다.

–나는 가끔 자네 이야기를 들었네. 우리의 고대 역사에 관심이 많다고.

–진력을 다하고 있습니다.

–오호. 대단하구만. 자네 성격에 진력을 다한다는 말은 하지 않는 사람인데.

–제 숙명이라고 생각합니다.

–숙명까지!

광개토대왕 비문을 탁본하다

탁본한 한 종이를 바닥에 깔아놓자 나비 떼가 지상에 내려앉아 있는 모습 같았다. 바람이 불면 팔랑거릴 때마다 움직이면 지상의 나비 떼들이 날아오르는 모습처럼 아름다웠다. 어렵게 가설대를 설치해서 먹을 갈고, 먹을 비석에 바른 후 탁본을 하나 하나 뜨면서 희열을 느꼈다. 천여 년의 세월을 견뎌 와서 지상에 우뚝 서 웅변을 하고 있는 글자를 화선지에 담아내는 것이 꿈만 같았다. 고맙고 감사했다. 세 사람 모두 같은 마음이었다. 역사의 현장에서 역사를 증명이라도 하듯 차가운 돌에 새겨진 글자를 따뜻한 종이로 옮겨놓는 작업이 흐뭇했다.

–감동입니다.

이태집이 말했다. 일에 열심이어서 머리에 땀이 흐르고 있었다.

–고구려의 위대했던 왕의 역사를 내 손으로 옮기고 있다는 마음이 뜨겁네.

나도 마찬가지야. 정말 감격스러운 순간일세.

이태집의 말을 받아 계연수와 이관집이 심경을 이야기했다.

먹구름이 멀리서부터 가까워오고 있었다. 결정을 해야 했다. 작업을 중단하고 탁본을 한 종이를 거두어야 하는지를. 다 마르지 않은 상태에서 종이를 거둘 경우 탁본상태가 나빠질 수가 있었다. 거둘 수 있는 시간을 가늠해서 결정해야 했다. 비가 안 온다면 더욱 좋은 일이지만 예측하기 힘들었다.

–거두세.

이관집이 생각에 잠겨 있다가 마음의 결정했다.

탁본 작업을 중지하고 내려와 탁본지를 모으기 시작했다. 덜 마른 것이 겹쳐지면 탁본한 것이 허사가 될 수 있었다. 다가오는 먹구름을 피하기 위해 속도를 높였다. 다 거두고 하늘을 바라보니 하늘이 까맣게 덮였다. 순간 비가 쏟아지기 시작했다.

–자네 판단이 정확했네.

–그렇군.

–오늘은 이제 쉬라는 하늘의 뜻인가 보네.

–덕분에 쉬지요.

작업자들을 철수시키고 비석 옆집으로 들어갔다.

–고생하셨습니다.

비석 옆집 주인에게 세 사람이 인사를 했다.

–고생이 아니라 구경하는 것만으로도 제 마음이 붕 떠 있는 기분입니다.

뜻밖의 이야기였다. 세 사람이 하는 일에 그리 관심이 많아 보이지 않았는데 마음까지 붕 떠 있는 기분이란 말에 다시 주인을 바라보았다.

–우리 조선인의 선조가 이 땅에 나라를 세웠다는 것을 증명하는 비석이고, 저와 제 아이들이 살아갈 이 땅에 고마운 마음이 생겼습니다. 사실 나는 누구인가에 대한 생각을 하곤 했습니다. 청나라 사람인가, 조선 사람인가. 분명 조선 말을 하니 조선 사람인데 국적이 없는 사람처럼 생각되곤 했습니다.

–다행입니다. 우리 선조는 위대했습니다.

–며칠 전 후원을 받으러 다닐 때 설명하는 것을 듣고 깜짝 놀랐습니다. 동양문명의 창시자가 선조들이었다는 말씀에 감동받았습니다.

–저희도 놀라곤 합니다. 우리의 기록이 아닌 중국의 기록에 상당 부분

남아 있어 증명하고 있다는 점입니다.

–우리 기록도 아니고 중국의 기록에 우리 선조들의 위대함이 기록되어 있다니 신기합니다.

–저희도 감동스러워하고 있습니다.

주인의 목소리에 자긍심이 들어 있었다.

–이 비석의 주인공은 만주와 중국의 동부 지역을 지배한 고구려의 왕 중에서도 대표적인 분이십니다.

–저희는 몽골의 비석으로 알고 있었습니다. 그리고 우리와는 상관없는 비석으로 생각하고 살았습니다. 사실 역사에 대해서는 아는 바도 없고, 가르쳐주는 곳도 없으니 전해 내려오는 노인들의 이야기가 전부입니다.

–이 비석에 대한 이야기가 없었습니까?

–없었습니다. 말씀드린 대로 몽골의 왕이나 장수의 비석이겠거니 생각했습니다. 그렇지 않으면 여진이나 거란족의 능력자 비석 정도로 알고 있었습니다.

–그러셨군요. 고구려는 동북아에서 가장 강자인 나라였습니다.

비가 계속 내리고 있었다. 늦은 가을비가 차가웠다.

모처럼 한가한 기분으로 방에 들었다. 주인 남자가 술상을 차려 가지고 들어왔다. 이제는 네 사람이 한 가족 같았다. 집주인은 의외로 역사에 관심이 많았다. 궁금한 것도 많았다.

–단군할아버지나 배달민족이라는 말은 하고 살면서 정작 단군할아버

지가 누구인지 모르고 배달민족이라는 의미를 모릅니다. 문제는 알 방법도 없다는 점입니다.

사실이 그랬다. 물어볼 곳도 없고 알려주는 사람도 없었다. 그리고 아는 사람도 없었다. 집주인의 하소연이 옳았다.

–제가 조금 말씀드려도 될까요?

–많이 이야기해주시면 더욱 고맙지요.

–단군 할아버지는 원래 고조선이라는 나라의 임금이란 뜻입니다. 그러니 단군 할아버지가 한 분이 아니라 여러 왕이 있었습니다. 그리고 배달민족이나 배달의 후손이라고 하는 것은 우리 민족의 출발이 배달국에서 출발했다는 것입니다.

–단군 할아버지가 한 분이 아니라 여러분이라고 하셨습니까?

–그렇지요. 47분의 단군이 계셨습니다. 다시 말씀드리지만, 단군이라는 뜻은 고조선이라는 나라의 왕이라는 뜻입니다.

–아하. 그렇군요. 그럼. 배달국은 또 어느 나라입니까?

이태집이 성의껏 설명해주었다. 집주인은 진정으로 궁금해하는 표정이었다. 그리고 알고 싶은 욕구가 얼굴에 담겨있었다.

–다시 설명하겠습니다. 우리 최초의 국가는 여러 나라가 연합해서 만든 환국이 있습니다. 다음으로 환국에서 3,000명의 문명개척단을 이끌고, 환웅께서 동쪽으로 이동해서 나라를 세웁니다. 그 나라가 바로 배달국입니다. 우리 민족을 동이족이라고 하는데 바로 동이족이 세운 최초의 나라가 배달국입니다. 한문으로는 박달나무 단檀을 써서 단국이라

고도 합니다.

–그러면 또 말씀하신 단군할아버지가 있는 고조선은 또 어느 나라입니까?

정말 처음 들어보는 나라 이름에 어리둥절한 표정이었다.

–배달국의 다음 나라가 고조선입니다.

–고조선의 왕의 이름이 단군이라는 말씀이시지요?

–그렇습니다. 다시 정리하면 최초의 나라는 환국으로 왕을 환인이라고 했습니다. 그리고 환족에서 나와 동이족이 세운 나라가 배달국으로 왕을 환웅이라고 했습니다. 그리고 배달국에서 고조선으로 이름을 바꾸었고, 고조선의 왕을 말씀하신 대로 단군이라고 합니다. 이해가 되십니까?

–조금 이해가 됩니다. 환국, 배달국, 고조선이라는 세 나라가 있었다는 말씀 아닙니까?

–그렇습니다.

–그런데, 저와 여기에 사는 사람들은 이 사실을 모르고 있을까요?

–나라가 망해서 사라진 지 오래되었으니 잊힌 것입니다.

–아하. 그렇군요. 그러면 여기 비석의 주인공은 어느 나라 누구의 비석입니까?

집주인이 진지하게 물었다. 비석 바로 옆에 집을 짓고 살면서도 비석의 주인공이 누구인지 몰랐다.

–다시 설명이 들어가야 합니다.

–머리가 복잡해지기 시작했습니다.

집주인과 함께 세 사람 모두 웃었다.

–요약해서 설명을 드리겠습니다. 순서를 말씀드리겠습니다.

이태집은 아주 천천히 요약해서 설명했다.

–나라의 순서가 환국, 단국, 고조선입니다. 고조선이 분열로 망하고 고조선의 대를 이은 나라가 북부여라는 나라가 있습니다.

–부여라는 말은 이곳에서 들었습니다.

–다행입니다. 고조선의 적통을 잇겠다며 해모수라는 분이 북부여를 세웁니다. 북부여가 후일 나라 이름을 고구려로 바꿉니다. 고구려의 왕 중에 한 분이 바로 바깥에 서 있는 비석의 주인공입니다.

–이름이 무어라고 했지요?

–광개토대왕입니다.

–이제 조금 이해가 됩니다. 무언가 마음이 뻥, 뚫리는 기분입니다. 어떤 비석인지 궁금했습니다. 답답했고요.

술자리보다 좌담회가 되어 있었다.

홍범도는 기사범의 최초의 질문인 '왜 사느냐' 는 질문에 대한 답을 찾아야 인생이 정리될 것 같았다. 어떤 것보다도 먼저 해결해야 할 문제였다. 사는 이유가 없다면 지금 만들어도 된다고 했다. 그것을 다시 역으로 생각하면 된다는 의미를 살짝 담은 것이 있었다. 지금 자신이 살고 있는 모습을 바라보면 답이 나올 수도 있다는 암시였다.

홍범도는 밤이 깊도록 잠이 오지 않았다. 모두 잠든 밤에 밖으로 나와 걸었다. 숲으로 둘러싸인 너른 개활지에 집에 있어 탁 트인 땅을 숲이 에워싸고 있는 모습이었다.

–나는 왜 살까?

혼자 중얼거려 보았다.

지금까지는 사는 것에 대한 물음을 던져보지 않았다. 기사범의 말에 문득 화두처럼 떠올랐다.

'사는 이유가 없었다면 만들면 되네' 라고 말하던 기사범이 떠올랐다.

–그래 만들면 되는 거야!

홍범도는 자신에게 주문을 외듯 혼자 말했다.

그리고 뒤통수를 한 대 얻어맞은 듯한 말이 있었다. '힘든 인생을 왜 사는가' 라는 질문형 답이었다. 정말 그랬다. '힘든 인생을 굳이 왜 사느냐' 는 질문에 답할 자신이 없었다. 이유나 목적이 있다면 당당하게 힘들더라도 살아야 할 이유가 있었다 하지만 살아야 할 이유가 없는데 왜 굳이 힘든 인생을 사느냐는 질책이기도 했다.

홍범도에게는 이제 '무엇을 사는 이유로 잡을까' 였다. 지금까지는 사는 이유가 없었다. 그냥 살아지니 살았고, 살아있으니 살았다. 혼자 빈 뜰을 걸으며 생각했다. 가족을 꾸리고 있으니 가족을 지켜야 하는 이유도 중요했고, 나라를 위하여 일어난 것도 중요했다. 하지만 그것은 근원적인 것이 아니다. 내가 태어난 이유가 있을 것이다. 그것이 알고 싶었다.

누구를 만나서도 이런 생각을 하도록 한 사람이 없었다. 기사범을 만나면 많은 생각을 하게 되었다. 참 평범하게 그리고 조용하게 살아가는 사람이 기사범이었는데 만날수록 느껴지는 것은 비범함이었다. 무언가 다르고 깊었다. 그리고 어디에서도 자신을 드러내지 않았다. 보이지 않게 달랐다.

기사범이 채비를 차리고 있었다.

–어디 가십니까?

–오늘은 혼자 약초를 캐러 갈까 싶네.

–저도 같이 가도 될까요?

–당연하지. 같이 가세.

홍범도가 따라갈 마음으로 물으니 기사범이 흔쾌하게 동의했다.

–호랑이 사냥꾼이 약초도 캡니까?

–나는 사냥꾼이라기보다. 약초쟁이가 맞네. 그리고 조선사람 중에 약

초를 모르는 사람은 없지 않나?

—저는 약초나 나물에 대해 모릅니다.

—진정한 사냥꾼이라 그렇네. 나는 둘 다 서툴지.

—진정한 호랑이 사냥꾼은 스승님이신 걸 제가 압니다.

—그렇게 알고 있으면 되네. 하지만 정확한 것은 아닐세.

김형구와 정돌치는 아직 일어나지도 않았다. 기상 시간이 있는 것이 아니라 자유로웠다. 누구도 깨우지 않는 것이 이곳의 법칙이었다. 무술훈련이나 수련을 할 경우에 집합해서 했다. 그것도 강제성이 없었다. 참여 여부도 자유로웠다.

기사범은 괭이와 호미를 챙겼다. 그리고 물건을 담아 들거나 어깨에 메고 다닐 수 있도록 만든 망태기를 어깨에 멨다. 자세가 딱 약초꾼 같았다. 홍범도도 서둘러 망태기와 호미를 챙겨 따라갔다. 홍범도는 사냥꾼이었다. 약초와는 거리가 있었고, 나물에는 더욱 둔했다.

—약초꾼들은 이런 말을 종종 하네. 하늘이 지은 농사를 거둬들이는 삶이 약초꾼이라고.

—멋진 말입니다.

—다 자기변명에는 능통한 것이 사람이지.

—그런가요?

—그럼. 약초꾼에게는 몇 가지 필요한 것이 있네. 첫째 산을 탈 체력이 있어야 한다. 둘째 약초를 보는 눈이 있어야 한다. 셋째는 욕심을 버려야 한다, 일세.

–셋째 사항은 무슨 의미입니까?

–하늘이 준 것을 독차지하지 말라는 이야길세.

–어떻게 하는 것이 독차지하지 않는 것입니까?

–씨를 말리듯이 완전히 다 캐 가는 사람이 있네. 그러면 다음 해에는 안 나지.

–아하. 이해가 됩니다.

–그리고 나만 사는 것이 아니라 다른 약초꾼의 몫도 있고, 산짐승 몫도 있는 거라네.

기사범은 산을 뒤지면서 약초를 캐고, 열매를 채취했지만, 홍범도는 아무것도 할 수가 없었다. 아는 것이 없었다. 기사범이 하는 것을 보조하는 것이 전부였다.

–천하의 홍대장이 약초를 캐는 데는 초년병 수준이군.

기사범이 홍범도를 보며 놀렸다.

–아는 만큼 보인다는 말이 딱 저를 두고 하는 말 같습니다. 아는 것이 없으니 보이는 것이 다 같습니다.

–세상을 하나로 평정했구만. 역시 홍대장일세.

세상을 모르는 것, 하나로 평정했다며 다시 놀렸다.

–정말로 바보가 된 느낌입니다.

–바보의 뜻은 아는가?

–모자라고 어리석은 사람을 바보라고 하는 것 아닙니까?

–그렇지. 원래 뜻은 '밥보' 라네. 밥만 먹을 줄 알고 다른 것은 모르는

사람이란 뜻이지.

—제가 바로 바보가 맞군요.

—그렇지는 않지. 자네야 조선 백성이 선망하는 홍대장이 아니던가.

—저를 선망한다고요?

—그렇지. 홍길동이나 임꺽정 같은 사람으로 보기도 하지. 그리고 얼마 전 일어났던 전봉준 같은 사람으로 보고 있네.

—저는 저 자신도 제대로 알지 못하고 있습니다.

—나를 아는 사람이 어디 있겠는가?

—스승님이 계십니다.

—자네는 잘못 보고 있는 걸세.

—아닙니다. 제 눈에는 그렇게 보입니다.

—생각해보게. 나는 분명 지난번에 말했네. 모자란 나 자신을 바라보는 것으로 공부를 하고 있다고.

—저는 그것이 안 됩니다. 그리고 왜 사는 이유도 아직도 모르고 살고 있습니다.

기사범의 이야기를 듣고 어젯밤을 못 이루고 혼자 들판을 걸으며 생각했던 것들을 떠올렸다.

—어제 한 이야기를 다시 하겠네. 나도 내가 살아야 할 이유가 없어서 사는 이유를 만들었네. 자네도 만들면 되네. 사는 이유가 없는 것보다는 있는 것이 사는 데 힘이 되네.

—이곳을 떠나기 전에 만들겠습니다.

–그럴 필요 없네. 아무 때나 자연스럽게 생각날 걸세. 안 나면 그만이고.

–그렇지 않습니다. 꼭 만들어야 합니다.

–내가 괜한 이야기를 해서 힘들게 하는군.

–저는 말씀을 듣고 눈이 번쩍했는걸요.

–사는 이유를 아는 것보다 중요한 것이 좋은 일을 실천하고 사는 것일세. 자네는 이미 큰일을 하고 있네. 그것으로 족한 걸세.

기사범의 이야기가 들어오지 않았다. 기를 살려주기 위한 말이라고 느꼈다. 홍범도 머릿속에는 약초는 없고 사는 이유에 대한 생각으로 머리가 복잡했다. 기사범은 아무 일도 없다는 듯이 약초를 캤다. 옆에서 바라보다 땅 파는 것을 도왔다.

–약초를 캘 때 무슨 생각을 하세요?

–약초 생각을 하네.

전형적인 기사범의 어법이었다. 기사범은 말을 해놓고 벌써 저만큼 앞질러 갔다. 홍범도는 다시 기사범을 쫓아갔다.

전쟁 중에도 사랑이 있고, 우정이 있다

나는 이곳에 와서 배웠네. 전쟁 중에도 사랑이 있고, 우정이 있듯이 나라가 기울어가는 중에도 공부가 있고, 시가 살아있다는 것을.

–저는 제주도로 오면서 스승님의 초췌한 모습과 낙담落談을 들을 줄 알았습니다. 한데 시회를 만들어 인생을 육지에서보다 값지게 사는 것처럼 보입니다.

–제대로 보았네. 내 인생에서 모처럼 여유와 한가를 누리고 있네. 더구나 제자로 삼아달라고 찾아온 분들이 고맙기만 하네.

–그래서 여수장우중문시與隋將于仲文詩가 존재하는 것이겠지요.

김윤식의 말에 이기가 우중문시 이야기로 답했다.

–그렇네. 을지문덕 장군이 수나라 장수인 우중문에게 보낸 한시 아니던가.

–맞습니다. 우중문이 30만 대군으로 침공해 왔을 때, 을지문덕이 적장을 희롱하며 지어 보낸 시입니다.

을지문덕은 어떤 직함을 가졌는지도 알려지지 않았다. 〈삼국사기〉 고구려 본기 영양왕 23년 조에서 '대신大臣' 이라고만 부르고 있다. 역사에 문득 등장했다 사라진 인물이 을지문덕이다. 수나라 대군을 이끌고 우문술于文述과 우중문于仲文이 공격해 왔다. 보기 좋게 격퇴했다. 수나라 군사가 30만 5천 명, 그러나 그들이 퇴각할 때는 다만 2천7백 명뿐이었다. 을지문덕은 살수에서 수나라군을 한 방에 궤멸시켰다. 패퇴하는 우중문에게 을지문덕이 서신을 써 보냈다. 우중문이란 패장에게 승장의 모습을 얹어 조롱하는 시였다. 바로 그 시였다.

–자네가 한 번 읊어보게.

–신책구천문神策究天文 귀신같은 책략은 하늘의 이치를 다했고

묘산궁지리妙算窮地理 오묘한 꾀는 땅의 이치를 깨우쳤네

전승공기고戰勝功旣高 싸움에서 이긴 공이 이미 높으니

지족원운지知足願云止 그만하면 족하니 그치는 게 어떠신가

김윤식의 주문에 이기가 한시에 뜻까지 설명하며 읊었다. 모여 있던 사람들 모두 박수를 쳤다.

–전쟁 중에도 시구詩句까지 오언절구로 맞춰가며 지었습니다.

–절박할 때에도 대인은 대인다운 기개가 있음을 보여주는 것이겠지. 나 같은 문인으로서는 무인의 장대함을 이해하기 어렵네.

나철이 이야기하자 김윤식이 받았다.

–그렇지 않습니다. 이곳에서 스승님을 뵈니 무인다운 문인이십니다. 유배 중에 시회를 만들고 즐기시고 계시니 담대하신 겁니다.

나철이 진심을 담아 말했다. 유배 중에 두려움과 원망이 교차하는 것이 일반적인데 김윤식은 오히려 시회를 만들고 제자들까지 두어 가르침을 주고 있었다. 담대하지 않으면 있을 수 없는 일이었다.

–저도 선배님을 뵙고 싶어서 따라나섰습니다. 마음속으로 선배님께 한

수 가르침을 배우려고 온 것인데 지금 이 모습이 그대로 제게는 큰 가르침입니다. 여유와 한가를 낙망의 유배지에서 즐기고 있으시니 그렇습니다.

–갑자기 내가 큰 사람이 된 것 같은데 정말 아닐세. 이곳에 계신 제주 분들이 죄인의 방을 낙원으로 만들어준 것을 즐기고 있는 걸세.

김윤식은 극구 부인했다.

–모두 좋습니다, 우리 이렇게 낙원에서 만난 것이 축제입니다. 박수로 자축하십시다!

이기의 제안에 모두 박수를 힘차게 쳤다.

–이제 자네의 우리 역사연구에 대해서 들어보세. 진력을 다했고, 숙명이라고까지 한 역사에 대해 이야기하세.

–제게는 숙명입니다.

–김윤식의 숙명이라는 말을 이기는 그대로 인정했다.

–저는 집안의 내력으로 역사와 인연을 맺었습니다. 제가 더욱 놀란 것은 우연한 기회였습니다. 우리 역사에 대해 아는 사람을 만나기가 어렵습니다.

–그건 또 무슨 말인가. 조선의 역사를 조선인이 모른다는 말인가?

–그렇습니다.

주위 사람들이 서로 얼굴을 쳐다보았다. 조선 사람이 조선의 역사를 모른다는 말에서 동의하기 어렵다는 표정이었다.

–대가리라는 뜻을 아십니까?

순간 나철은 이기에게 들었던 기억을 떠올렸다. 불과 얼마 전 들은 이야기였다.

*

–말씀하신 대가리는 무슨 뜻입니까?

–아하. 대가리!

소리를 크게 대가리를 외친 후 잠시 말을 멈추었다.

–대가리는 치우천황을 말하는 걸세. 대가리大嘉利는 한자 뜻 그대로 크게 아름답고 이로운 존재를 말하네. 치우천황이 바로 대가리였네.

–지금은 대가리라고 하면 머리의 속어로 사용하고 있으니 전혀 다른 말이 되었군요.

–그렇지. 가장 기본적인 것을 알아야 전체를 이해할 수 있는데 이미 사라졌으니 난감하네. 지금 숨어 사는 은자들이 세상으로 나와야 확연하게 드러나겠지.

–언제 광명이 와서 우리의 위대한 역사가 다 드러나게 될지 걱정과 희망이 같이 있습니다. 은자들이 역사를 세상에 밝히는 일을 하고 있다면 저는 밝혀진 것을 세상에 알리는 작업을 할 것입니다.

이기와 나눈 이야기가 떠올라 나철이 혼자 웃었다.

이기의 물음에 제자 중 한 사람이 답했다.

–머리라는 의미가 아닙니까?

–일부 맞습니다. 제가 설명하겠습니다.

이기는 잠시 숨을 고른 후 말했다.

–대가리大嘉利는 한자 뜻 그대로 크게 아름답고 이로운 존재를 말합니다. 치우천황이 바로 대가리입니다.

–치우천황은 누구지요?

당연한 질문이었다. 치우천황을 아는 조선 사람은 거의 없었다.

–우리 조선의 고대 국가의 왕입니다.

–왕에게 대가리라고 했다는 말씀입니까?

–그렇습니다. 그것도 왕 중의 왕인 치우천황이라는 분을 지칭하는 말입니다. 영광스러운 이름이었지요.

–한데 지금은 비속어가 되었군요.

–그렇습니다. 영감이나 대감도 최고의 관직을 가진 사람을 말하는데 지금은 퇴색되어 가고 있습니다. 나이 든 사람에게 붙이는 단어 정도로 떨어졌습니다.

–그렇군요.

당연했다. 이기는 많은 사람을 만나 역사를 이야기한 적이 있었다 하지만 치우천황을 아는 사람은 은자들뿐이었다.

다음 순서가 무엇인지 나철도 이제는 보였다. 환국 단국 고조선을 설명해야 한다는 것을 알았다. 자신이 이기에게 들었던 때와 비교해 보았다. 조금의 표현이 달랐을 뿐이지 묻고 답한 핵심내용은 같았다. 나철은 다시 혼자 씨익, 웃었다. 사람은 다르지 않구나 싶었다.

—자네는 누구도 모르는 걸 어떻게 알았나?

—집안 내력이라고 말씀드렸습니다. 거기에 관심이 저를 이끌었습니다.

—직접적인 계기가 없었나?

—있었습니다.

김윤식이 이기의 역사 지식에 관심을 보였다.

—제가 어느 날 나이 드신 도인 같은 분을 만납니다. 역사의 대가셨습니다. 자신은 고지도에 관심이 많은 분이었습니다. 고지도를 연구해보니 놀라운 사실을 알게 되었다고 했습니다. 신라가 대륙신라와 한반도에 신라가 있었다고 했습니다. 두 개의 신라가 있었다는 말씀입니다. 그리고 백제가 대륙의 동쪽 산동반도에 있다는 것입니다. 고지도에 지명이 그대로 기록되어 있다는 것입니다. 그러면서 후일 시간이 되면 중국 대륙으로 가 확인해 보라는 것이었습니다. 고구려도 마찬가지로 동북부뿐만 아니라 중국의 동부까지 지배한 거대국가였다고 했습니다. 꼭 공부를 해서 확인해 보라고 했습니다.

—아하.

이기의 설명에 김윤식이 탄식을 했다.

—저는 충격을 받았습니다. 이후로 역사에 빠져 살았습니다.

—공부를 해 보니 어떻던가?

—공부를 할수록 노인의 말씀이 진실이었습니다. 중국의 사서들을 보면 그것이 교차 확인이 가능했습니다.

—놀랍군.

시회 이야기를 하다가 역사 이야기로 급회전 되었다. 모두 신기한 눈으로 이기를 바라보고 있었다. 증명되지 않은 이야기였지만 강한 호기심이 있었다.

–그렇다면 왜 저희는 모르고 있을까요?

시회에 참여한 사람 중의 한 사람이 물었다.

–강자의 역사는 다시 강자에게만 소유권이 인정됩니다.

–무슨 말씀이신지?

–간단합니다. 세상을 호령했던 역사는 당대의 최고 강국에서만 그것을 가져갈 힘을 가졌다는 말씀입니다.

–우리 고대 조선의 역사를 조선이 이어오는 것이 아니라 그 시대의 강국에서만 그 역사를 가져갈 수 있다는 말씀입니까?

–그렇습니다.

–이유는 무엇입니까?

–동양 역사의 강자는 천손이어야 한다는 생각이 지배를 하고 있었습니다. 지금도 마찬가지입니다. 하늘에 제사를 지내는 천제는 청나라만이 올릴 수 있는 것과 같습니다. 하늘이 인정해줬다는 것을 만천하에 공포하려면 역사까지도 가져가야 합니다. 천손의식의 출발이 우리 역사에 있기 때문입니다.

–그것도 언뜻 이해가 가지 않습니다.

–저는 그렇게 생각하시는 것이 당연하다고 보는 사람 중에 하나입니다.

질문자는 고개를 갸웃했다. 그렇게 생각하는 것을 당연하게 본다는 말에 이해할 수 없다는 표정이었다.

–불만이실 필요가 없습니다. 우리 조선인은 우리 조선의 역사를 배운 적이 없습니다. 당연히 모르는 것이 당연합니다. 그리고 조선의 개국과 함께 우리 고대 역사는 지워졌습니다.

–그건 또 무슨 말인가?

이기의 말에 의문을 담아 물었다.

–조선의 출발과 함께 명나라에 사대를 하기 위한 방침의 하나로 우리의 고대사를 없애기 위해 고대사서를 거둬들이고 숨길 경우는 참형까지 시키겠다고 했습니다.

–참형까지!

이기에게 물었던 사람의 입에서 나온 말이었다. 책을 숨겼다고 참형까지 시킨다는 말에 놀랐다.

–지금도 자유롭지 못합니다.

이기가 단언하듯 잘라 말했다.

–오늘은 놀라운 일이 계속되는 날일세. 두 사람이 먼 길을 찾아와 주어서 놀랐고, 우리 역사에 대해 다시 놀라고 있네.

오녀산성을 둘러보다

다시 탁본작업이 이어졌다. 무사히 탁본을 마치고 주위를 둘러보기로 했다. 집안에는 광개토대왕릉비를 비롯하여 고구려 고분들이 연이어 있었다. 집안은 길림성 동남쪽으로는 압록강과 서남쪽으로는 요령성과 접하며 서북쪽으로는 통화현의 혼강과 경계를 이루었다. 한족 만주족 조선족 회족 몽고족 등 18개 소수민족이 살고 있었다.

청나라가 건국하면서 집안은 용흥지지龍興之地로 자신들의 성지로 삼아 두만강과 압록강 대안對岸에 200여 년간 봉금지대封禁地帶로 묶였다가 풀렸다. 봉금지대封禁地帶란 조선과 청나라 사람의 거주를 금하여 무인지대의 국경지역으로 만들었다. 강역거주 금지는 영토 확보 관할의 의미보다 월경을 엄금한다는 의미였다.

청이 명을 멸하고 수도를 북경으로 옮긴 후에 본연의 근거지인 만주는 점차 비어갔다. 청나라는 자신들의 발생지로 여겨 성지화하였다. 두만강, 압록강 대안 지역에 대한 왕래를 금하여 주인 없는 땅으로 비어 있었다.

고구려의 성터 유적지와 환도산성을 둘러보았다.

–마음이 벅찹니다.

–나도 그렇네.

이태집의 마음이나 계연수와 이관집의 마음은 같았다. 멀고도 먼 길이었다. 개인의 힘으로 돌아보기에는 시간과 경비를 감당하기 어려웠다. 조선에서 북경까지 사신들이 오가는데 대충 6개월이 걸렸다. 국가행사나 장사를 하기 위한 이동은 가능했지만, 개인으로서 이동을 하기에는 벅찬 여정이었다.

세 사람은 고구려의 첫 도읍지인 졸본으로 갔다. 오녀산성을 향해 걸어 올라갔다. 오녀산성은 바위산을 등지고 축성되어 있어 천하의 요새였다.

–고구려가 졸본에서 국내성으로 옮긴 이유를 알 것 같습니다.

–나도 알 것 같네.

이태집의 말에 이관집이 말했다.

–먼저 말해봐라.

–성을 지키는 수성을 하기에는 최고의 성이지만 경사가 급하고 교통이 불편해 좀 더 넓고 편리한 국내성으로 옮긴 것 같습니다.

–나도 같은 생각이다.

이태집과 이관집이 생각을 같이했다.

–자네는 어떤가?

–같은 생각일세.

이관집의 질문에 계연수가 동의했다.

–오녀산성은 전형적인 고구려방식의 축성 방법을 사용했네.

–무엇이 그렇습니까?

계연수의 말에 이태집이 물었다.

–우선은 우리의 축성방법 특징은 치성과 옹성 형태라고 할 수 있네.

–설명 좀 해주세요.

–옹甕이란 항아리를 말하네. 옹성은 항아리를 반으로 잘라 놓은 것처럼 문을 보호하기 위해 둘러싼 모양으로 축성한 것을 말하네.

–아하. 자세히 보니 그렇습니다. 항아리를 반으로 잘라 놓은 것 같습니다.

오녀산성의 동문터는 성벽이 서로 엇갈리면서 한쪽 벽이 다른 쪽 벽을 모나게 감싸서 옹성甕城을 이루고 있었다.

–이런 형식은 오녀산성과 국내성에서 보이네. 고구려 옹성으로 가장 이른 시기의 것으로 보이네.

–그러면 치성이란 무슨 뜻인가요?

–꿩을 잡아 보았는가?

–잡아 봤지요.

–꿩이 급하게 숨을 때면 어떻게 하지.

–머리만 박고 있지요. 꼬리는 그대로 다 드러낸 채.

–그것이 바로 치성일세.

–꿩 치雉군요.

이태집이 그러면서 바로 알아챘다.

–아하. 저것이군요. 성벽에서 튀어나오게 만들어 성벽을 공격하는 자들을 공격하기 용이하게 만든 것.

–그렇네. 예리하군.

치성雉城은 성벽 일부를 돌출시켜 적을 공격하는 시설로 방형과 곡선형 사다리형 등이 있었다.

세 사람을 둘러보다 연못에 이르렀다. 연못 이름이 천지였다.

–연못이름이 천지天池네요.

–그렇군.

역시 우리 환족의 정통맥을 이은 나라답네. 우리의 의식 속에는 천지인이 항상 자리 잡고 있지. 그래서 하늘의 연못이라는 의식을 그대로 반영하고 있는 것으로 보이네.

이번에는 이관집이 앞서서 말했다.

천지의 물은 마를 일이 없다고 한다. 못은 동서로 긴 장방형이었다. 크기는 그리 크지 않았다. 천지는 암반을 깎아낸 다음 변두리에 큼직큼직한 막돌을 쌓았고 지면에 나타나는 부분은 네모나게 다듬은 돌을 규모있게 쌓았다. 못의 북쪽 벽 가운데에는 물이 빠져나가는 구멍을 만들었다. 연못의 서남 방향 모서리 밖에는 연못과 연결된 조그마한 샘을 팠다. 물이 마르지 않게 하기 위한 방책으로 보였다.

–광개토대왕릉비에 추모왕鄒牟王이 비류곡沸流谷의 홀본忽本 서쪽의 산위에 성을 쌓고 도읍을 정하였다고 하지 않았나.

–그랬던가. 자네 예리하네.

계연수의 설명에 이관집이 말했다.

–그것이 바로 오녀산성이 맞는 듯하네.

–기록이 그렇다면 이 성 외에 다른 성이 현재는 떠오르는 것이 없지 않

은가?

-그렇네. 축성방법도 고구려의 축성법인 굽도리식 축조공법이 그대로 적용되었네.

-굽도리식 축조방법이란 어떤 방법입니까?

이태집이 계연수에게 물었다.

-굽도리가 뭔지 알지?

-말의 발톱으로 엄지발가락은 퇴화되었고 나머지 넷이 붙어서 이룬 둥그런 부분이 말굽 아닙니까?

-그렇지. 성에도 말굽처럼 아랫부분을 큰 돌로 둘러앉혔네. 굽도리 축조공법이란 굽도리를 조성할 때 계단식으로 경사지게 쌓는 방법일세. 안으로 조금씩 들여쌓는 방법이야.

-직각으로 쌓으면 무너질 위험이 있으니 들여쌓는 겁니까?

-그렇네. 높은 성벽을 보다 견고하게 하기 위하여 성벽의 굽도리 부분을 밑에서부터 위로 올라가면서 성돌을 약간씩 뒤로 물려 쌓는 것일세.

-옹성 치성 그리고 굽도리축성법이 고구려의 전통적인 축성방법이란 말씀이시지요?

-그렇지.

이태집의 결론에 계연수가 큰 소리로 받아주었다.

오녀산성에서 가장 높은 곳으로 이동했다. 멀리까지 보였다.

오녀산성은 오녀산五女山의 북쪽과 동쪽에 연결되어 있는 높고 낮은 여러 산봉우리 가운데서 가장 높고 험한 800m의 산마루를 중심으로 둘레에 축조되어 있었다.

—저기 보이는 곳이 환인분지라고 하네.

—환인분지라고 했나?

—그렇네. 환인분지.

—아직도 지명으로 환족이라는 것을 소리치고 있는 듯하네.

—나도 그렇게 생각하네. 환인桓仁이라고 하면 몇 가지 의미가 있지만 먼저 환국의 왕을 환인이라고 했지. 둘째는 최초로 천지인의 원리를 깨달은 사람이라는 의미도 있네. 셋째는 환을 하늘로 보기도 한다는 점일세. 그래서 환인은 하느님이 되는 것이지. 어느 이론이 맞는지 확정지을 수 없지만, 우리 민족을 상징하는 지역 이름이 그대로 실재한다는 점에서 고맙네.

계연수와 이관집이 생각을 주고받았다.

—옛날 기록에 이렇게 되어있네. 〈오래 전에 환국이 있었다. 백성은 부유하였고 또 많았다. 처음 환인께서 천산天山에 올라 도를 얻어 오래 사셨고 몸에는 병도 없었다. 천신天神을 대신해서 널리 교화하시니 사람들로 하여금 군대를 동원하여 싸울 일도 없었다. 누구나 힘껏 일하여 주리고 추위에 떠는 일이 없게 되었다.〉

계연수가 자신의 머릿속에 있는 것을 그대로 옮겨서 말했다. 은자들은 중요한 기록은 외우고 다니는 것이 필수였다. 최악의 순간 기록이 불에 타거나 사라졌을 경우를 대비해 외우고 다녔다.

—모든 것을 의심하고 새로 출발하듯이 학자답게 연구하는 것이 중요하

지만 확실한 것은 우리가 가진 기록들을 먼저 세상에 전해야 한다는 점일세.
–분명히 지금도 우리의 역사를 지우고 세상에서 지우려는 세력이 있네.
선조들이 삶을 일구던 곳. 해가 뜰 때부터 해가 질 때까지 소떼를 몰고 이동하고, 양떼를 몰고 이동하고, 마차에 이동식 집을 싣고 이동하던 곳이었다. 유목으로 걷고, 정착해서 농사를 짓던 곳이었다. 뜨겁게 삶을 불태웠으니 환족의 피가 흐르는 광명족이었다. 세 사람은 역사의 은자로서 더욱 감회가 새로웠다.

다시 큰일을 도모할 사람이 홍범도다

저는 생각했습니다. '의義' 로 살겠습니다.
–좋네.
홍범도는 고민고민하다 결국 자신이 살아야 할 의미를 의로 잡았다. 기사범이 바로 인정했다.
–의義라는 한자의 의미는 '양羊과 나我' 가 합해진 글자네. 다시 말하면 양 같은 내가 되는 걸세. 한자는 공부할수록 재미있네. 양은 순하네. 동이족이 가장 먼저 가축화한 동물이라고 알려져 있네.

–그렇군요.

–사람이 항상 갖추어야 할 다섯 가지 도리道理로 오상五常이라고 있네. 너무 많이 들어서 지겨워질 만큼 알려진 다섯 가지일세.

–인의예지신仁義禮智信을 말씀하시는군요.

–그렇지. 어질 인仁, 옳을 의義, 예도 례禮, 슬기 지智, 믿을 신信일세. 이 중에 가장 행동하는 덕목이 무엇인지 아는가?

–의義라고 생각합니다.

–바로 의일세. 의가 아니면 행하지 말고, 불의에 대항하라는 말이 그래서 나온 걸세. 바로 자네가 가지고 있는 바로 불같은 의라고 할 수 있네. 의義로 살게.

–고맙습니다.

–홍대장과 의義는 딱 들어맞네.

기사범은 홍범도와 의가 하나로 맞아 떨어지는 것을 느꼈다.

–심심한데 한 번 살펴보세. 나我라는 글자도 방패 간干과 창 과戈로 만들어져 있지.

–아하, 그렇군요.

–나를 지키려면 필요한 것이 양심이나 도덕이 아니라 실질적인 힘으로 보았네, 바로 힘을 상징한 것이 고대에는 방패와 창이었지.

–실질적인 것들입니다.

–그렇지. 평화를 유지하려면 창과 방패가 있어야 하듯이 나를 지키는 것에도 물리적인 힘이 필요하지.

—인정합니다. 우리에게 힘이 있을 때 평화가 유지되겠지요. 나라는 존재도 바로 세울 수 있고.

—그렇네. 내가 힘이 있어야 하네.

—그래서 무술을 공부하신 것은 아닙니까?

—그런 생각이 컸지. 어린 날에 잘못한 것도 없는데 마을 형과 싸우다 두들겨 맞고 집으로 돌아와 생각했지. 내가 옳다는 것을 인정받으려면 힘이 있어야겠다고 생각했네. 그리고 기회가 찾아왔을 때 무술공부를 시작했지.

—그러셨군요. 저도 이곳에서 몸을 단련한 후 달라졌습니다. 자신감과 삶에 당당해졌습니다.

—싸워서 이길 수 있다는 자신감이 삶을 자신 있게 하네.

—제가 그랬습니다. 삶에 우울과 나약함이 찾아오곤 했는데 스승님을 만나고 나서부터 제가 바로 설 수 있었습니다.

—자네는 이미 삶의 의미를 이루었네. 홍대장이라는 사람으로 우뚝 섰네.

—아쉽게도 부대를 해산하고 돌아왔습니다.

—잘 한 걸세.

—잘했다고요?

—그렇지. 물러설 때 물러서야 하는 거야. 매미는 날아다닐 꿈을 땅속에서 굼벵이로 7년을 산다고 하지 않나. 나비도 생각해보게. 땅속에서 날아오를 날을 준비하네. 때를 만나야 하는 걸세. 너무 일찍 나오면 살아

남을 수가 없네.

–그렇네요.

–나는 나비가 날아오르는 순간을 본 적이 있네. 정말 신기하네.

기사범이 나비가 날아오르는 순간을 경험한 것을 기억해냈다.

–나비의 유충은 여러 번 탈피하네. 탈피라는 것을 생각해보게 아이가 크면 큰 옷을 입어야 하듯이 유충도 껍데기를 벗고 새 옷으로 갈아입네. 성장하는 것일세.

기사범이 너무 진지하게 설명을 해서 홍범도는 바라만 보고 있었다.

–몇 번의 탈피 뒤에 번데기로 되네.

–탈피를 여러 번 한 뒤에 겨우 번데기요.

–그렇네. 자네가 지금 부대를 해산하고 온 것과 마찬가질세.

기서범의 비유가 편안한 마음으로 듣고 있던 홍범도를 깨웠다.

–두려워할 것 없네. 하물며 곤충도 땅속에서 버티다 유충이 되고, 탈피를 하고, 번데기가 되는 과정을 거쳐야 하는데 영장靈長이라고 하는 사람이 못 참아서야 되겠는가.

–그렇습니다.

기사범의 말에 홍범도가 인정했다.

–더 놀라운 것은 자신을 허공에 매달아 놓는다는 걸세.

–허공에 매단다고요?

–자네 산을 다니다 보지 않았나. 꼬치 같은 것이 나뭇가지에 걸려있는 것을!

–예. 보았습니다.

–실을 토해서 실기둥을 만들고 거기에 꼬리각의 갈고리를 걸쳐 매달거나 실기둥에 꼬리각의 갈고리를 걸치고 다시 실을 토하여 몸을 고정하네. 이때 유충의 몸은 수축하고 색채는 약간 투명한 느낌이 있는데 그 상태를 전용이라고 하네.

놀라웠다. 기사범에게 이런 면이 있었다니. 남에게 인정을 받기까지는 숨어 있는 노력이 있었음을 보았다. 기사범의 삶의 지혜나 통찰이 그냥 온 것이 아님을 홍범도는 확인하고 있었다.

–놀랍습니다. 나비도 놀랍지만, 스승님의 관찰과 탐색이 예사롭지 않음을 봅니다.

홍범도의 말에 답하지 않고 기사범은 이야기를 계속했다.

–허공에 매달린 상태로 번데기가 되네. 번데기가 집을 찢고 나와 자신을 바람에 말리지. 그리고는 날개를 펴 날아가는 거야.

–인정합니다. 나비 한 마리도 어려운 과정을 다 거치고 나서 날아오를 수 있음을 말씀하시고 싶은 것이지요?

홍범도의 말에 기사범이 호쾌하게 웃었다.

–처음 볼 때 신기했네. 징그러운 애벌레가 이쁜 나비가 되어 날아오르는 것을 보고. 신기하고 경이로웠지.

다시 기사범은 진지해졌다.

–설명하시는 모습이 더 보기 좋습니다.

–그런가.

기사범이 말없이 웃었다.

—사람도 성장하는 것이 맞지요?

—당연하지. 자네가 바로 그렇지 않은가. 이곳에서는 애벌레였다가 북청에 가서 나비가 된 것 아닌가.

—과장이 심하십니다.

—그렇지 않네. 자네는 이미 조선의 홍대장이 아니던가. 잠시 기다렸다가 다시 큰일을 도모할 사람이 자넬세.

—저의 성장을 도와주셔서 감사드립니다.

홍범도의 진심이었다. 기사범이 자신을 키워주고 단단하게 만들어주었다고 생각했다.

—이제 나는 자네에게 가르칠 것이 없네. 하긴 가르친 적도 없네.

기사범의 말에 두 사람이 함께 웃었다.

—이제 내려갈 때가 되었네.

해가 서서히 저물어가고 있었다. 서쪽으로 기울어가면서 노을이 피기 시작했다.

—나는 매번 느끼네. 노을은 구름이 있어야 아름다워지는 것을 보네. 인생에도 고난이 없다면 극복할 것도 없네. 밋밋해지겠지. 고난은 두려워할 벽이 아니라 넘어야 할 도전이라고 보는 사람일세.

점점 더 노을이 퍼져가며 하늘을 점령하고 있었다. 아름다웠다.

4. 역사광복 동맹

천자의 정통성을 가진 나라가 조선이다

한 달이 꿈만 같았네.

김윤식이 이기에게 마음을 담아 말했다. 역사의 지평을 넓히는 계기가 되었음을 이기에게 전했다.

–저는 인생을 한 수 배우는 시간이었습니다. 천사川社 왕석보 선생님 아래서 배울 때 이미 선배님의 학식을 느낀 바 있었습니다. 다른 선배님들과 비교가 될 정도로 학식이 깊었습니다.

–이 사람아. 그러다 같이 수학했던 학우들에게 욕먹네.

–제 눈에는 분명 한 수 위셨습니다.

—못들은 걸로 하겠네.

이기과 김윤식이 동문수학하던 선후배로서 느낀 바를 주고받았다.

—하지만 나는 분명 진일보한 일주일이었네. 진정 놀라운 것은 잃어버린 역사를 끊이지 않고 지금까지 이어오고 있다는 점일세. 놀랍고 마음이 아팠네.

김윤식이 이기에게 말했다.

—저 말고도 그런 사람들이 숨어서 역사를 품고 있습니다. 가업이기도 하고, 임무이기도 합니다. 분명한 것은 언제부터인지 모르게 맥이 끊어지지 않고 이어지고 있다는 점입니다.

—나는 그것이 놀랍네. 그리고 그런 분들이 세상에 숨어서 살고 있다는 것이 안타깝네.

—역사가 전해주는 통로는 두 개의 길이 있습니다. 하나는 말씀드린 대로 가업입니다. 다른 하나는 학맥으로 이어지고 있습니다. 선가나 도가의 인물들이 역사를 이어주고 있습니다. 도가나 선가의 선인들이 중국에서 왔다고 하는 분들이 있는데 조금만 공부하다 보면 알게 됩니다. 선인들은 환족의 후예라는 강한 연대감을 가지고 있습니다. 그래서 환족의 정신을 이어오고 있습니다.

—환족이라고 했나?

—그렇습니다. 환족은 우리 최초의 나라 이름인 환桓과 최초로 깨달은 사람을 환인桓人이라고 했는데 그것에서 딴 이름입니다. 저 스스로 즐겨 쓰고 은자들이 즐겨 쓰는 말입니다. 그래서 우리 민족을 환족이라

고 합니다.

–환족이라는 말도 좋네. 나는 조선족이라는 말만 알고 살았지.

–조선족도 좋습니다. 조선의 조朝나 환단한桓檀韓이 서로 같은 의미로 봐도 무방합니다.

–부끄럽네. 한 번에 이해가 그대로 전해져야 하는데 기본 학식이 모자라 좀 끊기네.

–그런 생각을 가지실 필요가 없습니다. 배운 적 없고, 들은 적 없는데 어떻게 알겠습니까?

–그렇게 말하니 위안이 되네.

두 사람의 대화는 시회에서 역사 이야기로 옮겨져 있었다.

–우리의 정신과 역사가 유학에 지배되어 사라졌다고 보는 것이 자네의 생각이라면 언제부터라고 할 수 있나?

–발해가 망하고, 신라가 망한 후부터 우리의 전통이었던 신교가 무너지기 시작합니다. 발해와 신라가 있던 남북조 시대까지 그대로 살아있었습니다. 고려로 들어서면서부터 유학에 물들기 시작하다가 조선에 와서는 철저하게 배척됩니다.

–유학으로 대체되었다고 봐야 하는가?

–그렇습니다.

–역사에서 하나의 사상으로 유지되는 경우는 없지 않은가?

–당연합니다. 당연히 힘을 가진 위정자들에 의해서 변화하기 시작하고 백성들이 받아들임으로써 변화가 완성됩니다. 그것을 잘못이라고 하지

않습니다. 아쉬운 것은 철저하게 우리 자신의 역사를 지워버린 것에 대해 아쉬워하는 것입니다.

–어떻게 지워 버렸는가?

–조선은 유교를 국교로 삼았습니다. 중국의 사서인 〈춘추〉와 〈자치통감강목〉을 사필史筆로 여기고 우리 환족의 고유사서를 이단으로 규정했습니다. 더욱 안타까운 것은 압수해서 소각시켜 버렸습니다.

–소각까지 시켰다!

–그렇습니다. 태종 때는 서운관에 보관되어 있던 고유역사서를 공자의 가름침과 어긋난다고 해서 소각하였습니다.

–오호!

구체적으로 이야기하는 것을 반론하기 어려웠다.

–세 번에 걸쳐 전국에 있는 사서 수거령이 떨어집니다. 전국관찰사에게 명령이 떨어졌습니다. 더욱 놀라운 것은 수거령의 내용입니다.

–무엇인가?

–'책을 신고한 자 또는 소지한 사람을 고발한 자는 2품을 높여주거나 면필 50필을 주고, 책을 숨기거나 신고하지 않은 자는 참형에 처한다'는 내용입니다. 상벌규정이 무섭기까지 합니다.

–그럴 수가 있나. 책을 숨겼다고 해서 죽임을 당하고, 책을 신고해서 1품도 아닌 2품이나 진급을 시켜 준다는 말이 이해가 되지 않네.

–하지만 사실입니다.

–왜 그랬을까?

김윤식은 진정으로 궁금했다. 이해가 가지 않는 말이었다. 우리의 역사책을 숨겼다고 해서 숨긴 사람의 목숨을 빼앗아 갈 이유가 없기 때문이었다.

—체제 유지용이었다고 볼 수 있습니다.

—체제 유지용?

—그렇습니다. 명나라로부터 압력을 피하기 위해서입니다.

—사서수거가 명나라와 관계가 있나?

—그렇습니다. 하나는 명나라의 압력입니다. 우리가 천제를 지내지 못하는 것과 황제와 독립적인 연호를 사용하지 못하는 것과 관계가 있습니다.

—보다 구체적으로 설명해주게.

김윤식의 마음은 확실하게 알고 싶었다. 학자다운 자세였다.

—세상에 강자는 하나뿐입니다.

—세상에 해가 두 개 있을 수 없다는 말이지.

—바로 그겁니다. 하늘이 내린 황제는 하나라는 생각입니다. 그것을 방해하는 것이 바로 우리의 역사책입니다. 천자天子, 즉 하늘이 정한 황제는 하나인데 천자의 정통성을 가진 나라가 우리이기 때문입니다.

—그것이 알고 싶네.

—아주 여러 곳에 흔적이 남아 있습니다.

—우리가 종주국이라는 것이 여러 곳에 남아 있다는 말인가?

그렇습니다.

이기는 김윤식에게 몇 가지 알려 주었다. 조공朝貢 조정朝廷 조종朝宗 조회朝會 같은 말에 조朝가 들어가 있는 이유, 그것도 하나가 아닌 공통적으로 들어가는 이유를 설명해주었다. 우리가 동이족으로 청동기 문화와 철기문화를 최초로 만들어내 활을 잘 쏘는 민족이라는 설명을 짧고 핵심적인 내용만 설명해주었다. 김윤식은 처음으로 들어보는 내용에 놀라워했다.

–사서를 수거한 이유가 두 가지라고 했는데 하나는 명나라에 의한 압력을 피하기 위한 방법이라고 했네. 하지만 우리의 조정에서는 지켜야 한다는 생각을 가져야 하는 것 아닌가.

–바로 그겁니다. 우리의 역사를 우리가 지켜야 함에도 그것을 숨기기 위한 방법으로 사서수거령을 벌인 것입니다.

–이해가 안 되네.

–그러실 겁니다.

–철저하게 사대하고, 평화를 굴욕으로 얻으려 한 것입니다.

–명나라에 기대서 조선의 평화를 얻었다는 이야기인가?

–그렇습니다.

–우리 조선의 입장에서 선택적 사대를 했다고 생각하면 안 될까?

김윤식이 자신의 생각을 주장하지 않고 동의를 구하는 방식으로 물었다.

–그렇지 않은 이유가 있습니다.

–그 이야기를 들어보세.

-그랬다면 은밀하게라도 역사서를 보관하고, 일부에게만이라도 전파해야 했을 겁니다.

-인정하네.

두 사람의 대화가 깊어지고 있었다. 이기와 김윤식이 주고받은 이야기는 역사를 설명할 때마다 단골로 나오는 이야기였다. 이기에게는 당연한 질문이었고, 이해가 가지 않는 일이었지만 이기는 여러 번 있었던 일이었다. 반복할 수 밖에 없는 것이 조선에서 역사의 현주소였다.

-그래서 저희는 역사교육과 조선의 전통정신을 조선인의 가슴에 심어줄 생각입니다.

이기가 나철을 바라보며 함께 하기로 한 약속을 김윤식에게 전했다.

-좋네. 나도 참여하고 싶지만 지금은 아닐세. 보다 관심을 가지겠네.

-고맙습니다.

김윤식은 유배지에서 조심스러운 면이 있었다.

-이제 배 시간이 가까워오고 있습니다.

나철이 두 사람의 이야기를 듣고 있다가 말했다.

나철은 제주도에 남아 있기로 하고 이기는 육지로 가기 위해 포구로 나왔다. 김윤식이 포구까지 배웅을 나왔다.

-고맙네.

-제가 선배님을 꼭 보고 싶었습니다. 공교롭게도 제주도에서 만나게 되었습니다.

고맙다는 김윤식의 말에 이기가 말했다.

–이제 헤어지면 언제 만날지 기약할 수가 없네.

김윤식의 마음속에 있던 말이었다. 유배지는 죽음의 장소가 될 수 있었다. 많은 사람이 유배지에서 죽었다. 많은 사람이 십 년 또는 이십 년을 유배지에서 살기도 했다. 그리고 어떤 형벌이 찾아올지 모르는 곳이 유배지였다. 유배지에서 사약을 받고 죽은 사람도 많았다. 그럼에도 의연하게 생활하고 있는 김윤식이 대단했다. 이기는 선배로서보다 인간 김윤식을 만나고 가면서 마음 뿌듯했다.

–유배지를 낙원으로 만든 선배님은 큰 사람이십니다.

–즐기지는 못해도 받아들이고 있네.

제주도에 우뚝 선 나무 같았다. 이기가 김윤식에게 마음을 그대로 전했다. 고난의 길에 들어서서 담담하게 받아들인다는 것이 쉽지 않았을 것이다. 신념을 가지고 일을 하다가 밀려나 귀양을 가는 것이 가슴 쓰리고 아팠을 것이다. 고뇌를 다 접고 평정심을 유지하는 것은 쉽지 않았을 것이다.

–고맙네.

–감사는 제가 해야 합니다. 당당함과 의연함을 배우고 갑니다.

고맙다는 김윤식의 말에 이기가 진심으로 말했다.

–잘 가게.

–건강하십시오.

이기와 김윤식이 서로를 안았다. 오랜만에 만나 다시 언제 만날지 기약

할 수 없는 이별이었다. 사내와 사내의 이별이 진행했다.

돛이 올라갔다. 배가 포구를 떠나 바다로 미끄러지듯이 나아갔다. 갈매기 떼가 포구를 돌고 있었다. 서로 멀어지는 것을 바라보고 있었다.

계연수는 집필에, 이관집은 고향에서 역사교육을, 이태집은 한양에서 역사학당의 일을

계연수와 이관집 이태집 두 형제는 말을 달렸다. 달려도 광야였다. 달려도 다시 들판이었다. 이름을 달리하며 달려도 끝이 없었다. 처음 세 사람이 광야를 만났을 때 달리고 싶은 욕구로 달렸듯이 다시 세 사람은 달렸다. 역사의 현장에서 몸으로 광야를 체험하고 싶었다. 가슴이 벅찼다. 우리의 선조들이 이렇게 달리고 달려도 다시 광야, 달리고 달려도 다시 끝없는 평원인 곳을 실감하고 있었다. 벅찬 마음으로 세 사람은 달렸다.

어둠을 등에 지고 달렸다. 쉬지 않고 달리자 새벽이 찾아오고 있었다. 세 사람은 어둠을 등에 지고 달리던 것이 아침이 오자 빛을 등에 지고 달리고 있었다. 세 사람의 등에 어둠이 사라지고 빛이 가득했다. 대륙의 들판은 스스로 확장되어 가는 듯했다. 하늘은 스스로 키를 키우고 있는 듯이 높았다. 태양이 뜨는 곳에서 태양이 지는 곳까지 달려간 들판은 컸다. 넓었다.

—속이 후련합니다.

—나는 가슴이 뻥 뚫리는 느낌이다.

—나는 살아있다는 것을 실감하고 있어.

이태집, 이관집 그리고 계연수가 말을 달리며 느낀 감회를 이어서 말했다. 끝 간 데 없이 이어지는 초원을 달리는 것은 쉽지 않았다. 조선에서는 이렇게 달릴 곳이 없었다. 대륙을 몸으로 느낄 수 있는 것 중에 하나였다. 조선에서는 마차가 달릴 수 없었다. 길이 좁았다. 폐쇄와 억압으로 조선은 소국으로 전락한 지 오래되었다. 대륙의 기분을 즐겼다.

선조들이 말을 달리던 곳, 선조들이 역사를 꾸려온 곳 무엇보다 문명을 창조해 낸 곳이었다. 조상들의 터전을 몸으로 달려보고 느끼는 감격스러운 공간이었다. 이제는 남의 땅이 되었지만, 역사의 유적은 그대로 남아 있었다.

—참 슬픈 역사입니다.

이태집이 문명을 창조해낸 민족이 줄어들고, 줄어들어서 반도에 갇힌 조선을 두고 하는 말이었다.

—나는 그렇게 생각하지 않네. 역사만 살아남아 준다면 우리는 최악의 단계에서 다시 확대되는 단초를 제공할 수 있는 밑거름이 될 수도 있다고 보네.

계연수는 반대로 희망을 이야기했다.

—분명하게 우리는 미래를 위해 살아가는 사람들이네. 은자라는 말에는

미래를 희망으로 보는 간절함이 묻어 있네.

이관집이 다시 희망으로 불씨를 키웠다.

–그렇네. 우리는 은자지만 후대에는 빛나는 광명이 될 걸세.

계연수가 다시 희망을 이야기했다.

–저도 빛으로 빛나는 세대를 위하여 기꺼이 은자로 있는 것을 당당하게 받아들일 것입니다.

이태집이 다시 희망으로 돌아왔다.

–우리 조선이 온전히 독립하는 날에 우리의 역사가 세상에 드러나 다시 한번 인류를 위한 위대한 장정이 시작될 것으로 믿네.

–그날을 위하여 다시 달려보세.

세 사람은 아침이 밝아오는 광야를 달렸다.

–나는 이번 여행이 끝나면 한양으로 갈 걸세. 그리고 준비한 집필을 할 예정이네.

계연수가 여행을 마무리하고 한양으로 돌아가 집필할 생각을 전했다.

–태집아. 너는 어떻게 할 생각이냐?

–예, 형님. 저도 한양으로 바로 가겠습니다.

이관집은 생각에 잠겨 있다가 결심을 했다.

–나는 집으로 가겠네. 아이들도 있고, 할 일도 있고. 그리고 무엇보다 나는 한양에 올라가지 않고 고향에서 역사를 가르칠 생각이네.

–정말 좋은 생각일세. 지방에서 조용하게 진행하는 것도 중요하다고 보네.

이관집의 생각을 계연수가 적극적으로 찬성했다.

–제 생각에도 형님은 고향에서 아이들을 상대로 가르치는 것이 좋을 듯합니다.

–맞네. 아이들을 가르치는 것이 훨씬 의미가 있어 보이네.

이태집의 생각을 계연수가 적극적으로 동의했다.

–한양에서는 인재들이 여럿 있으니 믿어도 되고, 평안도의 오지인 삭주는 내가 책임지겠네.

–그리하게. 우리 둘은 한양으로 가겠네.

세 사람은 한 달여 동안 여행을 하면서 마음의 결단을 다졌다. 모두 달랐지만 큰 흐름으로는 역사를 벗어나지 않았다. 계연수는 집필에, 이관집은 고향에서 역사교육을, 이태집은 한양에서 역사학당의 일을 계속하기로 했다.

압록강에 이르렀다.

–동압록에 도달했네.

압록강은 요하遼河였다. 요하는 두 개의 지류로 나뉘었다. 정확하게는 동압록에 도달했다.

–고려의 서북 국경선은 요하였네.

–그렇지. 만주의 상당 부분이 고려국이었지.

고려 때만 해도 조선보다 국토가 넓었다. 요하가 고려의 국경선이었다. 조선 땅보다도 훨씬 면적이 넓었다. 요하의 지류를 일러 동쪽에 있는 지류를 동압록, 서쪽에 있는 지류를 서압록이라 했다.

–우리가 약소국의 마지막이길 바란다고 하지 않았나!

–믿습니다!

이태집이 계연수의 말을 받아 소리쳤다.

–"이번 주 안에 지시한 것을 실행하라."

–예. 알겠습니다.

일본에서 파견된 정보대원들에게 감연극이 지시를 하고 있었다.

–"이곳은 일본이 아니다. 조선이다. 조선인들의 눈에 띄지 않게 조심해야 한다. 잘못하면 외교 문제가 될 수 있다. 알았나!"

–예. 알겠습니다.

한 치의 오차도 없어 보였다.

–아울러 홍범도를 잡는데도 심혈을 기울이기 바란다. 이상!

감연극의 목소리가 실내를 울렸다.

역사학당에 검은 그림자가 오갔다. 현장을 탐문하기 위한 대원들이 투입되었다. 역사학당을 둘러보는 날카로운 시선이 사라졌다.

신명, 한옥을 설하다

신명은 열강을 하고 있었다. 이기는 육지에 도착해 한양으로 올라오고 있었다. 이기는 나철과 연합해서 전통의식을 부활하는 것에 전념하기로 했다. 조선의 역사와 정신을 함께 조선인에게 각인시켜주는 방법이었다. 계연수와 이태집도 한양으로 다가오고 있었다. 탁본한 탁본지를 가지고 오고 있었다. 양이 많아 계연수와 이태집이 나누어 가지고 오고 있었다.

역사학당에 주인은 자리를 비우고 조선학에 밝은 신명이 혼자 짊어지고 이끌고 있었다.

–우리 조선인은 특별한 재능을 가지고 있습니다. 일전에 한옥에 대한 강의를 들으셨지요?

–예.

수업을 듣는 사람들의 목소리가 힘찼다. 역사학당의 강의에서 신명의 강의는 재미있었다. 일상에서 만나는 것들에서 조선인의 기질이나 정신을 끄집어내 쉬웠다.

–우리 조선인의 기질을 한 마디로 이야기하면 무엇이라고 했지요?

아무도 대답이 없었다.

–기억이 안 나시나 보군요. 분명히 말씀드린 바 있습니다.

극단…이요.

한 사람이 작은 목소리로 말했다.

–맞습니다. 극단입니다. 극단이라는 단어 하나로 조선인의 모든 것을 설명드릴 수 있다고 했습니다. 오늘은 조선의 악기를 극단으로 설명하려 합니다.

–좋습니다.

두세 사람이 같이 대답했다.

–우리의 대표적인 악기는 무엇이 있습니까?

–북이요.

–장구요.

–꽹과리요.

–거문고요.

–대금이요.

저마다 한 가지씩 말했다.

–이중에서 먼저 장구에 대해 말씀드리겠습니다. 장고杖鼓라고 쓰고, 장고 또는 장구라고 읽습니다. 장구는 특별한 악기입니다. 제가 중국과 일본을 다녀봤지만, 어디에서도 타악기 중에 두 개 이상의 음을 만들어 내는 악기가 없습니다. 장구가 유일합니다.

–두 개 이상의 소리가 나는 타악기 없다고 하셨습니까?

–그렇습니다.

질문자는 생각해 보더니 신명의 의견을 인정했다.

–특별한 것은 다른 나라 사람들은 생각해 내지 않은 것을 기어이 만들어내는 능력이 뛰어납니다.

–그것은 인정하기 어려운데요.

–지금 들어오는 수많은 신기한 것들을 만든 것은 우리가 아니라는 말씀이십니까?

–그렇습니다.

–저도 충분히 인정합니다. 제가 말씀드린 것은 고대의 악기 중에서 찾아보자는 것입니다. 함께 과거로 돌아가서 본 것입니다. 우리가 지금 외세의 발전된 것들은 분명히 인정합니다. 지금 우리 조선인이 뒤떨어진 것은 다른 원인으로 보기 때문입니다.

–그것부터 짚고 넘어가야 인정받을 수 있을 것 같습니다.

예리했다. 지금 일어나고 있는 현상을 먼저 설명하면 악기의 경우도 자연스럽게 인정될 수 있다는 논리였다.

–그렇게 하겠습니다.

이야기가 다른 곳으로 빠졌다. 하지만 자연스러운 일이었다.

–위대한 조선인은 능력 없는 위정자를 만나 좌초한 것입니다. 조선인은 호기심이 많고 도전능력도 뛰어납니다. 그것을 막은 것이 유학이고, 권력입니다.

신명은 잠시 간격을 두고 말했다.

–조선에서 일은 누가 합니까?

–아랫것들이요.

모두 웃었다. 틀린 말이 아니었지만 의도한 답은 아니었다.

–장비나 기구는 누가 다룹니까?

–아랫것들이요.

다시 한번 웃음이 터졌다.

–그렇습니다. 지금은 법적으로는 사라졌지만, 천민과 노비의 일이었습니다. 아랫것들의 일이었습니다. 힘없고 무시 받는 사람들이었습니다. 당연히 새로운 것을 만들기에는 여러 가지로 역부족입니다. 건의했다가 잘못되면 오롯이 건의한 사람의 책임이 됩니다. 심지어 부엌에는 들어가 보지 않는 선비가 요리책을 씁니다. 새로운 것을 만들 수 있는 구조가 아닙니다. 거기에다…

신명은 다시 호흡을 잡았다.

–무역거래가 없는 나라였습니다. 더구나 만드는 사람의 공업과 사고파는 상업을 무시했습니다. 무시 받는 일을 열심히 하기는 어렵습니다. 상공업을 하는 사람은 천민이나 중인으로 힘도 머리도 쓸 수 없는 나라였습니다. 재산과 능력을 가진, 즉 모든 권력을 잡은 벼슬을 한 사람과 선비들은 모두 비생산적인 유학의 원리만을 따지고 유흥이나 하면서 세월을 보내고 있습니다. 어떻게 발전할 수 있겠습니까?

조용했다.

–우리의 고대 역사에서 문명을 창조한 이유가 있습니다. 개방적인 사고 때문입니다. 경계를 허물어 함께 잘 살자는 홍익인간이나 하늘의 원리를 인간 세상에 적용시켜 조화롭게 살아가도록 해야 한다는 재세이화 정신을 받아들였기 때문입니다. 과거의 것이 아닙니다. 현대에 더 필요한 덕목들입니다. 그래서 태호복희와 염제신농, 치우천황 같은 인

물이 있어 동양문명을 열었던 것입니다.

–이제 다시 악기로 돌아가도 됩니까?

–예.

모두 인정했다.

–중국과 일본에는 없는 특별함이 우리 악기에 있습니다. 그것은 우리의 기질이 그대로 적용되었기 때문입니다.

–외관상으로는 특별함을 찾을 수가 없습니다. 궁금합니다.

호기심 많은 수강생이 재촉했다.

–우리는 다른 극단을 가지고 있다고 했습니다. 냄비 근성과 뚝배기 기질로 서로 다른 기질을 가지고 있습니다. 거기에 슬픔의 한과 기쁨의 흥, 씩씩하고 담대한 대인과 꼬장꼬장하게 따지기 좋아하는 선비로 상반된 기질을 같이 가지고 있습니다. 마찬가지로 악기에도 그대로 적용됩니다. 장구의 양쪽 가죽이 다른 가죽으로 만들었습니다.

–아하, 그렇군요.

몇 사람이 반응을 보였다.

–양쪽의 북면이 서로 크기가 다릅니다. 다른 나라 악기에서는 찾아볼 수가 없는 치는 채가 다릅니다. 왼쪽 북면을 치는 채와 오른쪽 북면을 치는 채가 다릅니다.

–맞아요. 분명히 다릅니다.

서로 다른 것을 인정했다.

–왼쪽을 치는 것을 궁굴채라고 해서 대나무 뿌리로 둥글게 만들었습니니

다. 그리고 오른쪽은 채편이라고 해서 기다랗게 만들었습니다. 그래서 치면 왼쪽은 통통통, 소리가 나고, 오른쪽은 다다닥 다다닥거리는 소리로 소나기 올 때 소리가 납니다.

–그렇네요. 정말 그래요.

악기를 다뤄 본적이 있는 수강생 중에 한 사람이 답했다.

–거기에 축승이라고 해서 음을 조절하는 줄이 있습니다.

–그렇게 보니 타악기 중에서 여러 가지 소리를 내는 유일한 악기입니다.

–인정하시는군요. 우리는 기어이 다른 것을 찾아내어 새로운 것을 만들어내는 능력을 가지고 있습니다. 다소 엉뚱한 것도 있습니다.

신명의 강의는 활기찼다. 주고받는 강의로 수강생들의 호응도가 높았다.

–꽹과리 아시지요?

–예.

–꽹과리를 칠 때 주법을 생각해보시기 바랍니다. 그냥 치면 꽹꽹꽹꽹, 소리가 납니다. 손을 넣고 치면 툭툭툭툭, 소리가 납니다. 악기에 손을 집어넣어서 연주하는 다른 나라의 악기가 있으면 말씀해 보세요. 전혀 다른 소리를 만들어내는 기발한 방법입니다. 조선인은 기어이 다른 것을 만들어내는 능력이 뛰어난 사람들입니다. 다시 말씀드리지만 위대한 조선인이 능력을 발휘하지 못하게 하는 여러 정책으로 조선은 무너졌습니다. 우리는 다시 우리의 능력을 찾을 때입니다.

박수가 나왔다. 신명은 밝고 신나는 분위기를 만들어냈다.

역사학당 불에 타다

계연수와 이태집도 한양으로 올라오고 있었다. 올라오다 한 곳을 들르기로 했다. 이기는 천안을 지나고 있었다. 한양이 멀지 않았다. 제주에서 강진으로 배를 타고 들어와 계속 걸어 올라오고 있었다.

역사학당 주위로 수상한 청년들이 다가왔다. 낮에 살펴보고 떠났던 사람들이었다. 주위를 살피더니 불을 붙여 역사학당의 처마에 불을 댕겼다. 마른 볏짚으로 만든 지붕에 불이 붙었다. 불이 붙는 순간 청년들은 동시에 사라졌다. 어둠 속으로 사라진 사람들을 한 청년이 쫓아갔다. 하지만 잡지 못했다.

어둠 속에서 불을 지른 사람을 쫓아갔다 다시 돌아와 소리를 쳤다.

–불이야!, 불이야!

몸을 던져 안으로 들어가더니 안에 있는 책들을 들어내 밖으로 던졌다. 불타오르는 집 안에서 혼자 불을 끄는 것은 힘들 것으로 판단한 청년은 신이 들린 듯 안에 있는 물건들을, 그중에서도 책을 밖으로 끄집어내고 있었다. 불이 난 역사학당의 주위 사람들이 나왔다. 바가지와 함지박까지 들고나와 불을 껐다. 주위에서 사람들이 나와 도와주었으나 이미 반이 타버린 상황이었다. 주위 사람들의 도움으로 물을 날라 겨우 더 이상의 불은 붙지 않았다. 불이 꺼지자 청년은 주저앉았다. 지쳐서 움직일 힘이 없었다. 홍범도였다.

역사학당에는 아무도 없었다. 역사학당에서 기숙하던 사람들은 모두 일로 자리를 뜬 상태였다. 이기와 나철은 제주도로, 계연수와 이관집 형제는 만주의 집안으로 떠나 기숙하는 사람이 없었다.

-누굴까?

불을 지른 사람들은 누굴까. 젊은 사람들이었다. 어둠 속이라 잘 보이지는 않았지만, 행동이나 어슴푸레하게 드러낸 외형으로는 젊은 사람들이었다. 역사학당은 역사를 가르치는 곳으로 불만을 가질 사람들이 없었다. 이해관계가 있는 단체도 아니고, 미움을 살만한 이유도 없었다. 분명하게 의도적으로 방화를 한 것이 틀림없었다.

홈범도는 기사범과 생활하다 그동안 방황했던 자신의 정체성에 대해서 큰 것을 얻었다. 사는 이유가 없었다면 지금 만들면 된다는 기사범의 말에 강한 충격을 받았다. 의義를 위해 살겠다는 마음의 결정을 하고 마음이 단단해졌다. 마음의 결단을 하고 나서 기사범과 헤어져 가벼운 마음으로 역사학당을 찾아왔다. 역사학당에 도착을 점심때에 맞추려고 했으나 시간이 늦어져 저녁 어스름할 때 역사학당에 다다르는 순간 방화의 순간을 목격했다. 그리고 화재를 진압하는 역할을 맡게 되었다. 홍범도는 방화의 순간을 보지는 못했지만 불을 붙이고 황급하게 도망하는 청년들을 목격하고 쫓았으나 잡지 못했다.

홍범도는 밤을 뜬눈으로 새웠다. 도대체 누가 역사학당에 불을 질러 역사학당에서 하는 일을 방해하려고 하는가. 홍범도의 생각으로는 떠오른 대상이 없었다. 역사와 무관하게 살아서이기도 했지만 쉽게 생각해 원한 관계와 이해관계가 없는 역사학당이었다.

다음날 신명이 역사학당을 찾았다. 역시 강의가 있는 날이었다.

–어찌 된 일인가?

신명이 홍범도를 보고 놀라서 말했다.

불을 진화하기 위해 지쳤고, 불이 난 상황에서 안에 있는 책을 꺼내 안전하게 처리하느라 힘이 빠진 홍범도를 보고는 놀랐다.

홍범도가 신명에게 어제 있었던 상황을 설명했다. 역사학당은 반이 타 하늘이 뻥 뚫려 있었다. 지붕이 불에 타 재로 변했고, 살림살이는 엉망이 되어있었다.

–도대체 누가?

신명이 말했다.

–밤새 생각해보았지만, 내 생각으로는 떠오르는 대상이 없네.

–우리가 하는 일에 불만인 세력이 있단 말인가?

–글쎄. 그것이 이해가 안 되네.

홍범도의 말에 신명이 답했다.

–내가 생각해도 이해가 안 되네. 관가에서 알았다고 해도 이렇게 행동할 리는 만무하지 않은가.

–그렇다고 해도 하지만 요즘은 관에서 고대사에 대해 관심이 없지 않은가.

두 사람의 생각으로는 방화한 자들을 알 수가 없었다. 짐작도 되지 않았다.

계연수는 이태집과 함께 한양으로 오고 있었다. 역사학당을 떠나 삭주에 들러 이관집을 만나 광개토대왕릉 비석을 찾아갔다가 다시 한양으로 가고 있는 기간이 벌써 두 달여가 지나고 있었다. 탁본지를 가지고 오는 것이 예사로운 일이 아니었다. 들판이나 산에서 비를 만나면 만사가 허사가 될 수 있었다. 탁본지를 기름종이를 구해서 겉으로 싸고 또 쌌다. 그래도 미심쩍어서 물이 들어가지 않도록 조치를 취했지만 믿을 수가 없었다.

비가 오지 않기를 우선 바랐다. 그리고 부피가 커서 이동하는 것도 쉽지 않았다. 서로 붙지 않도록 잘 말려서 두루마리처럼 말았다. 그리고 두루마리처럼 만 탁본지를 기름종이로 쌌다. 몇 개의 두루마리로 만든 것을 걸망처럼 만들어 매고 이동했다. 무슨 보물단지라도 되는 것처럼 애지중지하며 한양으로 오고 있었다.

–형님은 우리 역사가 가진 자랑이라면 무엇을 꼽을 수 있습니까?

–나는 자신 있게 나라를 세운 정신이라고 말할 수 있어.

–정신은 어느 나라나 있는 것 아닙니까?

–그렇지. 우리의 정신이 다른 것은 무엇 하나를 규정한 것이 아니라 수련이나 참선의 원리를 국가원리에 그대로 적용했다는 점이야.

–구체적으로 설명하면 무엇이 있나요?

–너무나 잘 알고 있을 천지인, 원방각, 一二三 같은 원리를 기본으로 하는 사람의 수양을 모태로 삼아서 근원으로 찾아들어 가는 것을 말하지. 규정된 것이 아니라 살아 움직이는 원리를 적용했다는 것이야.

–살아 움직이는 원리에 대해 말씀해주세요.

이태집이 계연수의 설명을 파고들었다.

–무섭구만.

이태집의 집요함을 계연수가 농담으로 받았다.

–예를 들면 역사의 기록에 일어난 일을 중심으로 기록한 것이 일반적인데 정신 수양하는 것 같은 내용을 기록한 것이 유난히 많다는 점이야.

–그래, 그것이 무엇인지가 궁금합니다.

–더 무서워지는구만.

이태집의 파고드는 말에 계연수가 다시 농담으로 받으며 웃었다.

–인간 몸의 원리나 우주의 원리, 그리고 수양하는 자세와 정신의 실체에 대해 기록한 역사서가 있을까. 우리처럼 깊이 있고 넓게 정신과 원리에 대해 다룬 책은 없다고 보네. 〈태백일사〉의 상당 부분이 바로 정신의 기록이라는 점이 시사하는 것이 크지.

–그런가요?

이태집은 〈태백일사〉를 본 적이 없었다.

–그렇네. 가륵단군이 이런 말을 했네.

–가륵단군이라면 고조선의 3대왕 아닙니까. 바로 글자를 만들라고 지

시해서 살랑 을보륵이 훈민정음과 꼭 닮은 가림토를 만들게 하신 분!

–정확하게 기억하고 있군. 자네의 능력은 대단해.

–열심히 배우고 있습니다.

–바로 가륵단군이 이렇게 말했네. 천하의 대본은 내 마음의 중도일심中道一心자리에 있다. 한문으로는 이렇게 적었네. 중일中一이라고.

–수련의 기본 아니겠나?

–그렇지요. 세상의 중심을 내 안에 있는 한 가운데로 보고 그곳을 마음의 자리로 정했다는 말씀이시군요.

–바로 그것일세. 중심을 바로 잡아야 다음 단계인 나 이외의 것들을 재단할 수가 있지 않겠나. 결국, 나를 바로 세우면 세상의 것들을 제대로 판단할 수 있다는 원리가 만들어지는 초석을 놓는 말씀이시지.

–그렇네요.

–수신재가치국평천하修身齊家治國平天下가 바로 우리의 정치철학임을 확인할 수 있네. 수신재가치국평천하가 몸과 마음을 닦아 수양하고 집안을 가지런하게 하며 나라를 다스리고 천하를 평화롭게 만든다는 뜻이 아니던가. 또한, 진인사대천명盡人事大天命이라는 것이 사람으로서 할 수 있는 최선을 다한 후 명운命運은 하늘의 뜻을 기다리라는 의미가 아니던가?

–그렇습니다.

–사람을 평등하게 보았네.

–오랜 옛적에 평등했다는 말씀이신가요?

–그렇네. '모든 사람이 균일하게 갖고 나온 천부' 라고 선언했지. 이해되나?

–하늘의 뜻을 사람마다 똑같이 가지고 태어났다는 것으로 이해됩니다.

–그렇네. 천부가 바로 하늘의 의미를 그대로 받아들인 것이 천부라고 할 수 있으니 곧 만인은 평등하다고 말할 수 있지.

–그렇습니다.

–그러면서 이렇게 당부하고 있네. '천부의 상품을 잘 닦고, 간직하여 조화의 중심 자리를 확립해서 잃지 않아 일심자리에 확고하게 자리 잡아야 한다' 고.

–언젠가 이야기한 적이 있었듯이 우리의 역사서는 철학서이자 사상서이고 정신수양과 육체수련을 하는 놀라운 장신세계사를 섭렵하는 역사서라고 말씀드릴 수 있을 것 같습니다.

–내가 할 말을 자네가 다 했네. 나는 이제 손 털어야 하네.

–손 털지 마시고 한두 가지만 더 말씀해주세요.

이태집이 슬쩍 더 이야기를 권하며 농담처럼 말했다.

–가륵단군의 말씀일세. 성인자유成人自由, 개물평등開物平等이라고.

–성인자유라면 자신을 이루어 자유자재自由自在하라는 의미 아닙니까?

–정확하네.

–개물평등開物平等이라면 만물의 뜻을 열어 고르게 같게 하라는 의미 같습니다.

–그것도 정확하게 설명했네.

–의미가 살아있는 철학입니다. 자신을 이룬다는 것을 사람을 완성된 것으로 잡았다는 것도 놀랍고, 만물의 뜻을 열어 고르게, 같게 하라는 의미도 조금 부연하면 만물이 가진 본성을 세상 밖으로 드러내어 만물이 다르지 않은 같음의 평등을 가지고 있음을 드러내라는 의미로 본다면 놀라운 성찰이라고 할 수 있네.

–지금 우리 조선이 숭상하는 유학보다 깊고 넓은 철학이 이미 고대에 있다고 할 수 있습니다.

–그렇지. 그것이 우리의 놀라운 역사의 품격이라고 할 수 있네.

–역사의 품격이라는 말씀에 마음이 짠해집니다. 멋집니다.

–나는 우리 역사를 공부하면서 정신수양도 하고, 사상공부도 하고, 철학공부도 하는 기분일세. 거기에 우리 선조들의 문명개척사를 확인할 수 있다는 점에서 감사하지.

–저도 그렇습니다. 덕분에 제가 똑똑해지고 있습니다.

–나도 그래.

두 사람의 웃음이 길 앞으로 앞서갔다.

–이번에 시간을 내서 집필하겠다고 하셨는데 무슨 책입니까?

–바로 시작할 것이 〈태백진훈太白眞訓〉이야.

–몇 권을 저술할 생각이십니까?

–우선 급한 것이 〈태백진훈〉이고 사람들에게 알려야 할 기본서가 〈단군세기〉라고 생각하고 있네. 단군할아버지라고만 알고 있는데 단군이란 무슨 뜻이며, 고조선 고조선 하는데 고조선은 어떤 나라였는가를 알

려주려고 하네. 당장 급한 것부터 정리할 생각이야.

–역사의 대장정을 떠나시는군요.

–누군가가 해야 할 일인데 내가 먼저 손을 댄다고 보면 되네.

한양으로 가는 길고 먼 길을 끝없이 걷고 있었다.

이상룡, 안동에서 교육에 전념하다

거병하겠다며 안동으로 내려간 이상룡도 일단 보류하고 있었다. 상황이 의병을 일으킬 상황이 아니었다. 이상룡은 안동에서 거병의 뜻을 잠시 접고 교육에 열을 올리고 있었다. 홍범도와 입장이 비슷했다. 조선의 의병이 공통으로 맞닥뜨린 문제였다. 모두가 적이었다. 조선의 관군도 의병을 잡으려 하고, 일본군은 당연히 주적이 의병이었고, 조선의 백성마저 의병활동을 반기지 않았다.

이상룡의 고민도 깊어지고 있었다. 조선이란 나라는 있으나 나라의 역할을 못하고 있었다. 도리어 백성에게는 없으면 좋은 조선이기도 했다. 하지만 미운 조선이 무너지면 나라를 잃은 백성이 되는 난감한 상황이 조선의 백성이었다. 조선인에게 터전은 조선이었다. 조선 사람으로서 조선을 미워한 것이었지 조선이란 나라가 다른 나라에게 먹히는 것을 바라는 것은 아니었다. 나라는 필요했지만, 백성이 바라는 나라는 아니었다. 잘 살고 백성을 위하는 나라가 필요했다. 그런 나라는 조선에 없었다. 그리고 일본과 청나라가 조선을 넘보고 있었다. 거대한 혼란에 빠진 것이 조선이었다.

이기는 한양으로 올라오고 있었다. 수원을 지나 과천으로 돌아와 남태령고개를 넘고 있었다.

홍범도와 신명은 바빴다. 불에 탄 집을 정리하고, 보수하는 작업에 착수했다.

–방화를 한 자들이 누구인지 떠오르는 것이 있습니까?

–전혀 없습니다.

신명의 물음에 홍범도가 답했다.

진정으로 며칠을 생각해보았지만, 떠오르는 사람이 없었다. 개인적인 원망이나 이해관계라면 몰라도 공적인 단체에서 방화를 했을 것이란 예상을 하지 못했다.

우선은 역사학당이 불에 타고 살림이 엉망이 된 것을 정리했다. 그리고 볏짚을 걷어내야 했다. 일손이 손에 익지 않은 홍범도와 신명과 소식을 듣고 찾아온 수강생들이 함께 역사학당을 정리하고 있었다. 역사학당에 있던 책들이 불에 타지 않은 것이 다행이었다. 홍범도의 노력이 효과가 있었다.

역사학당의 정리가 어느 정도 되고 일을 도와주었던 수강생들이 돌아가고 홍범도와 신명이 마주 앉았다.

–고생하셨습니다.

–수고하셨습니다.

홍범도와 신명이 서로 고생한 것에 대해 인사를 했다. 실질적인 주인이 없는 상태에서 오늘은 주인처럼 행동한 날이었다.

–이렇게 다니셔도 되는 겁니까?

–그럼요.

신명의 말에 홍범도가 당연하다는 듯이 말했다.

–조선이 아는 홍대장 아니십니까?

–제 얼굴을 알아보는 사람은 조선에 역사학당 분들밖에 없습니다.

–그럴 수도 있겠군요. 방이 붙은 것도 아니고 방이 붙었다고 해도 얼굴을 분간하기란 쉽지 않지요.

–정말 그래요. 누구도 제가 홍대장이라는 걸 아는 사람을 만나본 적이 없습니다. 홍범도가 홍대장이라는 것도 아는 사람이 거의 없습니다.

–다행입니다.

–제게는 다행입니다.

신명과 홍범도의 이야기가 자연스럽게 이어졌다.

–제가 생각하기로는 산속에 계신 걸로 알았는데 한양 나들이를 하고 계십니다.

–제게는 등잔 밑이 바로 한양입니다. 한양은 사람이 많고 분주해서 남에 관해 관심이 적습니다. 이곳이 제게는 안전처일 수도 있습니다.

–말씀하시니 이해가 됩니다.

홍범도 입장에서 북청이 가장 활동하기 어려운 곳이었다. 아는 얼굴들이 많아 북청으로 들어가려면 어두워서야 가능했다. 몰래 들어갔다 몰래 나오는 곳이 북청이었다. 가족이 몰래 옮긴 곳은 아무에게도 알리지 않았다. 하지만 북청을 제외하면 홍범도를 알아보는 사람들이 없었다. 오히려 사람이 많고 분주한 한양은 활동하기에 편했다.

—그렇더라도 대범하십니다.

—제 입장에서는 조심하는 것이 더 위험할 수도 있습니다. 조심하면 눈빛이 달라집니다. 순라꾼들에게 잡히더라도 능청스럽게 벗어나려면 배짱이 있어야 합니다. 놀라거나 겁을 먹고 있으면 바로 의심을 받지요.

—그렇군요. 한데 어쩐 일로 한양을 오셨습니까?

일본군과의 대적 관계에 있고, 관에서는 홍대장을 잡겠다고 색출작전이 시작된 것은 조선팔도가 다 알고 있는데 마음 편하게 한양을 찾았느냐는 물음이었다.

—지금은 거병할 때가 아닙니다.

—이해가 됩니다.

홍범도의 말에 바로 신명은 상황을 읽었다.

—그렇다면 때를 기다리고 계신 겁니까?

—그렇습니다. 지금은 은둔의 때라고 생각합니다.

—이곳 역사학당은 은둔과 관계가 깊은 곳이군요. 역사의 은자들이 모여 있는 곳이고, 의병의 은둔자가 숨어 있는 곳입니다.

신명의 말에 두 사람은 웃었다.

—우리 민족성을 어떻게 보십니까?

-복잡한 민족입니다. 그렇지만 복잡한 것을 단순화시켜서 일처리를 잘 하는 민족입니다.

-복잡한데 복잡한 것을 단순화시켜서 일을 해결하는 능력이 뛰어나다는 말씀입니까?

-그렇지요. 정확하게 설명까지 해주셨습니다.

홍범도가 뜬금없게 물었다. 신명은 설명을 했다.

-구체적인 설명을 곁들여 주시지요.

-조금 설명이 길어질 수 있습니다. 우리의 지금 지정학적 위치는 상당히 복잡한 곳입니다.

신명이 잠시 쉬었다 설명을 다시 시작했다.

-우선은 사계절이 뚜렷해서 사계절을 살아내기 위한 지혜가 필요합니다. 결코, 쉬운 것이 아닙니다. 삼면이 바다고 한쪽은 대륙으로 접해 있습니다. 더구나 삼면의 바다가 다 다른 특성을 가지고 있습니다. 동해는 깊고 단순한 해안선을 가지고 있습니다. 남해는 다도해로 아주 복잡하고 물길도 변화가 심합니다. 서해는 갯벌로 이루어져 있고 탁하고 조수간만의 차가 심합니다. 정말 다른 환경들이 복잡하게 얽혀 있습니다.

-이야기를 들으니 확실하게 이해가 됩니다.

-복잡한 변화와 다른 환경이 맞물려 있는 이곳에 농사를 지을 시간은 불과 6개월입니다.

-그런가요. 4, 5월에 파종해서 시월에 거두니 5, 6개월이 맞습니다.

-당연히 농산물이 부족할 수밖에 없습니다. 조선인은 농사에 모든 것

을 걸고 살았지요. 한데 여기에 가뭄이 있고, 홍수가 있고, 태풍도 찾아옵니다. 계절의 변화가 심하니 냉해도 입습니다. 할 일이 너무 많습니다. 그래서 생긴 문화가 적당하게 하는 상황인식입니다.

–할 일이 너무 많은데 적당히, 라는 말은 안 어울리는 듯합니다.

신명의 설명에 홍범도가 인정하지 않았다.

–적당適當이라는 말은 상황에 딱 맞는다는 의미입니다.

–아하, 그렇군요. 우리의 적당이라는 말의 의미에는 많은 것이 포함되어 있습니다. 바로 복잡한 것을 단순하게 처리해야 하는 숙명적인 행동입니다.

–어려운데요.

–들어보시면 쉽습니다.

–그래요?

–예. 일이 많습니다. 논일, 밭일, 산일, 집안일을 다 해야 합니다. 채소도 몇 가지를 심어야 합니다. 파 마늘 고추 상추 부추에 밭에는 보리 콩 녹두 팥 그리고 논에는 벼를 심습니다. 계절마다 계절에 맞게 나물도 채취하러 갑니다. 거기에 아이들은 보통 5명 이상을 낳았습니다. 죽어라고 일해도 일 처리가 어렵습니다. 그래서 생긴 것이 적당히입니다.

–우리 의병들이 입에 달고 있는 말이군요. 대충 철저하게 하라는 말입니다.

–이제 이해가 되셨군요.

두 사람이 서로 얼굴을 마주 보고 웃었다.

–대충大充은 크게 충족하다는 의미입니다. 그리고 철저撤底는 바닥까지 꿰뚫을 정도로 한다는 의미입니다. 그러니 완벽하게 하라는 의미입니다. 한데 대충 철저하게 하라는 말이나 적당히 하라는 말에는 어떤 의미가 있지요?

–너무 애쓰지 말고 일머리에 맞춰서 일을 하라는 의미지요.

–바로 그겁니다. 조선인에게 가장 중요한 일처럼 방법은 바로 문제가 생기지 않을 만큼 하고 다음 일을 이어서 해야 하는 것입니다. 하나를 완벽하게 할 시간이 없습니다.

–그렇네요.

–조선인에게는 전체를 읽어내는 통찰력이 있습니다. 통찰에서 나온 것이 일을 단순하게 처리하는 방법입니다. 상황에 맞게 일을 처리하는 것입니다. 복잡한 것을 일정선에서 조정하면서 마무리하고 다음 일을 하는 것입니다.

–오늘 또 하나를 얻습니다. 조선인을 알아야 조선의 사회현상을 이해할 수 있는데 오늘 한 수 또 배웠습니다.

신명의 설명을 홍범도는 마음을 기울여 들었다. 당장 전체를 통솔해야 하는 입장인 홍범도에게 요긴한 정보였다. 조선인을 알아야 조선인을 지휘 통솔할 수 있기 때문이었다.

–조선인의 특성 중에서 한 가지만 더 말해 줄 수 있다면 무엇이 있을까요?

–권한의 위임입니다.

홍범도의 질문이 떨어지기 무섭게 신명은 바로 말했다.

—권한의 위임이요?

—예. 그렇습니다. 전권을 주고 일을 맡기면 일을 빨리 완벽하게 처리합니다. 반드시 책임과 의무를 같이 줄 때 가능합니다. 그러나 간섭하는 순간 복지부동으로 태세전환을 하는 사람들이기도 합니다.

역사광복 동맹 결의하다

역사학당에 모두 모였다. 거기에 홍범도까지 참여했다. 빠진 사람은 삭주에서 역사를 아이들에게 가르치겠다고 해서 고향 삭주에 남은 이관집과 제주도에 남은 김윤식을 제외하고 모두 모였다. 역사학당의 실질적인 소유자는 나철이었다. 나철이 빠져 역사학당의 진로를 결정하기는 어려운 자리였다.

—우리로서는 고난이지만 새로운 출발을 할 수 있도록 해준 계기로 받아들일 수 있습니다.

이기가 먼저 말했다.

—먼저 인명에 피해가 없다는 점은 다행입니다. 다음으로 할 것은 복구입니다. 다 같이 힘써 줄 것을 당부드립니다.

이기의 말은 짧았다. 마치 강연처럼 말했다.

이기는 바로 사람을 보냈다. 제주에 있는 나철과 삭주에 있는 이관집에게 현재의 상황을 알리고 즉시 역사학당으로 집결할 것을 주문했다. 이기는 역사학당이 중대한 기로에 서 있다는 생각을 했다. 화재로 불에 탄 것보다 무엇인가 엄습해오고 있다는 것을 느꼈다. 그것이 무엇인지는 알 수 없었다. 하지만 불길한 느낌이 들었다.

–누구 소행이라고 짐작 가는 곳이 없으십니까?

–나는 없네.

이태집의 물음에 이기가 답했다.

–우리가 역사를 가르치는 것을 경계하는 사람들이라면 몰라도 역사학당에 불지를 이유가 없습니다.

–나도 그렇게 생각하네.

계연수의 말에 이기가 말했다.

–조선인이라면 우리가 하는 일을 반기면 반겼지 방해할 사람은 없을 테고. 그렇다면 다른 누구인가인데 상상이 가지 않습니다.

홍범도도 마찬가지 생각이었다.

일본이 조선인의 역사를 가르치는 것을 방해하고 없애버려야 한다는 생각을 하고 있다는 것을 짐작하는 사람이 역사학당에 없었다. 일본이 조선인의 역사에 관심이 있으리라고는 생각하지 못하고 있었다. 중국과는 역사 종주국 경쟁으로 다툼이 있었지만 일본과는 없었다. 조선의 역사에 무관심하다고 보는 것이 평균적인 생각이었다.

어렵게 역사학당의 모든 식구가 다 모였다. 제주에 있던 나철과 삭주에 있던 이관집이 서둘러 한양으로 올라왔다. 모두가 모이기는 어려웠지만, 이번만큼은 이기의 소집에 역사학당 식구들이 긴박하게 모였다.

–누군가 우리에게 위해를 가하려고 하고 있네. 역사학당에는 전환점이 될 것으로 보네. 하지만 지금까지는 예상되는 단체나 개인이 떠오르지 않네. 그럼에도 우리는 갈 길을 가야 하는 중대한 결정의 때를 만났네.

이기의 목소리는 상기되어 있었다.

–역사를 잃어버리는 걱정보다 나라를 잃어버리게 되어있네. 나라를 잃었을 때 우리가 할 일이 무엇인가를 생각하고 미리 대처해야 한다고 생각하네.

이기는 잠시 숨을 고른 후 다시 이야기했다.

–여러분 생각은 어떤가 들어보는 시간을 가져보세.

이기가 역사학당의 식구들을 둘러보았다.

–우리 막내부터 시작해보세.

나이가 어린 이태집에게 먼저 기회를 주었다.

–저희 집안은 이관집 형님과 같이 역사와 함께 살아왔습니다. 역사를 개인이 담당한다는 것이 얼마나 힘이 들고 짐이 되는가를 보아왔습니다.

이태집과 이관집 형제는 역사의 은자 집안이었다. 적어도 몇백 년, 또는 천 년이 넘는 기간 동안 몰래 숨겨서 역사를 자식에게 전달해오고 있는 집안이었다. 비서를 간직한 것이 드러나면 죽임을 당하거나 집안이 몰락할 수 있는 고난을 짊어진 집안이었다. 조선이란 나라가 망하기

일보 직전의 상황이라 역사에 관심을 둘 상황이 아니었지만 그래도 역사를 드러내놓고 세상에 떠들 수 있는 상황이 아니었다. 환족의 역사를 위하여 인생을 바치면서 헌신하는 사람인 역사의 은자 집안이었다. 누구보다도 역사에 대한 인식과 중요성을 알고 있었다.

-역사를 지키기 위해 역사 내용 원문을 그대로 외웁니다. 화재나 불의의 사고에 대비하기 위해서입니다. 역사를 위한 결의가 필요하다고 봅니다. 그리고 서로 도와주어야 할 필요가 있습니다.

이태집이 마음을 담아 이야기했다.

-다음은 동생의 이야기를 받아서 형이 이야기해 보게.

이태집이 예상하지 못한 상황에서 지명받았다.

-저희는 역사동맹을 결의했습니다. 저와 동생, 그리고 운초와 석주가 마음을 모아 결의를 하고 동맹을 맺은 바 있습니다.

얼마 전 네 사람이 역사동맹을 맺었던 것을 알렸다. 운초는 계연수의 호이고, 석주는 안동 사는 이상룡의 호였다.

-지금 우리 민족의 역사는 아주 취약합니다. 남아 있는 책도 파악할 수가 없고, 마음 놓고 연구를 하거나 집필을 할 수가 없는 상황입니다. 조각 난 역사책을 수집하는 것이 무엇보다 중요하고 그것을 하나의 역사책으로 만들어내는 것이 필요할 때입니다. 환국의 역사부터 고려국의 역사까지만이라도 정리하고 확립해야 합니다.

이관집이 조용하지만 정리해서 말했다.

조각 난 역사를 맞추어야 한다는 것은 전체를 파악하고 있어야 가능한 일이었다. 그럴 시간과 상황이 만들어지지 않고 있었다. 모두가 공감하고 있는 상황이었다. 누군가 나서서 해야 할 일이었고, 누군가 희생해야 할 일이었다.

–이번에는 조금은 역사와 거리를 두고 있지만 행동하는 의인의 말을 들어보겠네.

홍범도를 지명했다. 이미 조선에서 홍대장이라는 이름으로 알려져 있었다. 의롭게 일어나 백성을 위하여 몸으로 싸우고 있었다. 잠시 활동을 접은 상태에서 잠시 들렀다. 준비된 것이 없었다. 홍범도는 어색한 표정으로 입을 열었다.

–저는 사실 역사와는 무관하게 살아왔습니다. 나라가 어지럽고 백성이 어려울 때 할 수 있는 것이 무엇인가를 고민하다 일을 벌였습니다. 저는 운초를 만나 역사라는 의미를 깨우쳤습니다. 그것을 확실하게 깨달은 것은 이번 활동에서였습니다.

운초는 계연수의 호였고, 산에서 만났던 것을 생각하며 말했다. 일을 벌였다는 것은 북청에서 의병활동을 말하고 있었다.

–싸워야 할 명분이 필요했습니다. 내 나라가 어떤 나라인가가 진정 중요했습니다. 내 나라가 창피한데 내 나라를 지키기 위해 싸울 생각이 나지 않습니다. 그렇다면 필요한 것이 백성입니다. 백성을 위해 싸운다는 것이 의미 있지만, 어느 나라의 백성인가 싶었습니다. 백성을 착취하고 백성을 개돼지처럼 다루는 조선을 위하여 싸울 의병은 어디에도 없었습니다. 그래서 필요한 것이 역사였습니다.

실제로 역사가 필요한 현장에서 목숨을 걸고 싸운 사람이 홍범도였다. 홍범도의 목소리에는 힘이 들어가 있었다.

-그러면 의병을 자청한 사람들은 무엇을 위해였는가?

이기가 홍범도에게 물었다.

-저와 동지들의 생각은 같았습니다. 나라를 지켜야겠다는 생각은 같았는데 나라가 조선은 아니라는 생각이었습니다. 나라와 백성을 동일시하고 있는 저 자신을 깨달았습니다.

뜻밖의 말이었다. 나라를 위하여 싸울 생각이었는데 나라가 조선은 아니었다는 말에 역사학당에 모여 있는 사람들은 놀랐다. 틀린 말이 아니었다. 동학농민의거 초기 때도 조선을 무너뜨려야 한다는 말이 우세했었다. 그리고 정면으로 조선에 도전한 것이 농민의거였다.

-의병을 해산한 것이 바로 이 문제 때문입니다. 나라를 지키기 위해 일어났는데 그 나라가 조선은 아니라는 점 때문이었습니다.

홍범도의 말에 모두 공감하면서도 충격이었다.

-그렇다고 적을 일본과 청나라로 했을 경우 반전이 일어납니다. 의병활동이 승리한다고 가정할 경우 다시 조선을 살리는 것이 됩니다. 저희는 진퇴양난이라는 말을 여기에서 만났습니다. 저희가 의병활동을 잠시 접은 이유입니다. 그래서 역사가 필요한 것을 깨달았습니다. 왕조를 위해 싸우는 것이 아닌 이 땅의 역사가 녹아있는 민족의 나라를 위해 싸워야 한다는 것을.

현장의 느낌을 그대로 전하는 중요한 발언이었다. 홍범도는 자신이 이야기를 하면서 마음이 풀렸다. 사실 어정쩡한 자신의 상황을 어디에 설명할 곳이 없었다. 역사학당에서 자신의 생각과 의병의 상황을 설명하고 나니 마음이 후련했다.

–참으로 귀한 이야기였네. 정말 역사가 필요한 이유를 너무나 실감나게 설명해주었네.

모두 공감했다. 역사가 필요한 것은 지금과 같은 상황이었다. 나라를 운영하고 있는 주체인 조선이 아니라 백성이 삶을 영위하고 있는 우리 민족의 나라를 위해 싸워야 한다는 것을 깨닫게 해주는 홍범도의 발언이었다.

–이번에는 운초의 이야기를 들어보세.

운초 계연수는 이기의 제자이기도 했다. 그리고 현재 역사학당에서 가장 많은 역사정보를 가지고 있는 사람이었다.

–저는 은자로 살아왔습니다. 이제는 역사 은자의 시대에서 국사 편찬의 시대로 가야 한다고 생각합니다.

–좀 더 자세하게 설명해주게.

사회를 보고 있는 이기의 주문이었다.

–우리 역사 전체로 다루어야 할 때가 왔다고 생각합니다. 환국이나 단국, 그리고 고조선의 역사가 단편적으로 존재하고 있습니다. 그리고 고구려 대진국, 그리고 고려까지 일목요연하게 정리할 역사의 통서通書가 필요합니다. 환국에서 고려까지 일관一貫할 역사가 필요합니다. 역사의 척추를 세우는 일이 필요할 때입니다.

계연수의 목소리에는 결연함이 있었다.

–너무나 절실하고 필요한 책이 만들어져야 할 시기인 것을 공감하네. 지금 바로 이 시기에 역사를 일관할 책을 저술할 사람이 필요하네.

이기가 계연수의 의견에 보충 설명을 했다.

–이번에는 역사학당을 만드는 데 직접적인 공헌을 한 홍암의 이야기를 들어보세.

나철이 지목을 받았다. 제주도에서 놀라서 달려온 나철이었다.

–저는 역사학당을 통해서 많은 것을 배웠습니다. 유교의 틀 안에서 벗어나지 못했던 제가 역사에 눈을 뜨게 해준 곳이 바로 이곳 역사학당입니다. 역사가 우리의 정신이고 우리의 뼈대라는 것을 알게 되면서 제가 할 일을 저는 정했습니다. 그것이 보급입니다. 저는 역사서를 만드는 일에는 적합한 사람이 아닙니다. 저는 보급과 전파에 마음을 두었습니다.

나철은 단호하게 자신의 일을 설명했다.

–역사학당에 몸을 담고 있는 사람들의 의견을 들어보았네. 발언할 사람 있으면 말해보게.

이기가 역사학당 사람들을 둘러보며 물었다. 모두 침묵했다.

–그러면 내가 말하겠네. 나는 확실하게 말하겠네. 우리의 결의가 필요하다고.

이기의 목소리에 힘이 들어갔다.

–그것은 역사광복 동맹을 맺자는 것일세.

–좋습니다.

–좋습니다!

이기의 제안에 계연수가 동의를 먼저 표하자 다른 사람들도 다 같이 동의했다.

–역사광복이라는 말의 의미를 설명해주시지요.

나철이 이기에게 역사광복이란 말에 대한 설명을 주문했다.

–거창하게 설명해도 되겠나?

–좋습니다.

나철의 주문에 이기가 거창하게 설명하겠다고 하자 나철뿐만이 아니라 모두 동의했다.

이기가 환하게 웃었다.

–광복이란 빛을 다시 회복하는 것을 말하네. 우리가 광명족이라는 것은 누차 이야기했네.

광명족에 대한 이야기는 역사학당 사람이라면 자연스럽게 이어서 듣게 되어있었다. 그만큼 환족의 대표성을 가지는 것이 태양이었다. 당연히 역사학당 식구들은 더구나 여러 번 들은 이야기였다. 사실 이기는 오늘 하고 싶은 이야기가 있었다. 마음에 준비해 온 이야기였다.

–태양의 밝은 기운을 우리 몸과 마음으로 받아들여 우리의 몸과 마음이 환해지는 것이 나라 이름의 뜻이라는 이야기를 누차 했네. 바로 그것, 빛 즉 광명을 회복하자는 것일세. 역사의 광명을 회복하는 것이 우리에게 주어진 사명이라고 생각하고 있네.

이기의 목소리에는 다른 어느 때보다도 결연한 의지가 들어있었다.

-나라는 기울어졌고, 백성은 갈 곳을 잃어버린 상황에서 우리 역사학당 사람들은 결연히 다시 역사광복을 시작해야 하네. 잃어버린 역사를 바로 세워 백성들에게 알려야 하네. 먼저 할 것이 역사를 세우는 일이고, 다음으로 할 일이 역사를 알리는 일일세.

이기의 목소리는 웅변이라도 할 기세였다.

-우리는 오늘 역사광복의 날로 선언하고, 역사동맹을 맺을 것을 주문하네.

이기는 자신이 진정 하고 싶은 이야기로 맺었다.

-바로 오늘을 역사동맹을 선언한 날로 잡으시지요.

계연수가 먼저 나서서 동의했다. 다른 사람들도 함께 동참을 선언했다.

-그러세. 오늘을 역사광복 동맹 선언일로 잡고 실천방안을 마련해보세.

갑작스런 제안에 방법론을 생각해보지 못해 서로의 눈을 쳐다보고 있었다.

이기는 역사학당 식구들의 표정을 살펴보았다. 준비가 되어있지 않은 것을 확인하고 이기가 다시 나섰다. 이기는 많은 생각을 하고 방법까지 준비해왔다.

-내 생각을 말하겠네. 역사를 세우는 일은 운초가 담당하고, 역사를 알리는 일은 홍암이 맡아주길 바라네.

모두의 시선이 운초 계연수와 홍암 나철에게로 쏠렸다. 두 사람은 은근 당황한 눈치였다. 준비되지 않은 상황에서 갑작스러운 제안이었다. 승낙과 거부 중 하나를 선택해야 하는 입장에서 쉽게 답을 하지 못했다.

−내가 두 사람을 선택한 것을 설명하겠네.

다시 이기가 나섰다.

−내가 먼저 역사를 세우는 일에 운초를 세운 것은 역사학당에서 역사를 아는 것이나 역사관을 볼 때 우리 환족의 역사를 제대로 만들 수 있을 것으로 보았네. 집안도 은자 집안으로 살아와 역사에 대한 정체성을 누구보다도 확실하게 꿰차고 있다는 점에서 운초를 선택했네. 오늘 안으로 결정해주게.

이기는 계연수를 바라보며 결정권을 넘겼다.

−그리고 다음으로 역사를 알리는 일은 홍암이 적격이라고 생각했네. 관리의 경험도 있고, 인간관계도 넓은 데다 무엇보다 자신이 역사 알리미로서의 역할을 계속 준비해왔다는 점에서 홍암을 선택했네. 홍암도 오늘 안으로 결정해주게.

−역사를 알리는 일은 제가 맡아서 하겠습니다.

이기의 말이 끝나자 바로 결정을 했다. 그리고 시원하게 답했다.

−저도 역사를 세우는 일은 제가 책임지겠습니다.

나철의 수락을 들은 계연수도 바로 결정했다.

−진정 중요한 두 가지를 결정했으니 우리 역사학당 식구들은 두 사람의 일을 적극 도와주는 것으로 하세.

−좋습니다.

이기의 제안에 모두 시원하게 답했다.

과거에 역사동맹이 있었다. 계연수와 이관집, 이태집, 그리고 이상룡이 맺었던 결의로 역사동맹이었다. 이번에는 역사광복동맹을 만들어 조각나 있는 역사책들을 모아 하나의 생명체처럼 완성된 책으로 만들어보자는 제안이었다. 계연수가 맡은 일이었다. 그리고 또 하나는 나철이 맡은 역사전파에 대한 문제였다.

-지금 우리가 할 수 있는 애국의 길은 조선에 충성하는 것이 아니라 조선의 역사에 대한 운명적인 역사 문제일세. 조각조각 은자들에게 나뉘어 소장되고 있는 우리 환족의 역사를 하나의 큰 국통맥으로 잡아서 기술하는 것이 가장 중요한 일이고, 또 하나는 그것을 조선인들에게 심어주는 일일세.

이기는 잠시 쉬었다 다음 말을 이었다.

-그것을 운초와 홍암이 맡아주기로 했으니 나머지 역사학당 식구들은 어떻게든 성사될 수 있도록 열과 성을 다해야 하는 운명공동체네.

계연수, 〈태백진훈〉과 〈단군세기〉를 집필하다

감연극은 밀정들을 모아놓고 훈시를 하고 있었다.

–지금 우리 일본국의 목표는 조선의 일본화에 있다. 그러기 위해 우리의 임무가 결정되었다. 두 가지다.

감연극의 목소리에는 평소와 같이 날카로움이 보였다.

–하나는 조선의 일본화에 짐이 되는 관리들의 동향을 파악하고 상황에 따라서 포섭하는 데 중요한 역할을 해야 한다. 또 하나는 역사다. 이해하기 어려울 것으로 보인다. 역사와 우리 임무가 무슨 관계가 있느냐는 생각을 할 것이다. 확실한 것은 나도 정확하게 이해 못 하지만 명령하달 내용은 확실하다.

감연극은 웅변이라도 하듯이 길게 설명했다.

–조선의 역사가 우리 일본국의 역사보다 먼저라고 우기는 자들과 위대하다고 우기는 자들을 파악하여 보고 하는 것이다. 지난번의 역사학당을 태워버리려 시도한 것이 실패한 것에 대한 질책이 있었다. 다시 그런 일이 있을 경우는 문책이 있을 것이다. 알았나?

–예.

–우리의 행위에는 절도와 목표수행 능력에 있다. 무엇보다 우리가 하는 일은 조선인들이 모르게 실행해야 한다. 그리고 우리는 적진에서 일을 수행하는 사람들이다. 조선인에게 알려질 경우, 우리 일본국과 조선의 관계가 복잡해질 수 있다. 조심, 또 조심해야 한다.

-예. 알았습니다.

잘 훈련되고 절도가 있는 조직이었다. 명령과 복종이 확실하게 집행되는 조직이었다.

-질문 있으면 질문하라.

감연극의 말에는 여전히 냉기가 보였다.

-역사학당 방화사건은 다시 실행합니까?

-그렇지 않다. 조선과의 관계를 걱정해서 일단 보류한다. 그리고 조선역사에 관여한 자를 색출해서 보고하면 다음 실행 명령이 하달될 것이다. 그때까지 우리는 앞서 설명한 조선 관리들의 동향을 살피는 일과 조선역사 관련자들을 보다 깊게 파악하는 것이다. 지금 가장 중요한 과제는 홍범도를 찾아내야 한다. 그것이 가장 시급한 문제다. 확인되면 사살해도 좋다.

-예. 알았습니다.

명령을 하달하는 것과 대답을 하는 것이 마치 기계와 같았다. 행동에 조심하라고 지시하면서 홍범도만은 예외로 사살해도 좋다는 명령이었다. 홍범도는 일본에게 요주의 인물이었다. 직접적인 장애가 되는 인물이었다. 홍범도는 일본군을 공격하는 직접적이고 현재적인 적이었다. 무리가 되더라도 홍범도는 제거해야 할 우선 대상이었다.

계연수는 시급하게 필요한 것부터 시작하기로 했다. 간행작업을 이태집이 도왔다. 이관집은 고향 삭주로 돌아갔다. 아이들이 자라고 있었고, 가장의 손이 필요했다. 이태집은 상대적으로 시간이 자유로웠다.
우선은 〈태백진훈〉과 〈단군세기〉를 집필하기로 했다. 다시 간행하는 것이 목표였다. 원래 있는 그대로의 역사서를 새로 간행해 사용할 수 있도록 하는 작업이었다. 필요에 의한 책을 만드는 작업부터 시작했다. 첫 번째 저술작업으로 잡은 것은 태백진훈이었다. 새로 집필하는 것이 아니라 기존의 책을 보급형으로 만들기 위한 작업이었다.
작업은 역사학당에서 시작했다. 계연수는 스승 이기가 역설한 역사광복이란 말에 대해 다시 생각했다. 광복은 빛을 다시 찾는 것으로 빛의 정신을 깨달아야 했다. 우리의 전통철학에서는 빛이 우리 인간 안에 내재되어 있다고 보았다. 우리 민족의 정신과 의미를 잘 설명해주고 있는 것이 천부경이었다. 천부경 내용 그대로 '본심본태양本心本太陽' 에 그대로 설명되어 있었다.
사람의 본래 마음은 태양을 근본으로 한다는 것이었다. 사람 안에 빛이 들어있다는 것은 곧 사람 안에 신성이 들어있다는 의미였다. 그것이 바로 사람이 곧 하늘이라고 할 수 있고, 천지인 즉 '하늘땅사람' 이 같은 등위를 갖게 되는 것을 말했다. 사람 안에 하늘이 들어있고, 땅이 들어있다고 본 인본의 절대화였다. 마찬 가지 원리로 하늘 안에 사람이 들어있고 땅이 들어있다는 논리였다. 삼재인 '하늘땅사람' 이 다르지 않고 같은 수평 관계로 보았다. 다시 말하면 사람은 세상에서 가장 중요한 존재였다.
계연수는 역사광복이라고 붓글씨로 크게 써놓고는 한참을 바라보았다.

그리고 의미를 살펴보았다.

—뭘 생각을 그리 깊게 하세요?

—으응. 자네 왔구만.

얼떨결에 계연수는 이태집을 바라보았다.

—나는 들어오는 것도 몰랐네.

—멋집니다.

이태집이 계연수가 쓴 역사광복歷史光復을 보고 말했다.

—스승께서 말씀하시기도 했고, 내가 늘 마음속에 담고 살았던 말이기도 해서 적어보았네.

—정말 좋습니다. 써놓고 보니 새삼 느낌이 더 살아납니다.

이태집이 한 글자씩 또박또박하게 읽어내려갔다.

—역歷, 사史, 광光, 복復!

계연수는 이태집을 바라만 보고 있었다.

—빛을 다시 만나는 우리 환족을 생각하니 감개가 무량합니다.

이태집이 다시 혼잣말처럼 말했다.

—형님에게 광복이란 무슨 의미로 보십니까?

—바로 '바른 사람'의 자리를 찾아가는 것이 광복이지.

—바른 사람이요?

—그렇네.

—바른 사람이란 홍익인간과 재세이화를 지닌 인물이 옳겠지요?

이태집이 묻는 형태로 자신의 의견을 말했다.

-바로 그걸세. 여기에는 '다시' 라는 말이 들어가야 되지. 그것은 우리 환족이 잃어버린 광명을 다시 찾아야 하기 때문일세.

계연수도 단언하듯 답했다.

-형님하고 이야기하면 마음이 뻥 뚫리는 기분이 들어요.

솔직한 마음이었다. 이태집은 계연수와 이야기를 하면 답답했던 것들이 확연히 드러나는 기분이었다. 그리고 명쾌하게 정의를 내려 마음이 후련했다.

-〈단군세기〉를 선택한 이유는 무엇입니까?

-〈단군세기〉를 먼저 선택한 이유는 단군할아버지라는 말에 담긴 의미 때문일세. 현재 조선 백성들은 단군왕검이 최초의 조상이라고 알고 있는 사람이 많네. 그래서 단군이 무엇을 의미하는지를 알려주려고 하네.

-단군이 여러분 계셨다고 하면 아마 놀랄 거예요.

-나도 그렇게 생각하네. 단군이란 뜻이 왕이란 사실에도 놀랄 걸세.

-더구나 우리의 일상 속에 스며들어 있는 풍속들이 상당 부분 초대 단군왕검과 두 번째 단군인 부루단군에서 댕기머리와 부루단지 같은 민속이 시작되었다는 것을 설명하면 더욱 의아할 겁니다.

-돌이켜 보면 우리는 정말 많은 것을 잃어버렸네.

-그렇습니다. 무엇보다 우리의 정신세계를 좌우하고 있는 사상과 철학이 중국이 아니라 우리에게서 먼저 시작되었다는 것을 이야기하면 믿지 못할 겁니다.

-너도 보았지않느냐?

–보았지요.

–나는 감동이었지. 47분의 단군의 이름과 단군의 치적이 적혀있는 것에 마음이 울컥했었던 기억이 있네.

–저도 형님이 건네주신 것을 필사하면서 감동이었습니다.

–세상에 역사를 어떻게 꾸며서 만들 수 있겠는가. 왜곡할 수는 있지만 생짜로 없는 역사를 만들 수는 없지 않은가.

–그렇지요. 우리 선조들이 오행치수법, 칠회력七回歷과 함께 구정도邱井圖를 구획, 밭을 나누고 밭문서를 만들어 백성들에게 편의 제공한 것을 알게 되면 어떤 반응일까요?

–우선은 부정할 수도 있을 걸세. 그것이 정상적인 반응일 수도 있고.

–저도 그렇게 생각합니다. 전혀 다르게 배운 것을 되돌리려면 의심부터 하겠지요.

계연수와 이태집은 친형제 같았다. 그리고 역사에 대한 대화는 매끄럽게 진행되었다. 상당 부분 공유하고 있어 대화는 더욱 자연스러웠다.

–문명의 출발이 동북아에서 출발했다는 것을 설명해도 믿지 못할 걸세. 그럼에도 불구하고 우리의 기록에, 중화의 기록에 그대로 숨어 있음을 결국은 알게 되리라 믿네.

–그렇습니다. 저희가 할 일이 많습니다.

개인으로서 할 수 있는 내용이 아니었다. 국가가 나서서 해도 될까 말까 한 일을 하고 있었다. 시간과 공력이 필요한 일이었다.

–그것이 문젤세. 할일은 많고 시간은 많지 않다는 점일세. 나라가 기울

고 있으니 만들고 나서 보존이 가능할까 두렵기만 하네.

스승 이기가 역사를 세울 사람으로 계연수를 선택했고, 계연수가 자신이 하겠다고 선언한 것에 대한 실행이 가능할까에 대한 두려움이었다. 과연 환족의 역사는 존속될 것인가, 아니면 정녕 그냥 사라지고 말 것인가. 자신에게 임무가 주어졌음을 오래전에 마음으로 정한 바 있었지만, 공적인 자리에서 선언했으니 이제는 어떻게든 목표를 완수해야 했다.

–단군세기를 만든 이암이란 분은 어떤 분이십니까?

–철학자면서 사상가라고 할 수 있네. 그리고 도가에 정통한 인물이었지. 그러면서도 유학에 눈이 밝은 분이라고 할 수 있네. 〈태백진훈太白眞訓〉을 보면 알 수 있네.

–태백진훈은 또 어떤 책입니까?

이암의 인물에 대한 이야기를 하다 갑자기 〈태백진훈〉이란 책으로 화제가 옮겨갔다.

–독특한 책일세. 편제는 상편, 중편, 하편의 순서로 구성되어 있고, 상편은 다소 철학적인 언사가 눈에 띄지.

–역사책이 아닙니까?

철학적인 언사로 구성되어 있다는 말에서 이태집이 역사책이 아닌가 의심을 했다.

–역사책이 맞네. 우리의 초기 역사가 동양철학을 알아야 이해할 수가 있다는 말을 한 적이 있는데 기억나나?

–예, 나지요.

–〈태백진훈〉도 마찬가지일세. 우리가 천부경을 이해해야 우리 민족의 건국이념이나 건국의 정신을 알 수 있는 것과 일치하네.

–중편은 환웅의 말씀이 소개되고 있네. 고마운 것은 다른 책에 없는 환웅에 관한 내용이 일부 들어있어 사료적 가치가 크지.

–그렇군요.

–특별한 점은 고구려의 고주몽, 광개토태왕, 을지문덕 등 주요 인물들의 행적이 나오고, 마지막 하편에는 조준, 이색, 최영 등 우리에게 알려진 고려 후기의 대표적 명사들이 행촌 이암 선생에게 질문을 하면 이암 선생이 답을 하는 형식으로 되어 있다는 점일세.

–그렇다면 이암 선생의 철학을 그대로 확인할 수 있겠군요.

–그렇네.

일본 밀정, 홍범도를 찾다

홍범도는 무언가 불안했다. 역사학당의 화재사건도 마음에 걸렸다. 분명한 방화였다. 불을 지르고 도망가는 것을 목격했다. 누군가의 소행이 틀림없었다. 조금만 빨리 도착했어도 방화한 일행 중 한 명이라도 잡을 수 있었을 것이다. 아쉬웠다. 홍범도는 의병들이 주둔했던 곳도 누군가의 밀고에 의해 드러난 것으로 파악했다. 그것을 알아낼 정도라면 자신의 가족도 무사할 수 없음을 직감했다. 홍범도 자신을 일본군 입장에서는 적의 두목으로 지명했을 것이 당연했다.

–별일 없었지요?

–예. 아이들도 잘 있어요.

홍범도 부인은 장기 외출했다가 집으로 들어서며 묻는 안부에 아이들 안부를 미리 알려주었다. 홍범도는 자신도 모르게 뒤를 돌아보며 살펴보았다. 그만큼 홍범도 마음에는 무언가 불안한 마음이 있었다. 일본군 입장에서는 집요하게 자신을 찾을 것이라는 생각이었다. 홍범도가 이사한 것은 아무도 몰랐다. 의병활동에 참여한 포수회 화원들에게도 서로 이야기하지 않았다. 그리고 그것을 당연하게 받아들였다. 나라의 상황이 나빠지고 있었고, 일본의 영향력이 확대되는 것을 알았기 때문이었다.

–우리 가족이 자유롭지 못해서 미안해요.

–저는 그렇게 생각하지 않아요. 큰일을 하는 사람에게는 그만큼의 고난도 있을 것을 받아들이고 있어요. 당신이 걱정되어요.

홍범도는 아내의 당신이라는 말에서 감성의 폭탄이 터지는 것을 느꼈다. 감성의 전선이 무너져 갇혀있던 감성의 물이 해일처럼 쏟아져 내렸다. 한 사내를 자극했다. 갑자기 고맙고 감사했다. 홍범도는 자신도 모르게 아내를 끌어안았다.

–고마워요. 당신.

홍범도가 아내에게 말했다.

–나도 그래요. 당신이 있어 고마워요.

두 사람은 더욱 끌어안았다.

–우리 두 사람은 참 어려운 환경에 태어나, 어렵게 만나서 다시 어렵게 살아야 하는 것이 안타까워요.

–그렇지 않아요. 도리어 그립고 서로에게 필요한 사람이 되어서 고맙지요.

홍범도의 말을 아내가 받았다. 같은 상황을 받아들이는 마음의 결은 달랐다. 홍범도는 안타까웠고, 홍범도의 아내는 고마워했다. 서로를 받아들이고 서로에게 의지하는 마음은 같았다. 일본군을 무너뜨리며 조선을 흔들던 홍대장이라는 이름이 한 여인 앞에서는 소년 같았다.

–이제 우리는 살얼음판을 걸어 다니는 기분으로 살아야 해요. 어디에 함정이 있을지 모르는 상황이에요. 절대로 우리 신분을 이야기해서는 안 돼요. 아이들에게도 알려줘야 해요.

–알았어요.

–역사학당에 불을 지르는 사람들이 있었어요. 누군지는 몰라도 분명하게 방화였어요.

홍범도가 역사학당에서 있었던 사건에 관해 이야기했다.

–일본 측의 범행이 아닐까요?

홍범도 아내의 생각이었다. 전혀 생각하지 못했던 답이었다.

–왜 그렇게 생각하지요?

–특별한 것은 없어요. 그냥 순간 떠오른 생각이었어요.

–맞아요. 주둔지를 찾아내 공격한 것도 일본이었어요.

아내의 생각이 맞을 수도 있겠구나, 생각했다.

–역사학당에 개인적인 감정이 있었다면 몰라도 그렇지 않다면 조선의 누가 방화를 하겠어요. 조선인의 긍지를 심어주는 곳이니 반겼겠지요. 그리고 조선의 조정에서 불온한 것이라고 판단했다면 정상적인 방법으로 관계자들을 수색하거나 검거를 했겠지요.

–맞아요.

홍범도 아내의 생각이 옳았다.

–그렇다면 일본의 소행이겠지요.

다시 홍범도 아내의 생각이었다.

–이해가 안 가는 것은 일본이 조선의 역사와 무슨 관계가 있느냐는 것입니다.

–일본의 목표는 조선을 점령하는 것이 아닌가요?

–맞아요. 조선을 점령하는 것이 목표지요.

–역사학당이 우리 조선인이 모르는 위대한 역사를 알려주는 곳이라면서요?

–그랬지요.

–그렇다면 조선을 점령하면 조선의 위대함을 가르치는 것이 걸림돌이 되지 않을까요?

–그럴 수 있겠네요.

홍범도는 아내의 말에 순간 전율이 왔다. 점령 후에 역사까지도 빼앗아 갈 것이라는 생각이 들었다. 아내의 생각이 옳다면 일본은 무서운 사람들이라는 생각이 순간 스쳐 갔다.

나철, 전통종교를 생각하다

나철은 이기와 연합을 해서 작업을 시작했다. 환족의 전통종교를 되살려보자는 구상이었다. 몰랐던 세계로 찾아 들어가는 나철은 의욕이 넘쳤다. 그리고 달아오른 열정을 고대사에 쏟아부었다.

–오늘은 제가 작정하고 왔습니다. 우리 민족의 역사를 개괄하여 전체의 흐름을 쉽게 이해하는 날로 정했습니다.

–그런가. 가르칠 사람은 준비가 되어있지 않은데 배우는 사람이 멋대로 정해도 되는 것인가.

–아휴. 정말 죄송합니다. 꼭 노여워 마시고 한 수 가르쳐 주실 것을 청합니다.

이기와 나철은 농담을 주고받으며 크게 웃었다.

–그간 배운 것을 한 번 살펴보겠네.

–우리 환족의 나라를 이야기해 보시게.

–환국 단국 고조선입니다.

–환국 단국 조조선의 왕을 무엇이라 했는가?

–환국의 왕은 환인, 단국의 왕은 환웅, 고조선의 왕은 단군이라 했습니다.

–모두 몇 세씩 유지되었는지는 생각나는가?

–기억합니다. 환인은 7세, 환웅은 18세, 단군은 47세까지 이어졌습니다.

–역시 천재로군.

이기의 칭찬에 나철은 쑥스러웠다.

–단국을 우리가 지금 부르는 이름은 무엇이라고 했는가?

–배달입니다.

–배달의 뜻은 알겠지.

–밝은 땅이라고 했습니다.

순간 이기는 아버지로부터 배웠던 기억을 떠올렸다.

*

한적하고 고요한 오후였다. 사랑채 누마루에 마련된 방에서 이야기하면서 방문까지 닫으라는 명에 당황스러웠다. 이기는 진정 중요한 말씀을 하시려나 보다 생각하고, 방문을 닫고 와 더 가까이 다가가 앉았다.

–우리를 일러 환족이라고 한다.

–환족이요?

—그렇다. 환족.

잠시 말을 멈추고 생각에 잠겼다 다시 이야기를 시작했다.

—우리가 우리를 일러 배달민족이라고 하지 않느냐?

—예, 그렇습니다.

—배달이나 환족이 같은 말이다. 처음부터 다시 시작하마.

이기도 아버지의 설명을 듣기 위해 자신도 모르게 몸을 앞으로 내밀었다.

—우리의 나라를 환단한桓檀韓이라고 한다. 환국, 단국, 한국을 말한다. 여기서 한국이 고조선을 말한다. 환단한은 같은 뜻을 가진 말이다. 또한, 지금 우리의 국호인 조선의 조朝도 같은 의미를 갖는 글자다. 그래서 우리를 환족이라고 하고, 환민족 또는 한민족이라고도 한다. 이기는 아버지의 말이 신기하기만 했다. 정확한 의미를 알 수 없지만 처음 듣는 이야기였고, 신비했다.

—우리 최초의 나라는 환국桓國이었다. 나라를 만들면서 나라 이름의 의미를 생각하지 않는 경우는 없다. 환桓자의 오른쪽을 가만히 보면 한일一이 위 아래로 있고, 가운데 날일日이 있지 않느냐?

—예. 그렇습니다.

—긍亘은 하늘과 땅 사이에 해가 들어있는 모습이다. 환단桓檀 모두에 공통적으로 해가 들어있는 모습이다. 우리는 태양족이라는 의미다. 태양을 숭배했던 종족이다.

—태양족이라고 말씀하셨습니까?

-그렇다.

-우리의 최초 국가가 환국桓國이었다. 다음이 단국檀國이었다.

이기는 아버지가 말하는 나라 이름을 처음 들어보는 말이었다. '단군의 조선' 이라는 말을 입에 달고 살았고, '배달의 민족' 이라는 말을 수시로 하고 살았다. 하지만 환국과 단국에 대한 이야기는 오늘 처음 들었다.

-그러면 고조선은 어느 나라고, 배달의 민족이라고도 하고 또는 배달의 후손이라고도 하는데 저는 어떻게 연결되는지 알 수가 없습니다.

-그럴 게다. 다시 정리하자. 최초의 나라가 환국이고, 다음이 단국이다. 그리고 다음이 고조선이다. 모두 같은 의미를 가진 나라다. 같은 국통을 가진 나라다. 여기에서 두 번째 나라인 단국이 우리가 말하는 바로 배달민족이라는 나라다. 배달이란 말도 같은 의미다. 배달은 배는 '밝' 이고, 달은 땅이라는 의미다. '달' 은 지금도 사용하고 있는 말이다. 빛이 비치지 않는 땅을 응달이라고 하고, 빛이 드는 땅을 양달이라고 하지 않느냐?

-예. 그렇습니다.

-배달은 해가 비치는 밝은 땅의 나라라는 의미다.

이기는 순간 웃음이 나왔다. 자신이 나철에게 이야기하고 있는 것이 닮아 있었다.

-그러면 좀 전에 말씀하셨던 배달민족이나 배달의 후손이라고 하는 이유는 무엇입니까?

-질문 잘 했다. 환국의 후예라고 하거나 조선국의 후예라고 해도 되는

데 왜 굳이 배달민족이라고 하고, 배달의 후손이라고 하느냐는 질문이렷다.

–예. 그렇습니다.

–이유가 있다. 우리나라 최초의 나라를 건설한 사람들이 배달족이다. 최초의 나라는 환국이라고 하지 않았느냐?

–예. 그렇습니다.

–배달족이 세운 최초의 나라인 환국에서 나온 사람들이 동서남북으로 진출하며 새로운 나라를 세우게 된다. 환국을 세운 배달족의 규모가 커지자 더 큰 세계를 찾아 나선 것으로 보인다. 나는 이것을 문명개척단이라고 한다.

–문명개척단이요?

–그렇다. 새로운 나라를 건설하기 위하여 무리의 일단을 이끌고 나온 집단을 말한다. 문명개척단 중 동쪽으로 방향을 정한 무리들이 바로 우리가 배달의 후손이나 배달민족이라고 하는 단국을 건설하게 된다. 우리말로 하면 배달국이고, 한자로 적으면 단국檀國이다.

다시 이기는 아버지와 나누었던 대화를 생각했다. 혼자 웃음이 나와 슬며시 웃었다.

–너무 초보인 저를 비웃는 것입니까?

–그럴 리가 있나. 천재를 가르치는 내가 더 흐뭇한 일이지. 다만 옛일이 떠올라서 그랬네.

–옛일이라니요?

–내가 전일에 선친으로부터 배우던 때가 떠올라 감회가 새로워서였지

–그러시군요.

–그러면 좀 전에 말했던 배달의 의미는 아는가?

–배달민족이나 배달의 후손이라고 하는 것을 말씀하시는 거지요?

–그렇네. 환국의 후예라고 하거나 조선국의 후예라고 해도 되는데 왜 굳이 배달민족이라고 하고, 배달의 후손이라고 하느냐는 말씀이시지요. 그것에 대해서는 배우지 않은 듯합니다.

–그렇네.

이기는 자신이 나누고 있는 대화가 아버지와 나누었던 대화의 복사판이라는 생각이 떠올라 다시 웃었다.

–배달민족이나 배달의 후손 또는 배달의 기수라고 하는 이유가 있네. 우리나라 최초의 나라를 건설한 사람들이 배달족이다. 최초의 나라는 환국이라고 하지 않았느냐?

–예. 그렇습니다.

–배달족이 세운 최초의 나라가 환국이라고 했네.

–예.

–원래 환국은 환12국으로 연합국의 형태였네. 환국이 확대되면서 환국에서 나온 사람들이 동서남북으로 진출하며 새로운 나라를 세우게 되었네. 환국을 세운 주축세력인 배달족의 일원이 더 큰 세계를 찾아 나선 것으로 보이네. 나는 이것을 문명개척단이라고 하네.

−문명개척단이요?

−그렇지. 새로운 나라를 건설하기 위하여 무리의 일단을 이끌고 나온 집단일세. 문명개척단 중 동쪽으로 방향을 정한 무리들이 있었네. 이들이 세운 나라가 배달국일세. 바로 배달국이 우리 배달민족이 최초로 세운 나라일세. 배달의 후손이나 배달민족이라고 하는 단국을 건설하게 되었네. 우리말로 하면 배달국이고, 한자로 적으면 단국檀國일세. 단국이라고 할 때 배달을 박달나무라고 하는데 바로 박달이 '밝달' 이라고 할 수 있네. 우리가 알고 있는 박달나무가 아니라 자작나무를 밝달나무라고 했네.

−아하, 그렇군요.

−박씨 중에서 어떤 사람은 자신의 성씨 박씨가 사실 밝씨라고 하는 사람도 있네. 근거가 있는 말일세. 박혁거세도 우리말로는 밝혁거세로 해야 한다는 말과 같은 의미일세.

−뼈대는 이야기한 셈일세. 부분으로 들어가 보세.

이기는 좀 더 세부적인 내용을 이야기할 태세였다.

5. 고조선의 교육제도

환국은 12국으로 연합국이다

계연수와 이태집은 바쁜 중에도 대화가 끊이지 않았다. 계연수는 〈단군세기〉와 〈태백진훈〉을 저술하기에 바빴다. 이태집이 열심히 화선지를 펴주었고, 먹을 갈아주었다.

–나보다 자네가 더 고생을 하네.

–무슨 말씀을요.

–제가 이해하기 어려운 부분은 재위기간입니다. 환국의 역사가 무려 3301년이란 것입니다. 어떻게 해석해야 합니까?

–그것이야 난감한 부분이지. 어느 나라나 건국신화가 있지만, 우리의

경우는 구체적으로 적시되어 있다는 점에서 다르네. 하지만 현실적으로 이해되지 않는 면일세. 일곱 분의 환인이 통치하였는데 기간은 3301년이라는 것이지. 나는 극히 사견을 전제로 추측하건대 이렇게 이해할 수 있지 않은가 싶네.

이태집의 표정이 너무 진지했다. 궁금했지만 확인할 길이 없는 질문이었기 때문이었다.

–삼국유사에 보면 고조선을 다스린 사람이 단군으로 나오는데 여기서 단군은 개인 한 사람으로 적었다는 점일세. 단군이 고조선을 1908세라고 적고 있지. 세부적인 상황을 모르는 상황에서 몰아서 한 사람으로 적었지. 비슷하게 적용하면 환국에 대한 구체적인 기록이 없는 상황에서 7명의 환인은 환인 개개인의 이름이 아니라 나라로 돌아가면서 통치한 것이 아닌가 추정하네.

–아하. 환12국이니 돌아가면서 나라별로 통치한 것이 아닌가 추정하는 것이지요?

–그렇지. 그러한 예는 있었거든. 집단지도 체제로 부족이나 국가가 돌아가면서 대표 통치하는 방식일세.

계연수는 자신이 없었다.

–이건 막연한 추측일 뿐이네. 그래서 기록을 보면 환인 환웅 단군이라는 단어가 왕이란 의미로도 쓰이고, 개인적인 인물로 등장하기도 하는 것이 그런 의미가 아닌가 싶기도 하네.

–저희야 공부를 했고, 집안 내력으로 우리의 역사를 알고 있지만, 조선

백성들에게 알릴 때 어떻게 해야 할까요?

–지금까지 질문한 것 중에 가장 어려운 질문일세.

계연수가 슬며시 웃으며 이야기했다.

–모든 것은 중국에서 들어왔다는 것으로 알고 있는 것이 너무나 고착화되어 있다는 점일세.

–인정합니다.

–조선의 선비들이 신봉하는 것이 중국 것일세. 문화나 정치, 그리고 물산까지도 중국 것이라면 껌뻑 죽지.

–그렇지요.

–고마운 것은 중국의 기록에 고스란히 남아 있다는 점일세. 우리의 기록은 대부분 사라지고 거의 없다는 안타까운 현실이지만 그래도 중국의 기록에는 상당 부분이 남아 있어 증명할 수가 있네.

–대표적인 것이 무엇이지요?

–우리가 지난번에 집안을 다녀오면서 태산 아래 쓰여 있는 것을 보지 못했나.

–아하. 그때 말씀하셨지요. 기억나요. 자기동래紫氣東來!

–그렇지. 산동성 태산 아래에 있던 현판 말씀하시는 거지요?

–그래. 그것이 바로 천자문화가 동방에서 왔다는 것일세. 그리고 천지인이나 제천의식이 바로 동방에서 왔다는 것을 상징적으로 보여주는 것일세.

–그렇군요.

계연수와 이태집의 대화는 물 흐르는 것처럼 이어졌다. 계연수의 설명에 이태집의 목소리가 밝았다.

—천자문화에 대한 기록은 중국에서 제사를 올릴 때 부르던 악곡에도 남아 있지.

—그래요?

다른 기록이 아니라 음악에도 남아 있다는 말에 호기심이 발동했다.

—초사楚辭를 아는가?

—굴원屈原이 지은 글로 시詩와 문文의 중간 형태의 글로 만들어진 것을 말씀하시는 것입니까?

—나보다 한 수 위구만.

—무슨 말씀을요?

—전정으로 하는 말일세. 거기에 최고의 주신主神을 동황태일東皇太一로 지칭하고 있네. 동황은 동쪽의 황제, 동쪽의 천자를 말하는 것이고, 태일은 북극성을 말하는 것일세.

—태일이 북극성이라고 하셨습니까?

—왕일이 쓴 〈초사장구〉에 설명이 나오네. 태일은 북극성을 말하는 것이라고.

—너무 구체적으로 말씀하시니 반론의 여지가 없습니다.

—역사는 넓고 깊어서 개인으로서 들어갈 수 있는 영역은 부분일 수밖에 없다는 것은 자네도 알지 않는가?

—그렇긴 합니다.

–후한시대 채옹이 쓴 독단이라는 기록에는 천자는 동이족 임금의 호칭이라고 아주 친절하게 적어놓고 있지. 그리고 보태서 하늘을 아버지, 땅을 어머니로 섬기는 이유로 하늘의 아들, 즉 천자天子라고 한다고 기록하고 있네.

–우리의 의식을 그대로 정확하게 적었군요.

–그렇지. 역사를 속이기는 쉽지 않네. 역사 기록을 전부 태워버린다는 것도 있을 수 없는 일이기에 그렇네.

–일보다 역사공부가 더 재미있습니다.

–그렇긴 하네. 그래도 다시 시작해야지.

계연수는 차분하게 이태집에게 알려주었다. 이태집은 먹을 갈고 계연수는 다시 일을 시작했다.

계연수와 이태집이 이렇게 붙어서 일을 함께하는 것이 즐거웠다. 도움을 주고, 도움을 받는 것이 누가 누구에게가 아니라 같은 마음으로 도움을 받고 있다고 생각하고 있었다.

–다음에는 소도와 경당에 관해 이야기해주세요.

–좋지. 소도와 경당은 우리 민족 최초의 교육기관이라고 할 수 있지. 소도와 경당을 이해하면 환국과 단국, 그리고 고조선의 건국이념과 철학을 이해할 수 있네.

–기대됩니다.

일을 하면서도 두 사람의 호흡은 잘 맞았다.

신시오사神市五事를 아는가

약속이 있는데 시간 되면 같이 가세.

–어디를 가십니까?

–우리 환족의 역사에 관심이 있는 사람들일세.

–그렇다면 저는 좋습니다.

–그럼. 같이 가세.

이기의 요청에 의해 나철이 승낙했다.

–공부하던 것 계속하시지요.

–공부하는 사람이 조르는 것은 드문 일인데 홍암은 열정이 있네.

걸어가면서 그냥 걸어가기에는 시간이 아까운 듯 나철이 이기에게 공부할 것을 주문했다. 이기도 즐거운 눈빛이었다.

–뼈대를 튼튼히 해야 하니 큰 줄기만 지난번처럼 계속하세.

–좋습니다.

공부가 준비된 사람들이었다. 역사를 배우려는 나철과 역사를 가르치려는 이기는 둘 다 의욕이 넘쳤다.

–신시오사神市五事를 외우는가?

–예. 외웁니다.

–외워보게.

–신시오사神市五事는 우가는 농사를 주관하고, 마가는 명命을 주관하고, 구가는 형벌을 주관하고, 저가는 병을 주관하며, 양가羊加는 선악을 관

장합니다. 양가는 계가鷄加라고 하기도 합니다.

–무엇이 특징이라고 생각하는가?

–동물로 구성되어 있다는 것입니다.

–좀 더 구체적으로 설명해 보게.

–글쎄요.

나철은 더 이상 떠오르는 것이 없었다.

–우리가 지금 기르고 있는 동물로 가축들일세.

–아하. 그렇군요.

–소, 말, 개, 돼지, 양 그리고 닭일세.

–오가는 우리 초기의 나라들에서 아주 중요한 역할을 하네.

–환국 단국 고조선을 말씀하시는 것이지요?

–그렇네. 오가는 행정조직 역할을 하는 것을 먼저 알 수 있을 걸세.

–예. 그렇습니다. 지금 우리 조선으로 보면 이호예병형공으로 이조 호조 예조 병조 형조 공조로 육조를 말하네. 고조선 때에는 5가, 고려와 조선은 6부와 6조로 나누었지. 5개와 6개 부서 차이라고 할 수 있네.

–5가를 고쳐서 확대하거나 변형되었다고 보아야 합니까?

–그렇네. 시대 상황에 따라 변하고, 확대되었겠지.

–고조선에서는 관리가 세습되었나요, 선발했나요?

–세습이 주류였다고 보이네. 지금과 같은 과거제도나 선발제도가 있었다는 기록이 없네. 세습과 임명 제도가 있었다고 할 수 있네.

–세습집단이 있었겠군요.

–당연하지.

–바로 오가가 대표적인 것이라고 할 수 있네. 오가는 두 가지 역할을 가지고 있는 집단으로 보이네. 하나는 부족의 역할이고, 또 하나는 부족에서 전담한 행정 역할이라고 보이네.

–아하. 그렇군요.

–예를 들면 우가가 소 아니던가.

–그렇습니다.

–소를 상징하는 부족이 농사를 전담하는 행정 역할을 전담했다는 가정일세. 확실한 것은 아니네.

–말씀하시니 수긍이 갑니다.

–기록에 보면 오가에서 단군이 나오고, 오가에서 나라를 구한 인물이 등장하는 것으로 보아 관리 역할과 영향력이 있는 부족이었다고 보면 타당하다 생각하네.

–오가에서 단군이 나왔다면 오가는 최고의 부족집단이라고 보면 되겠군요.

–그렇네.

나철은 공부에 욕심이 많았다. 이기는 더욱 신이 났다. 배우려는 학생을 보고 즐겁지 않을 선생이 있을까. 걸으면서도 두 사람의 대화는 끊이지 않았다.

전에 공부한 것을 다시 되짚어서 확인하는 과정이었다. 조금 보충해서 이기가 설명했다.

–이제는 우리의 건국철학을 살펴보세.

–우리의 건국철학은 우리 민족의 사상과 정신을 그대로 담고 있다고 하셨습니다. 제가 제대로 말씀드리는 겁니까?

–역시 명석하네. 기억력도 뛰어나고.

–칭찬을 들으니 어깨가 으쓱해집니다.

–칭찬이 아니라 사실을 그대로 이야기한 걸세.

–고맙습니다.

나철의 기억력은 비상했다. 거의 복사판이었다. 거기에 공부하던 때의 상황까지 기억하곤 했다.

–건국이념을 한마디로 정리하면 무엇이라고 했는가?

–홍익인간 재세이화입니다.

–의미는 누차 이야기했으니 알 테고. 오늘은 염표문에 대해서 이야기하세.

–염표문이라고 하셨습니까?

–그렇네.

–한문으로는 어떻게 됩니까. 염원하는 바를 적은 글입니까?

–염표문念標文은 생각 염念 자와 나타낸다는 의미와 드러낸다는 의미의 표標 자로, 환국으로부터 내려오는 정신문화의 진리를 깨달아 마음에 새기고 생활화하여 환국의 진정한 백성이 되라는 글일세.

–내용이 기대됩니다.

두 사람의 이야기가 무르익어갈 즈음 목적지에 도착했다.

이기를 중심으로 한 모임이었다. 우리 한족의 역사에 관심이 있는 사람들로 사회적인 영향력과 활동력이 뛰어난 사람들이었다. 환족의 역사에 관심이 있는 사람들로 사회적인 영향력과 활동력이 뛰어난 사람들이었다. 석천石泉 최시흥, 송암松岩 오동진, 백하白下 김효운, 벽산碧山 이덕수, 일봉一峰 박응백, 창춘昌春 양승우, 직송헌直松軒 이용담, 녹수綠水 서청산, 백주白舟 백형규가 모였다.

고조선의 교육제도를 공부하다

계연수는 다른 일을 접고 집필에만 몰두하고 있었다.

–적막강산에 혼자 존재하는 것 같은 마음이 드는 것이 글쓰기인데 덕분에 지루한 줄 모르고 쓰고 있네.

–저도 즐거운데요.

–글을 쓰는 것도 벅찬 일이지만 사람이 혼자지만 살아남으려면 얼마나 많은 일을 해야 하는가를 느끼곤 하네. 한데 자네가 다 해주니 일이 한결 쉽네.

–저는 우리 민족의 역사가 다시 살아나는 현장에 있는 것만으로도 감동입니다.

옆에서 이태집이 친동생처럼 계연수를 도와주고 있었다. 글을 쓰다 보면 힘든 것이 모든 것을 혼자 생각하고, 혼자 자료를 찾고, 혼자 밥 먹는 것까지 챙겨야 하는 일이 사람을 지치게 했다. 고립된 생각과 행동 반경에서 지쳤다. 계연수에게 이태집은 절대적인 힘이었다. 먹을 갈아 주고, 종이를 펴주고, 글을 쓰고 나면 쓴 글을 붓글씨로 적어 오그라드는 것을 펴서 정리를 해주었다. 한 자리에서 꼼짝도 않고 몇 시간씩 글을 쓰면 온몸이 쑤셨다. 이러한 모든 불편을 최소화해 주고 있는 것이 이태집이었다.

–얼마 전 해학 주도로 역사광복을 결의할 때 저는 충격 받았습니다. 적어도 천여 년 동안 역사를 빼앗기고, 잊혀져가던 우리의 역사를 다시 찾겠다는 사람들이 모인 것이 감동이었습니다.

해학은 이기의 호였다. 이기가 주도해서 역사광복의 결의를 다졌다.

–나도 그랬네. 내가 과연 해낼 수 있을까 싶었지만, 결의의 장소에 마음을 같이한 사람들이 모여서 결의했다는 것에 감사했네.

–형님도 그러셨군요. 생각해보니 형님이야말로 더욱 마음이 복잡하셨겠어요.

–그렇네. 내가 역사를 집필하는 일을 맡았다는 점에서 더욱 마음이 복잡했지.

–사실 한 사람에게 태산과 같은 짐을 짊어지게 하는 일입니다.

–집필하는 동안 모든 것을 떠나야 하는데 현실은 그렇지 않네. 재산이 있어 먹고 사는 일이 해결된 사람이라면 몰라도 정말 막막한 것일세.

–정말 그래요. 쌀은 누가 해결해주며 집은 누가 해결해줍니까. 거기에

사람을 만나고 일을 만들어가야 하는데 수입은 전혀 없어야 하는 것이 집필 기간입니다.

–그것을 해결해 준 사람이 바로 자넬세.

계연수의 솔직한 마음이었다. 이태집이 있어서 지금의 집필은 가능했다. 계연수와 이태집은 서로에게 감사했다. 진정으로 고마웠다.

지난번에 이야기하다 만 소도와 경당에 대해서 심층적인 접근을 해봐야지요.

이태집이 지난번에 공부해 보자고 했던 기억을 되살렸다.

–소도와 경당이 모두 교육기관이라고 할 수 있나요?

–둘 다 교육기관일세. 우리 민족 최초의 교육기관이라고 할 수 있지.

–지금으로 이야기하면 성균관이나 서원이라고 보면 될까요?

–그렇지. 소도와 경당이 국가이념을 실천하는 인재를 길러내기 위해서였다고 하면 성균관과 서원도 국가이념을 집중적으로 가르치는 기관이었다고 할 수 있지.

–다른 점이라면?

–소도와 경당은 선도에 입각한 사상과 철학에 기반을 두었다면 성균관과 서원은 유학에 기초를 둔 국가 옹호의 철학을 가르쳤다고 할 수 있네.

–그렇다면 차이점은 선도와 유학이라고 생각하면 됩니까?

–나는 그렇게 보네.

–선도와 유교의 차이는 무엇입니까?

–선도는 스스로 깨닫는 것일세. 내 몸의 흐름과 우주의 흐름을 수련으

로 깨우치는 세계일세. 직관과 통찰의 세계라고 할 수 있네. 반면 유학은 사회질서를 주입하려는 의도가 강한 정치적인 교육제도라고 할 수 있네. 물론 인仁을 근간으로 하고 있지만, 사회질서와 예의에 집중되어 있는 것이 유학이네.

–냉철하시군요.

계연수의 논리는 확고했다. 그리고 명쾌했다. 학문을 한 문장으로 정리하는 것은 어려운 일이었지만 계연수에게 가면 쉽게 정리되었다.

–선도는 스스로 깨달아야 하는 것이라면 유학은 공자와 맹자라는 인물에 의해 완성된 학문을 답습하는 것이라고 할 수 있네.

–아하, 그렇군요. 선도는 스스로 체험으로 깨달아서 자신이 자연의 흐름과 일치시킬 수 있는 것을 확인해가면서 우주의 이치, 자연의 이치를 깨달아가는 것이라면 유학은 결정되어있는 이론을 배워가는 것이라는 말씀이시지요.

–자네가 나보다 한 수 위구만. 다 정리해서 물으니 내가 한 수 배운 것일세.

–아이고. 왜 그러십니까?

두 사람은 호탕하게 웃었다. 격의 없이 이루어지는 대화였다. 누가 맞고 틀리고가 아니라 서로의 생각을 전하는 귀한 시간이었다.

–진도가 빠른 건지 느린 건지 모르겠군.

–글쎄요. 너무 본질적인 토론으로 일찍 들어갔기 때문입니다.

–그런 듯하네.

–소도와 경당은 무엇이 다르지요?

–출발은 소도에서 시작된 것으로 보이네. 이런 기록이 있네. 도해단군 때일세.

–도해단군이라면 11대 단군이시지요?

–자네 대단하구만. 47분의 단군을 다 외우고 있나?

–그렇습니다. 역사책을 외우고 다니는 분도 있는데 단군 이름을 외우는 것이야 기본입니다.

이태집이 계연수가 역사책을 외우고 다니는 것을 두고 한 말이었다. 만일의 사태에 대비하기 위해 꼭 필요한 역사책은 원문 그대로 외우고 있었다.

–도해단군이 오가에게 명하여 12명산 가운데 가장 아름다운 곳을 택해 국선소도를 설치하게 하였다고 했네. 그러니 소도가 먼저고 소도의 교육 핵심은 선도였음을 알 수 있네.

–소도는 하늘에 제사를 지내던 곳으로 알고 있는데 교육을 책임지고 있었다고 하는 것은 새롭습니다.

–일반적으로 소도는 신성한 곳으로 제천장소였네. 지금의 절과 별다르지 않다고 보면 되네.

–절이 신성한 곳이고, 참선과 기도를 함께 하지 않나.

–그렇네요. 특별한 특징은 없었나요?

–둘레에 박달나무를 심고, 가장 큰 나무를 택해 황웅상으로 모시고 제사를 지냈는데 그 이름을 웅상雄常이라고 했지.

–그러면 경당은 어떤 역할을 했지요?

–〈태백일사〉에 기록되어 있는 것을 그대로 알려주겠네. '소도지측 필립경당蘇塗之側 必立扃堂', 즉 소도 곁에는 반드시 경당扃堂을 세워 미혼 자제로 하여금 사물事物을 익히게 하였다고 했네.

–그러면 무엇을 가르쳤습니까?

이태집은 궁금했다. 선도가 핵심이라고 했는데 선도만을 가르쳤는지 인생 전반에 대해 가르쳤는지 알고 싶었다. 무엇보다 교육 내용이 궁금했다.

–개蓋 독서讀書 습사習射 치마馳馬 예절禮節 가악歌樂 권박拳搏으로 육예지류六藝之類를 가르쳤다고 했네.

–독서 활쏘기 말달리기 예절 가악 권박拳搏이라고 하면 관리로서 필요한 전인교육이라고 할 수 있겠군요.

–그렇지. 전인교육일세. 지금의 조선과는 차원이 다른 교육을 했다고 할 수 있네. 문무文武를 겸한 교육을 실시했네.

–그래서 그렇게 활달하고 웅혼한 기상을 가졌나 봅니다.

이태집은 치우천황이 벌판을 달리는 모습과 고구려 기마병들이 대륙을 치닫는 모습을 떠올렸다.

–중국의 〈구당서〉와 〈신당서〉에도 기록되어 있네. 후대인 고구려의 문화지만 같은 국통맥을 가진 나라가 고구려이니 참고할 만하네. 〈민간에서는 서적을 사랑하여 가난해서 천한 일에 종사하는 집에 이르기까지 각기 네거리에 큰 집을 지어 이를 경당扃堂이라 부른다.〉고. 〈구당서〉

에는 〈자제들이 혼인하기 전에 여기에서 주야로 글을 읽고 활쏘기를 익힌다.〉고 적었네.

–고구려가 다시 보입니다. 늘 전쟁이 연상되었는데 주야로 글을 읽고 활쏘기를 배웠다고 하니 마음이 든든해집니다.

–무려 9백 년을 이어 온 나라가 고구려 아니던가. 거기에 대륙의 강자로 군림한 이유가 있었네.

–그렇습니다. 강국은 문무가 함께 강할 때 만들어지는 것을 확인하게 됩니다.

–오늘은 목에 힘이 들어가는 것 같네. 정말 그렇습니다.

이태집이 목에 힘을 주고 좌우로 흔드는 모습을 보였다.

두 사람은 아무 걱정이 없는 사람들처럼 환하게 웃었다.

–조선이 유학을 가르쳤다면 고조선에서는 학문으로는 무엇을 가르쳤습니까?

–오상지도를 가르쳤네.

–오상지도요?

–'오상五常의 도'라 해서 충효신용인忠孝信勇仁을 가르쳤네.

–인의예지신仁義禮智信과 유사하네요.

–무엇보다 특별한 것은 향학에 대한 열의가 조상으로부터 받은 것 같네. 읍락의 지도자를 선발해 읍락마다 교육을 했다는 점일세. 나라 전체가 교육기관이었지. 그러니 당대에 최고의 강국으로 존재할 수 있었다고 할 수 있네.

–그것이 무엇이지요?

–모든 읍락이 자체적으로 삼로三老를 두었는데, 삼로三老를 삼사三師라고도 했네.

–정말 좋은 제도입니다. 그들은 그러면 어떻게 선발하지요?

이태집은 관심이 많았다. 더구나 역사를 조선에 알려야 할 필요성을 강하게 가지고 있었다.

–현덕자賢德者, 재시자財施者와 식사자識事者라고 해서 어질고 덕이 있는 사람과 재물을 베푸는 사람 그리고 사리를 잘 아는 사람을 자체 선발해서 섬기고 존경하고 마을 사람들이 삼사에게서 가르침을 받는 제도였지.

–국가교육 체계가 벌써 오래전부터 있었다는 것이 대단합니다.

조선에서도 부족한 교육정책이 천여 년 전에 있었다는 것이 놀라웠다.

다시 일어설 것을 결의하다

김수협이 찾아왔다.

–잘 계셨습니까?

–반갑네.

오랜만의 만남이었다. 원주 시내였다. 포수회 사람들은 누가 이야기한 것도 아니면서 자연스럽게 북청에서는 가능한 만남을 자제했다. 의병을 해산한 후에는 더욱 조심스러웠다. 북청이 작기도 했지만, 산속에 은밀하게 마련한 부대까지 알려졌다는 것은 의병의 규모와 내부 조직을 상당히 파악하고 있을 수 있다는 것을 의미하기도 했다. 조선에서 이미 홍범도는 이름은 알려졌다. 홍범도의 얼굴을 아는 사람은 적었다. 조선의 왕은 알지만, 조선 왕의 얼굴을 아는 사람은 극히 적은 것과 같았다.

조선은 아직까지는 분명하게 살아있는 나라였다. 주권을 잃어버린 나라였지만 일본군의 입장에서 조선은 남의 나라였다. 조선이라는 나라가 살아있어 함부로 행동할 수는 없었다. 홍범도가 외부활동을 하기에 그래도 무난한 이유였다.

차도선도 합류했다.

–잘 지냈나?

–잘 지냈습니다.

–다행일세.

–형님도 잘 지내셨지요.

–그렇네.

만나자 안부부터 확인했다. 더구나 다행이라는 말은 예전에는 없었다. 의병활동 이전에는 없었던 풍경이었다.

–마치 우리가 죄인 신분으로 숨어 사는 것처럼 보이는군.

–정말 그렇습니다.

홍범도의 죄인 신분이라는 말에 세 사람은 호탕하게 웃었다.
–마음이 울적했는데 형님을 뵈니 마음이 그래도 나아졌습니다.
–무엇이 그리 울적하게 했는가?
–내 나라가 왜 이리 약한 존재인가였고, 내 나라가 왜 백성을 돌보지 못하는 것인가 생각했습니다.
홍범도의 말에 차도선이 말했다.
–저도 마찬가지입니다. 나라라는 것이 백성을 뜯어먹고 사는 탐관오리들로 넘쳐나더니 나라가 망하려고 하니 미웠던 나라도 애처롭게 보입니다. 아버지가 술주정을 하며 어머니에게 행패를 부리면 어머니를 위해 아버지에게 주먹이라도 날리고 싶었습니다. 나이가 들어보니 힘없는 아버지가 측은해 보이는 이치와 같습니다. 아버지도 힘든 존재였구나 하는 마음이 드는 것과 비슷합니다.
세 사람 모두 공감했다.
그래도 내 나라고 내 조국이 아니던가 싶었다. 조선 왕정의 존속이 아니라 무언가 백성을 위해 존재하는 나라가 필요했다. 그런 나라는 아직 없었다. 앞으로는 더욱 없을 것만 같았다. 약소국의 조선이 망할 것만 같아서였다. 미운 아버지가 죽고 나면 그래도 애증이 남아서 불쌍했던 아버지를 생각하고 있는 것과 닮아 있었다.
어느 편을 들 수도 없고, 목적하는 바도 명확하지 않아 의병을 철수하기 전 논쟁을 하던 때가 생각났다. 길을 잃은 배를 탄 사람들이 배 위에서 길을 찾고 있는 것 같았다.

–이 나라가 망한다면 어떻게 하겠는가?

–일본군과 싸워야지요.

–혹시 청나라라면?

조선을 집어삼킨 것이 청나라라면 어떻게 하겠느냐는 물음이었다.

–글쎄요.

홍범도의 질문에 태양욱이 대답해 놓고는 이해가 가지 않는 답변임을 깨달았다. 일본에 적대적이면서 청나라에게는 우호적인 것을 발견하고는 어색해서 웃었다. 이미 점령당해서 살고 있는 것과 진배없었다. 당연하게 살아왔다. 청으로부터 독립하자고 일어날 생각도 없었다. 그렇다면 일본의 점령은 용납 못 하는 이유를 설명해야 했다. 하지만 답이 궁색했다. 당연하게 받아들이고 있는 것이 어색했다. 조선 국왕의 아버지를 잡아가기도 하고, 풀어주기도 하는 청나라의 횡포에 대해서는 눈감고 있는 것이 일본과 다른 생각을 하고 있음을 보여주는 일이었다.

–심정적으로 공동체로 생각하고 있는 것 같네. 조선의 왕도, 백성도.

홍범도의 진단에 두 사람은 긍정도 부정도 하지 않았다.

–한 수 아래로 봤던 일본이 우리를 압도하는 것에 대한 열등의식은 아닐까요?

–그럴 수도 있을 것 같네.

차도선의 말에 대답하면서도 홍범도의 마음은 씁쓸했다.

–저는 화가 납니다.

–아니 무슨 일이라도 있나?

태양욱의 갑작스럽게 화가 난다는 말에 홍범도가 물었다.

–제 개인적인 일은 아니지만, 아직도 백성을 쥐잡듯하면서 갈취하고 폭력을 행사하는 자들이 있습니다.

–어떤 놈이 그렇습니까?

태양욱의 말에 차도선이 먼저 반응했다.

–바로 이곳 원님이라는 자가 그렇네. 벌써 강원도 일대에 소문이 자자하네. 못 들어보았는가?

–예. 모르고 있었습니다.

태양욱의 말을 차도선이 다시 받았다.

–나라가 망해가고 있는 이런 상황에서 백성을 보듬고 아끼지는 못할망정 괴롭힌단 말인가.

홍범도가 낮은 목소리로 말했다.

–혼내 줍시다.

–저도 그렇게 생각합니다.

태양욱과 차도선이 나서서 손봐줄 것을 주문했다.

–그러세.

가만히 듣고 있다가 간격을 두고 홍범도가 낮은 목소리로 답했다.

환족의 이상은 일신강충一神降衷에 있다

이기와 나철은 모임에 참석한 후 참석자들과 인사를 하고 둘만이 남았다.

–어땠나?

–놀라웠습니다. 이런 세계가 있구나 싶었습니다.

–어떤 의미에서?

–아직 조선은 살아있구나 싶었습니다. 조선의 역사에 대해서, 조선의 미래에 대해서 이렇게 고민하고 활동하는 분들이 많다는 것에 놀랐습니다.

–서로 방법은 달라도 조선을 생각하는 사람들은 있네.

–더구나 조선의 잃어버린 역사에 관심이 있는 분들이 있어 뜻밖이었습니다. 우리 역사학당 식구들만 그런 줄 알았습니다.

–특히 송암 오동진은 우리 역사에 관심이 많아. 관심 있게 지켜보게.

–마저 하셔야지요.

–빌려준 돈 받는 사람 같구만.

–죄송합니다. 너무나 당연한 듯 요청을 드려서.

–아닐세. 그런 자네가 고맙네.

이기의 솔직한 마음이었다. 나철이 역사에 관심과 열정이 있다는 것만으로도 이기는 고마웠다.

–염표문에 대한 이야기를 하다가 멈췄습니다.

–맞네. 염표문에는 하늘의 창조 정신과 목적이 들어있다고 할 수 있네. 환국으로부터 내려오는 정신문화의 진리 주제를 깨달아 마음에 새기고 생활화하여 환국의 진정한 백성이 되라는 글일세. 전문은 이렇네. 아주 짧네.

天은 以玄默爲大하니 其道也普圓이오 其事也眞一이니라
地는 以蓄藏爲大하니 其道也效圓이오 其事也勤一이니라
人은 以知能爲大하니 其道也擇圓이오 其事也協一이니라
故로 一神降衷하사 性通光明하니 在世理化하야 弘益人間하라

하늘은 아득하고 고요함(玄默)으로 광대하니,
하늘의 도는 두루 미치어 둥글고,
하는 일은 참됨으로 만물을 오직 참되게 함(眞一)이니라.
땅은 하늘의 기운을 모아서(蓄藏) 성대하니,
땅의 도는 하늘의 도를 본받아 둥글고,
하는 일은 쉼 없이 길러 만물을 오직 근면함(勤一)이니라.
사람은 지혜와 능력이 있어(知能) 위대하니,
사람의 도는 천지의 도를 선택하여 둥글고,
하는 일은 서로 협력하여 오직 도와야 함(協一)이니라.
그러므로 삼신께서 참마음을 내려 주셔서(일신강충一神降衷)
사람의 성품은 삼신의 대광명에 통해 있으니(성통광명性通光明)

삼신의 가르침으로 세상을 다스리고 깨우쳐(재세이화在世理化)
인간을 널리 이롭게 하라(홍익인간弘益人間)

–아직 오묘함을 모르겠습니다.
–당연하네. 처음 접하면 짧고 특별함이 없어 보이네. 살펴 들어가면 보이는 세계가 있네. 내 늘 주장하지만, 진리는 단순과 명쾌함으로 정리해야 확실해지는데 염표문이 그렇네.
–설명을 부탁드립니다.
나철이 정중하게 염표문을 설명해줄 것을 주문했다.
–두 개의 내용으로 요약되어있네. 하나는 천지인의 정의와 임무, 그리고 하나는 천지인이 인간에게 작용하는 원리일세.
–엄청난 내용인데 단순하고 간결해 보입니다.
–그렇네. 단순과 간결에 명쾌함이 더해지면 완성이라고 할 수 있네. 하나는 하늘의 도는 두루 미치어 둥글고 하늘의 뜻은 오직 참됨에 있다고 했네. 이상을 하늘에 두었다는 것이 중요하네. 우리가 하늘에서 온 존재라는 인식이 그대로 깔려있네. 곧 우리의 고향은 하늘, 즉 북두칠성이라고 본 것일세.
–천손을 말씀하시는 것이지요?
–그렇네. 다음으로는 땅의 도는 만물을 기르는 역할로 오직 근면함을 강조했네.
–농사와 같은 마음이군요.

-그렇지. 농사와 유목은 물론 꾸준하게 반복되는 자연의 원리를 구현하는 곳이 지상이라고 선언한 것일세.

-다음은 사람이겠군요.

-그렇지. 인도人道, 즉 사람의 도는 오직 서로 협력하라는 말씀이셨지.

-도와야 한다는 것이 핵심이군요.

-정확하네. 두 개의 내용으로 되어있다고 하지 않았나?

-예. 그렇습니다.

-살펴보게. 네 개의 문장을!

일신강충一神降衷

성통광명性通光明

재세이화在世理化

홍익인간弘益人間

-무엇을 살펴보라는 말씀이시지요?

-무슨 의미인가를.

-앞서 말씀하신 내용과 다릅니까?

그러므로 삼신께서 참마음을 내려 주셔서(一神降衷)

사람의 성품은 삼신의 대광명에 통해 있으니(性通光明)

삼신의 가르침으로 세상을 다스리고 깨우쳐(在世理化)

인간을 널리 이롭게 하라(弘益人間)

나철이 이기가 읊은 것을 다시 반복했다.

-내가 처음 설명한 것은 하늘을 절대자로 보고 절대자가 인간에게 내려준 것으로 본 해석일세. 하지만 천지인이 같은 등위로 보는 것이 우리의 사상철학일세. 그러면서 하늘과 땅과 사람이 다 같이 크지만, 특히 사람에게는 태일太一이라고 해서 더욱 강조했네. 그렇다면 해석을 달리할 수 있음을 말하려고 하는 것일세.

-말씀하시는 것이 더 타당할 수 있어 보입니다.

이야기가 끝없이 이어지고 있었다. 사상강론 시간 같았다. 이기와 나철은 이성적인 사람들이었다. 그리고 철학에 관심이 많았다. 그래서 두 사람은 잘 맞았다.

-하늘이 내려 준 것이 아니라 사람이 곧 하늘이라는 우리의 철학에 대비하려고 하는 것일세.

-더욱 흥미가 갑니다.

나철의 말에 이기가 잠시 쉬었다 이야기를 시작했다.

-일신강충一神降衷을 삼신이 인간에게 참마음을 내려 준 것이 아니라 사람 안에 하늘, 즉 신이 내려와 있다고 보는 관점일세.

-아하. 정말 흥미로운 해석입니다.

이기의 설명에 나철의 관심이 커졌다.

-해석이 많이 다르네.

-정말 그렇습니다. 신이 인간에게 참마음을 내려주었다고 하면 종교적인 냄새가 나고, 사람 안에 신이 들어있다고 하면 수행문화가 되는 것

아닙니까?

–역시 대단하군. 하나를 알려주면 둘을 아는구만.

이기가 나철의 설명에 놀랐다. 상당한 지혜를 가진 사람이라는 것을 다시 보았다.

–바로 그걸세. 사람 안에 신이 들어와 있으니 그것을 깨우쳐야 하는 것이 바로 수행일세. 그래서 다음 문장이 확연하게 드러내 주지. 생각해 보게.

–성통광명性通光明을 신성을 깨우쳐 통하고, 몸과 마음에 빛을 받아들여 밝아지는 것을 설명한 듯합니다.

–정답일세. 바로 그걸세. 신성을 깨우쳐 몸과 자연이 통하고, 몸과 자연이 통하니 빛과 같이 밝아지는 것을 말하네.

–놀랍습니다. 이렇게 짧은 문장에 많은 것을 담았다는 것이.

–우리 선조들은 놀라운 통찰력과 직관력의 소유자란 걸 알 수 있네.

–오늘도 새롭게 배웁니다.

–다음 내용은 들어보지 않았나?

–그렇습니다. 재세이화와 홍익인간이 여기서 나오는 것이군요. 의미도 제대로 모르고 홍익인간, 홍익인간 했는데.

–재세이화와 홍익인간은 알아서 해석하게. 앞서 설명한 것과 연결지으면 정답이 나오네.

–그래도 확실하게 알려주셔야지요.

–그건 자네 몫일세.

–너무 하십니다.

–아닐세. 자네가 새로이 해석하면 그것이 더 정답에 가까울 수도 있네.

–염표문은 언제부터 있었습니까?

–염표문을 작성한 것은 11대 도해단군이셨네. 하지만 내용은 환국으로부터 전해 내려오던 것을 정리했다고 보면 되네. 9천 년 역사라고 보면 되네.

–염표문을 한 문장으로 만들면 어떻게 될까요?

이기는 생각에 잠겼다. 잠시 생각한 후에 말했다.

– '천지인의 뜻은 참됨' 이라고 할 수 있네. 굳이 나누어서 하늘은 참됨眞一, 땅은 근면함勤一, 사람은 서로 도움協一으로 했지만 결국은 참되게 살라는 것으로 보네.

–하늘은 보원普圓, 땅은 효원效圓, 사람은 택원擇圓이라고 할 때 '원圓'을 둥글다고 해석한 것에는 이유가 있습니까?

–항상 자네의 질문은 날카롭네.

이기의 질문이 날카롭다는 말에 나철은 그냥 웃었다.

– '원圓' 을 원만함으로 해석하기도 하지만 나는 원만함도 좋지만 둥글다는 순환의 의미와 부드러움을 표현하려고 그리 해석했네.

–그러셨군요. 저는 좋습니다.

–천지인이 셋이 아니라 하나라는 인식이 우리 전통사상에서는 중요한 요체일세.

천부경, 81자에 하늘의 원리, 땅의 원리, 인간의 원리를 담다

계연수와 이태집이 모처럼 산을 찾았다. 집필 작업으로 몸이 굳어가는 느낌이 들었다. 하루 종일 앉아 생각하고, 글을 쓰는 일이 예사롭지 않았다.

–멀리 산이 보이니 좋습니다.

산에 올라 아래를 내려다보는 마음이 후련했다. 삶이 거칠고 힘이 들었지만, 산에 올라보면 다 부질없이 보이기도 했다. 치열하게 싸우고, 처절하게 목적을 향해 가던 것들이 갑자기 남의 일처럼 되기도 했다. 마음이 풀어져 다소 여유가 생기는 공간이 산 정상이었다.

–하루 종일 글을 쓰다 보면 하늘이 빙빙 도는 것 같을 때도 있어.

–저도 그랬는 걸요.

–사람은 우주를 품은, 그러나 작은 부분이라는 생각을 하곤 해.

–정말 그래요.

–우리의 전통 사상에서는 한결같이 인간은 우주를 그대로 옮겨놓은 존재라는 것을 강조하고 있네. 공부를 할수록 그것이 체득되곤 해.

계연수는 천부경이나 삼일신고에서 말하고자 하는 것이 공부할수록 절묘하게 인간을 설명하고 있다는 생각을 했다. 그리고 정확하게 맞아떨어지는 것을 확인했다.

–우리가 역사에 골몰해 있는 것도 무슨 사연이 있겠지요?

–나는 있다고 생각해.

–그것이 뭘까요?

–그 분야는 나보다 자네가 한 수 위일 텐데.

계연수보다 이태집은 집안 내력으로 더 오랫동안 수련을 해왔다. 수련을 하다 보면 보이는 것이 있었다. 영적인 존재를 보게 되고, 깨닫게 된다. 그리고 사람이 혼자가 아니라 여러 영향을 받아가며 존재한다는 것을 깨닫게 된다. 그것을 두고 하는 말이었다.

–확실하게 손에 잡히지는 않지만, 사명이라는 생각을 하곤 합니다.

–자네도 그런 생각을 하는군. 나는 오래전부터 그런 생각을 했네. 우리 집안이 그리고 자네 집안이 은자의 집안으로 이어져 내려오는 것이 집안 내력으로서의 사명이 아니라 먼 곳으로부터 내려오는 사명이라는 생각일세.

–그러시군요. 저는 그것을 믿습니다.

두 사람의 생각이 같았다.

–그렇지 않고서는 설명이 되지 않는 것이 있네.

–그것이 무엇입니까?

–바로 잃어버린 역사에 인생을 걸고 있는 나 자신을 보는 것이지. 그리고 그런 사람들을 만나게 된다는 것이야.

환단의 역사를 숙명으로 받아들이고 있는 것도 극히 비정상적인 모습 같았다. 왜 내가 내 인생을 걸고, 목숨까지 걸어야 하는가 생각해보면 어떤 이유도 없었다. 집안 내력이라는 것만으로 설명이 되지 않았다. 더구나 단굴암에서 만났던 단학도인과 불과 몇 달 전에 만났던 단목도

사는 전혀 예상하지 못했던 일이었다. 꿈에 나타나서 찾아왔다는 것이 일반적으로 이해되지 않는 일이었다. 하지만 그런 일이 벌어졌다. 선몽을 해서 만나게 된 사람들이었다. 선몽은 영적인 면이 작동한 사람들의 세계였다.

–힘들고 지칠 때마다 어디에선가 힘을 실어주는 것을 느끼곤 하지. 그것이 신기한 일이야.

계연수가 혼잣말처럼 말했다.

–내려가야 합니다.

–벌써 시간이 그렇게 되었는가.

–날이 어두워질 수 있습니다.

–그러세.

북한산은 정기가 느껴지는 산이다. 암산으로 화강암으로 되어있어 우윳빛이 감돌았다. 인적이 없었다. 산 정상까지 오르는 사람은 더욱 없었다. 백운대에서 길을 찾아 내려왔다. 골짜기는 길고 숲은 깊었다.

–형님. 천부경에 대해서 어떻게 생각하세요?

이태집이 계연수에게 조금은 뜬금없이 질문을 던졌다.

–환족의 경전이라고 할 수 있지.

–어떤 면에서 그렇다고 생각하세요?

천부경을 알고 있는 이태집의 질문이어서 조심스러웠다. 무엇을 묻고자 하는 것인지 정확하지 않아서였다.

–극히 짧은 글자 안에 환족의 사명을 정확하게 설명하고 있다는 점에

서 그렇네.

–조금은 뜬구름 같은 것 같지 않으세요?

천부경이 가진 구체성의 결여를 묻고 있었다.

–81자로는 한 사람의 인생경력도 다 적을 수가 없네. 81자에 하늘의 원리, 땅의 원리, 인간의 원리를 다 담았다는 것은 놀라운 일일세. 하늘 땅 사람의 관계까지 설명했다는 것은 경이로운 일일세.

–저도 그렇게 생각합니다. 하지만 무언가 이것이다, 라고 짚어주지 못하는 것 같아서 그렇습니다.

–충분히 이해하네. 그것은 자네도 알지 않는가. 보완해주는 것이 있으니.

–그렇지요. 삼일신고와 참전계경이 있습니다.

–바로 그걸세. 첫째 선언이 천부경이라면 둘째 해설서가 삼일신고가 아니던가. 그리고 셋째가 참전계경이지.

–제가 너무 많은 것을 바라는 것인가요?

–그렇네. 상징체계가 아니고서는 불과 81글자로 우주의 원리를 설명할 수가 없었겠지. 천부경은 숫자로 된 간결한 상징이어서 영원할 걸세.

–상징이어서 영원하다는 말씀의 의미는 무엇이지요?

–자네는 이미 알고 있으면서 묻고 있네. 자네의 마음으로 답을 대신하겠네.

계연수가 이태집의 물음을 이태집에게 다시 돌렸다. 설명이 구차한 것을 알고 있기 때문이었다. 계연수와 이태집은 서로를 너무 잘 알고 있었다. 설명할 필요가 없었다. 이미 지식의 깊이를 간파하고 있었다. 골짜기도 길었지만 숲을 걸어가는 두 사람의 걸음도 쉬지 않고 도성으로 향하고 있었다.

–형님. 다음에는 천부경의 내용에 대해서 다시 한번 짚어 봐요.

–좋아.

계연수의 대답은 짧았다.

탐관오리를 응징하다

정말 나쁜 놈이었다. 가난한 집의 쇠숟가락까지 빼앗아 가는 놈이었다. 주위에 탐문을 해서 알아본 결과 마을 사람들의 원성을 사고 있었다. 남편은 다치고 여자는 아이를 낳아 밭에 나가지도 못하는 사람의 집의 세간까지도 빼앗아가는 놈이었다.

탐문을 하면서 울분을 참지 못하는 사람들은 동참하라고 했다. 의외로 몸을 던져 참가하겠다는 사람이 늘었다. 마을 사람들은 참가하지 못하도록 했다. 보복을 당할 수 있기 때문이었다. 그럼에도 수가 늘어 20여 명이나 되었다. 그만큼 악행이 많은 자였다.

–들어가세.

홍범도의 말에 태양욱과 차도선이 몽둥이 하나씩을 들고 관아로 들어갔다. 두 사람이 관아로 들어서자 관아의 나졸들이 긴 창으로 막았다.

–누구냐?

–의인이다!

너무 당당하게 들어서자 엉거주춤 막을 엄두를 내지 못했다. 그렇다고 길을 비켜주는 것도 아니었다.

–뭐라고 했느냐?

정확하게 듣지 못한 다른 나졸이 되물었다. 태양욱과 차도선의 기세에 눌려 움찔하면서 물었다.

–원님은 어디에 있느냐?

–저, 저기에 계시다.

가장 낮은 직책의 나졸이면서도 백성들에게는 큰소리치던 것이 수그러들었다. 당당하면서도 내 집처럼 행동하는 두 사람과 뒤에 어깨를 펴고 서 있는 홍범도가 있었다.

나졸이 원님이 있는 곳을 손으로 알려주기 무섭게 몽둥이가 나졸의 몸을 가격했다. 그대로 쓰러졌다. 순간이었다. 두 사람에게 반항하거나 제지할 겨를도 없었다.

태양욱과 차도선이 원님이 있는 곳으로 다가갔다. 그리고 바로 마루를 올라 방으로 올라가 문을 걷어찼다. 문짝이 뚝, 하고 떨어져 나갔다.

–어느 놈이냐?

–의인이다!

바로 차도선이 대답하며 몽둥이로 원님의 몸을 내리쳤다.

–누, 누구냐?

–어디다 두고 반말을 하는 것이냐?

다시 한번 몽둥이가 원님의 몸으로 날아갔다.

–누, 누, 누구시오?

–의인이라고 하지 않았느냐?

말을 많이 더듬었다. 겁이 많은 자였다. 약한 자에게 강하고 강한 자에게 약한 자의 전형이었다. 다시 한번 몽둥이가 원님의 허벅지를 가격했다. 죽는 소리를 냈다.

–네 죄를 네가 알렸다.

어디서 들어 본 말이었다. 관아나 포도청에서 백성에게 하던 말을 차도선이 관리에게 말하고 있었다. 홍범도는 관아 아래에서 두 사람이 하는 행동을 바라보고 있었다. 관아의 나졸 몇 명은 태양욱과 차도선이 관아로 올라갈 때 달려온 나졸들은 홍범도와 따라온 일행들이 간단하게 제압해 버렸다. 홍범도는 기사범에게 배운 무술 실력을 발휘했고 따라온 주민들이 합세를 했다.

관아의 나졸들은 책임감이나 국가관이 서 있지 않았다. 나라가 썩어서 나졸들은 원님의 비위를 맞추는 것이 전부였다. 전쟁이 나도 병사로서의 역할을 제대로 하지 못했다. 형식적인 훈련을 받는 것이 전부였다. 조선은 군대가 없는 나라라는 말도 있을 정도였다. 괭이와 삽으로 싸우는 농민군에게도 패하는 것이 나졸들이었다.

관아가 공략 당해도 중앙조정에서 도움을 줄 수가 없었다. 각자도생 할 수밖에 없었다. 궁궐을 지킬 군사도 부족한 것이 조선이었다. 일본군에게 왕궁을 침탈당하고도 저항할 수 없는 것이 조선이었다. 도 관찰사나 원님이나 월급이 지급되지 않는 상황에서 백성을 뜯어먹고 사는 것이 일반화되어 가고 있었다. 백성만 죽을 지경이었다. 나라가 썩었다.

쓰러진 나졸들과 원님을 묶어 마당에 앉혔다. 의외로 나졸들과 식솔들이 적었다. 식솔들은 풀어주었다.

-열쇠는 어디에 있느냐?

태양욱의 말에 무관인 듯한 자가 자신의 허리춤을 가리켰다. 창고 열쇠였다. 동행한 주민 대표에게 열쇠를 넘겨주었다.

홍범도는 지켜만 보고 있었다. 태양욱과 차도선이 주도했다.

-주민들의 원성이 들리면 다시 올 것이다.

차도선이 강한 어조로 무관 이하의 나졸들에게 말했다.

원님은 처단하고 군관 이하의 나졸들은 동행한 사람들에게 맡기고 세 사람은 나왔다.

-조심하세.

홍범도가 태양욱과 차도선에게 말했다.

-예. 형님도 조심하십시오.

-그래야지. 세상이 험하니 언제 어디서 공격해 올지도 모르네. 우리는 일본놈들에게 쫓기고, 관아에서도 쫓기는 신세 아니던가.

-일본군과 싸우는 우리는 나라에서 상을 받아도 부족한데 오히려 죄인 취급을 하니 답답합니다.

–난세에 태어난 것이 죄세.

태양욱의 말에 홍범도가 답했다.

–어디로 가실 겁니까?

태양욱이 홍범도에게 물었다.

–갈 곳이 마땅치 않네.

홍범도는 집으로 들어가기 조심스러웠다. 혹시 미행이라도 당하는 것이 아닌가 돌아볼 때가 있었다. 자신을 지키는 것은 감당할 수 있었지만, 가족이 걱정되었다. 홍범도가 바로 옆에 있음에도 홍대장이라는 이름이 홍범도의 귀에도 들려왔다. 홍대장은 알고 있었지만 홍범도는 몰랐다. 포수회 회원들은 의병활동을 접고 산에서 내려온 후로 모두 이사를 했다. 그러나 서로의 거처는 알려고 하지도 않았고 묻지도 않았다. 누구 한 사람이라도 문제가 생기면 모두가 위험해질 수 있기 때문이었다.

–제가 오늘은 안내하겠습니다.

태양욱이 홍범도와 차도선을 이끌었다.

–어디로 가려 하는가?

–제 친구가 절에 있습니다. 며칠 묵는 데는 부담이 없습니다.

태양욱의 안내로 발길을 정했다. 어둠이 깊어가고 있었다. 어둠 속으로 세 사람은 걸어 들어갔다.

천부경은 조화경造化經, 삼일신고는 교화경敎化經, 참전계경은 치화경治化經이다

자네는 대략 방향을 잡았는가?

-예. 잡아가고 있습니다. 문제는 제가 더 배워야 한다는 것입니다. 해학께서 시간을 내 주셔야 합니다.

이기가 나철에게 임무를 주었던 것을 상기시키자 나철이 답했다. 역사 동맹을 맺을 때 나철의 임무는 역사를 조선 백성에게 전파하는 임무였다. 아직 정하지 못한 것은 역사학당과 같은 교육기관을 만들 것인가, 아니면 전통종교를 살리는 방향으로 정할 것인가였다. 이기의 질문에 나철은 공부가 적어 어느 방향으로 가야 할지 아직 확신이 덜 서 있다는 말이었다.

-지금 큰 흐름을 먼저 파악하는 게 중요하네. 우리의 역사는 정신사라고 할 수 있을 정도로 수행문화와 밀접한 관계를 가지고 있다고 했네.

-그렇습니다.

-나라를 이끌어가는 정신도 결국은 수행문화와 관련이 있을 정도로 우리는 정신수련을 강조하고 있네.

-지난번에 수행을 체험해 보라고 말씀하셨습니다. 그래서 열심히 공부하고 있습니다.

-수행을 공부할수록 우리의 역사를 이해하는 데 도움이 되네.

-우리 민족의 3대 경전을 천부경, 삼일신고, 참전계경이라고 말씀하셨

습니다. 무엇이 다르고 각자의 의미가 무엇인지 말씀해주세요.

나철이 묻고 있는 비슷한 시간에 계연수와 이태집도 천부경을 이야기하고 있었다.

–정의 내리기는 언제나 조심스럽고 어렵네. 그렇지만 질문에 답해야 하니 내려 보겠네.

이기는 조심스러웠다. 본래 가진 깊은 의미를 훼손시킬까 염려되어서였다.

–천부경, 삼일신고, 참전계경의 관계를 천부경은 조화경造化經, 삼일신고는 교화경敎化經, 참전계경은 치화경治化經으로 정의 내리고 싶네.

–어렵습니다.

–나도 어렵네.

이기의 엄살에 나철이 웃었다. 이기도 따라 웃었다.

–다시 풀어서 이야기하겠네. 천부경은 하늘의 도를 땅에 펼치는데 사람에게 전한다는 것일세.

나철은 귀를 기울여 들었다.

–천무경 81자는 우주의 생성과 운영원리를 하늘 땅 사람의 관계로 설명하면서 '한韓'으로 귀결되는 것을 설명하고 있네. 한韓은 광명사상으로 밝음과 큼과 넓음을 말하는 것일세.

–일전에 말씀하셨던 태양족을 말씀하시는 겁니까?

–태양을 이상으로 삼아 우주의 원리를 설명하고 하늘 땅 사람이 운행되는 원리를 설명한 것일세.

—역시 말씀하셨던 삼족오가 이를 상징동물로 등장하는 것이고요.

—그렇네.

나철은 공부했던 것들을 정확하게 기억하고 전체와 꿰맞추고 있었다.

—삼일신고는 한에 이르는 방법과 마음 자세를 적은 경이라고 할 수 있네. 그리고 참전계경은 천부경과 삼일신고가 가지고 있는 것들을 구체적으로 실천하는 계율이라고 할 수 있네. 이 세 개의 경은 하나면서 셋으로 나누어져 있다고 보면 되네.

—좀 전에 말씀하셨던 천부경은 조화경造化經, 삼일신고는 교화경敎化經, 참전계경은 치화경治化經으로 정의 내린다는 말씀과 같다고 해석하면 됩니까?

—정확하네.

—경마저도 기본 원리인 석삼극무진본析三極無盡本으로 본다는 말씀이시군요. 예를 들면 하나는 셋으로 나뉘어 천변만화가 일어나 근본인 하나가 셋으로 본분의 궁극을 다한다고 결론 내려도 되나요?

—그렇지.

—참 어렵습니다. 역사 공부가 아니라 철학공부를 하고 있는 기분입니다.

—그렇네. 그것이 우리 민족의 위대함일세. 그리고 무엇보다 우리 민족은 하늘 같은 존재로 사람으로 보았으니 최고의 인본을 구현한 나라라고 할 수 있네.

—고대부터 우리 민족은 인간을 하늘로 보았다는 것에 경외감이 생

깁니다.

–그렇네. 무려 9천 년 전에 사람을 최상의 존재로 보았으니 사람에 대한 대우나 국가운영이 인간적이었다고 할 수 있지. 여기서 '인간적' 이라는 말은 인간을 최고의 존재로 본다는 전제에서 출발한다고 할 수 있네. 사람이 곧 하늘이라는 인내천人乃天이나 사람이 그중 크다는 태일泰一사상이 나온 배경일세.

–정말 그렇습니다.

– '인중천지일人中天地一' 이라는 구절일세. 사람 안에 하늘과 땅이 있고, 하나로 조화를 이룬다는 선언일세. 놀라운 것은 조화를 이루는 존재가 바로 천지天地를 안고 있는 사람이란 존재라네. 어느 나라, 어느 민족의 사상이 이렇게 인간을 상위에 올려놓은 적이 있을까 싶네.

–진정 사람에 대해 함부로 할 수 없는 존재임을 만천하에 드러낸 것이 천부경이라는 생각이 듭니다.

–우리 민족의 위대한 정신을 우리 민족에게 알리고 받아들여서 문화민족의 길을 걷도록 하는 것이 과제라고 할 수 있네.

–제게 말씀하시는 것입니까?

–알아 챙겨서 듣게.

–어깨가 무거워집니다.

–어깨가 무거워야 행동하게 될 걸세. 그리고 진정으로 우리 민족에 대한 자긍이 생기게 되면 더욱 어깨가 무거워질 것으로 보이네. 우리 역사를 조선인에게 알리고 싶어 몸이 근질근질하게 되어야 하는 걸세.

-말씀을 들으니 정말 그렇습니다. 제가 견디기 어려울 만큼 욕심이 생겨야 하는 것이네요.

-그렇지.

-이미 상당 부분 몸이 들썩이고 있습니다.

-고마운 말일세. 진정 고맙네.

나철의 말에 이기가 고맙다는 말로 받자 갑자기 분위기가 숙연해졌다.

-제가 해학께 감사를 드려야 할 것입니다.

-서로 고마워하면 더 달랄 것이 없지 않겠나?

-그렇습니다. 저는 이미 불이 붙었습니다. 놀라운 세계를 만났고, 우리의 역사를, 우리의 정신을 더 배우고 나서 밖으로 뛰겠습니다.

-지금도 늦지 않네. 충분히 배웠네. 심화 과정은 천천히 해도 늦지 않네.

-그렇더라도 욕심이 납니다.

-하나만 믿어도 되네. 우리의 정신세계에서는 나와 너가 경계가 없는 홍익인간의 정신이 있고, 사람 위에 사람 없고 사람 아래 사람이 없다는 사람이 곧 하늘이라는 묵중한 선언이 있다는 것을 가슴에 담으면 다른 것을 몰라도 되네. 나머지는 지엽적인 문제가 되고, 부분일세.

-명심하겠습니다. 우리 역사의 중심엔 홍익인간과 인중천지일人中天地一이라는 두 개의 큰 기둥이 있다는 것을!

나철의 말에는 강한 신념이 느껴졌다.

-그렇네. 우리 역사의 중심에 경계가 없이 널리 사람을 이롭게 하라는

홍익인간과 사람 안에 하늘과 땅이 들어있다는 위대한 인간 존엄의 선언인 인중천지일人中天地一이라는 두 개의 큰 기둥이 있다는 것을 마음에 담아야 하네.

–감동입니다. '사람이 하늘' 이라는 위대한 정신이 세상의 모든 이론과 대적해도 이길 수 있다는 자신감이 있습니다.

사람에게 밥은 육체의 양식이지만 마음에는 시간이 양식이다

봄비가 내려요.

낙숫물이 떨어지는 것을 바라보며 이태집이 계연수에게 들으라고 말했다.

–다시 봄이군.

–그렇습니다.

–봄비를 보면 떡잎을 머리에 이고 땅을 뚫고 올라오는 새싹이 기다려져. 봄은 연약한 것들의 잔치 같아.

–형님, 완전 시인이십니다.

–봄에는 모두 시인이 되는 거야. 봄에 시인이 되지 못하면 여름에도 가난해져.

–무슨 말씀이세요?

–전쟁 속에서도 사랑이 피어나고, 폭우 속에서도 꽃이 피어나는데 나는 너무 진지하게만 살고 있지 않은가 싶어져서 그래.

–이해합니다. 정말 그럴 만합니다.

–목숨 걸고 역사를 짊어지고 사는 것이 힘들다는 생각이 들곤 하지.

–저도 그런데 형님은 진정 마음도 강퍅해지실 거예요.

–지치고 주저앉고 싶을 때가 있어.

–오늘이 그러신가 봐요.

–슬퍼질 때 슬픔과 친해지면 주저앉게 되지.

–그럴 때는 어떻게 하시나요?

–슬픔을 바라보는 관찰자로 돌아서서 나를 바라보려고 하지.

–그러면요?

–그러면 슬픔도 가라앉고 슬픔의 원인을 냉정하게 판단하게 돼. 그러면 안정되곤 해.

–그 방법이 좋아 보입니다.

–사람에게 밥은 시간 같아.

–무슨 말씀이세요?

이태집이 계연수의 말의 의미를 정확하게 알아채지 못해 되물었다. 지금 계연수가 하는 말은 평소 계연수의 언어가 아니었다. 역사와 정신 그리고 환족이라는 말로 가득차 있었다. 이태집은 계연수의 변화에 고마우면서도 생소했다.

–사람에게 밥은 육체의 양식이지만 마음에는 시간이 양식 같아.

–오늘은 특별하십니다.

–나도 그렇게 생각해. 오늘은 '시간멍' 을 즐기고 싶어.

– '시간멍' 이요?

–그래. 시간멍.

–시간멍이 무엇이지요.

–그냥 시간을 멍 때리는 것.

이태집이 소리 내어 웃었다.

–그 말씀, 재미있는데요.

–그래. 자네도 시간에 멍 때려 봐.

다시 이태집이 웃었다. 계연수도 따라 웃었다. 계연수와 이태집은 서로를 챙겨주는 사이였다. 계연수는 얼마 전 이관집과 함께 만났던 단목도사와 생거도사가 떠올랐다.

*

–두 분이 만나시면 무슨 이야기를 하십니까?

계연수가 물었다. 두 도사는 한참을 답이 없었다. 바람이 나뭇잎을 흔들고 지나간 후에야 생거도사가 말했다.

–별말이 없네. 서로 다른 생각을 하다 헤어지거든.

어이없는 말이었다. 서로 다른 생각을 하다 헤어진다는 말이 그랬다. 그렇다면 굳이 만날 이유가 있지 않은가 생각했다. 계연수와 이관집의 생각이 같았다.

-그렇다면 두 분이 왜 만나십니까?

이관집의 질문이었다.

-내가 물어보겠네. 흘러가는 물이 왜 흘러가는가?

순간 말문이 막혔다.

-그래도 흘러가기 때문에 강이 있고, 물고기가 살겠지. 지나갈 바람인데 바람이 왜 부는가. 이것도 마찬가지겠지. 바람이 불어야 계절이 오고 가겠지. 그래서 생명들이 살아가고.

-예. 조금은 이해가 됩니다.

-다른 이유가 없네. 바라보고만 있어도 흐뭇하고 무언가 채워지는 것이 친구가 아닌가 싶네.

생거도사의 말을 단목도사는 듣고 있다 한마디 했다.

-말이 없이 자신의 생각에 젖어있다 간 날이 더 마음이 뿌듯하다네. 오히려 말을 많이 나눈 날에 허전할 때도 있지.

오히려 말을 많이 나눈 날이 허전하다는 말이 떠올랐다. 단목도사와 생거도사의 말은 울림이 있었다. 계연수는 이태집과 이야기를 하면서 사람 관계는 저마다 참 다르구나 생각했다. 그리고 혼자 웃었다.

-뭘 생각을 하며 웃으세요.

-정 많은 자네가 좋아서.

계연수의 진심이었다.

먹을 갈아주고, 친구가 되어주고, 먹을 것도 챙겨서 먼저 자신이 하려고 노력하는 모습이 고마웠다. 이태집은 계연수를 친형처럼 편하게 대해주었다. 그리고 오히려 더 챙겨주었다. 계연수에게는 큰 힘이 되어 주었다.

–해학께서 며칠째 안 보이시네.

이기가 역사학당에 며칠째 나오지 않았다. 이기는 나철과 일정을 소화하고 있었다.

천부경에 대해서 깊이 있게 이야기하기로 했었는데 오늘은 형님이 다른 때와 다릅니다.

–그런가. 매일 같으면 그것도 문제 아닌가.

–그렇긴 합니다.

홍범도와 태양욱, 절을 방문하다

홍범도와 태양욱, 그리고 차도선은 절에 도착했다. 태양욱의 친구인 스님이 차려 준 공양을 마치고 태양욱의 친구인 혜인 스님도 합석했다.

–부처님이 우리를 어떻게 보실까?

홍범도가 태양욱과 차도선에게 물었다. 절에 들어오기 전 탐관오리인 고을 원님을 처단한 것을 두고 하는 말이었다.

-의인으로!

태양욱과 차도선이 답했다. 말해 놓고 웃었다. 질문한 사람도 대답한 사람도 함께 웃었다. 혜인 스님만 내용을 모르고 세 사람을 쳐다보았다.

-그 친구가 누구냐고 물었을 때 무엇이라고 답해야 하나 머리가 번쩍했네.

-저도 그랬습니다.

마을 원님이 누구냐고 물었을 때 뒤에 관망하던 홍범도가 말하자 태양욱이 같은 마음이었음을 말했다.

-저도 얼떨결에 의인이라고 답했습니다.

차도선이 말했다.

-의인이라고 답하는 것을 보고 나는 움찔했네.

-저도 그랬습니다.

홍범도의 말을 다시 태양욱이 똑같이 받았다.

-무슨 말씀이신가?

혜인 스님이 세 사람의 대화를 듣고 있다가 조용히 물었다.

-몹쓸 놈이 있어 혼내 주고 오는 길일세.

태양욱이 친구인 혜인 스님에게 내용을 알려주었다.

-나의 재물을 빼앗아가고, 잘못이 없는 사람에게 폭행을 하는 사람이 있다면 어떻게 해야 합니까?

-관아에 알려야지요.

–관아에서 그런다면 어떻게 해야 합니까?

–난감한 일이지요.

너무나 쉽고 당연한 듯이 답하자 세 사람이 크게 웃었다. 너무나 당연하게 답을 바로 해서 폭소를 자아냈다.

–스님이라면 어떻게 하시겠습니까?

–난감하다니까요.

차도선이 다시 한번 질문하자 역시 너무나 쉽게 빠르게 답을 하자 다시 한번 웃음이 터졌다.

–부처님이라면 어떻게 했을까요?

–난감한 일이라니까요.

이번에도 네 사람이 다 같이 웃었지만 깔끔한 맛이 들지 않았다.

–부처님이라고 어쩔 수 있겠습니까. 다 같은 거지요.

–그렇군요.

홍범도는 자신이 신계사에서 스님 생활을 하던 때가 떠올랐다. 홍범도는 절을 생각하면 바로 지금의 아내인 옥녀를 절에서 만났던 것이 떠올랐다. 처음 만났을 때가 먼저 떠올랐다.

*

홍범도가 절 물품을 전달하러 갔다가 옥녀를 만난 순간이었다. 참 묘한 일이었다. 가슴 안에서 무언가가 쿵, 하고 떨어지는 것을 느꼈다. 놀라거나 절망할 때에 가슴이 무너진다는 말을 하는데 그런 느낌이었다. 이게 무슨 현상이지, 싶었다. 가슴 안에서 천둥 치는 것처럼 울림이 컸다. 홍범도는 애써 자신 안에서 일어나고 있는 현상을 숨기려 마음을 가다듬었다.

—물이 맑아요.

—예.

여승인 옥녀가 석간수를 손으로 만지며 대답하자 홍범도가 짧게 답했다.

—하늘에서 내려온 물이겠지요.

홍범도는 자신이 잘못 들었나 싶었다. '하늘에서 내려온 물' 이라는 말이 특별하게 들렸다. 보통 샘물을 땅에서 솟는다고 하는데 하늘에서 내려왔다고 했다.

—아, 예. 그럴 거예요.

홍범도는 순간 생각했다. 지상에 있는 물은 모두 하늘에서 내려온 물이 맞았다. 비와 눈으로 하늘에서 내려온 물이었다. 샘물도 빗물이 스며들어 다시 솟아오르는 것이 옳았다.

—구름은 자신의 몸을 부수어 비로 내려요. 참 신기하지요. 구름이 자신의 몸을 헐어 떨어지는 순간 지상의 생명들은 생명수를 얻지요.

홍범도는 아득했다.

어찌 대답해야 할지 몰랐다. 예상하지 못한 말이었다. 사실 홍범도는 신계사에서 관리하는 물품을 나누어 주던 중이었다. 홍범도는 물품 배달을 전문으로 하는 승려였다. 마음은 전달했으니 얼른 돌아가야 하는

데 하면서도 샘가에 머무르고 있었다. 5월의 초록은 아기 손 같은 잎을 달고 바람에 흔들리고 있었다. 생기를 담은 잎들이 나풀거릴 때마다 세상이 살짝 흔들린다는 착각을 불러일으킬 정도로 5월의 바람은 생기를 띄며 세상을 일으켜 세우고 있었다.

–별들이 반짝일 때마다 꽃이 한 송이씩 핀다고 했어요.

–누가요?

참으로 신기한 말을 하는 여인이었다. 계연수는 여승의 말에 자신도 모르게 누가요, 라고 말했다.

–저희 할머니요.

–형님 무슨 생각을 하세요?

–으응.

태양욱이 멍하니 생각에 잠긴 모습을 홍범도에게 말하자 홍범도는 대답을 못 하고 속말로 웅얼거렸다.

–어찌 생각하면 절 생활이 가장 천국 같습니다.

차도선이 혜인 스님을 바라보며 말했다.

–절도 만만치 않습니다. 세상은 어디에도 만만한 곳이 없습니다. 굳이 감사하는 것이라면 제가 좋아서 하는 일이라는 것입니다.

–그런가요.

차도선이 좀 탐탁치 않게 답했다.

–면벽해 보셨어요?

-아니요.

혜인 스님이 차도선에게 묻자 차도선이 답했다.

-자네는 해봤나?

혜인 스님이 친구인 태양욱에게 물었다.

-안 해봤네.

-그러면 해 볼란가?

태양욱이 안 해 봤다고 하자 혜인 스님이 권했다.

-그걸 생짜로 왜 하는가?

태양욱이 고개를 흔들었다. 차도선도 인정했다.

-나는 오래 앉아 있는 것 못한다. 산이나 들을 달릴 수는 있어도 앉아 있는 것은 내 체질이 아니다.

-그것이 수행이라면 어떡하겠는가?

-그래서 스님을 할 수가 없지.

태양욱과 혜인 스님의 대화가 진행되면서 절에는 어둠이 찾아왔다.

〈5권으로 계속〉

신광철 작가
한국학연구소장, 작가

한국학 연구소장 신광철은 한국, 한국인, 한민족의 근원과 문화유산에 대해 연구하고 있다. 살아있음이 축제라고 주장하는 사람, 나무가 생애 전체를 온몸으로 일어서는 것이 경이롭다며, 사람에게도 영혼의 직립을 주장한다. 나무는 죽는 순간까지 성장하는 존재임을 부각시키며 살아있을 때 살라고 자신에게 주문한다. 그리고 산 것처럼 살라고 한다. 신광철 작가는 한국인의 심성과 기질 그리고 한국문화의 인문학적 연구와 한국적인 미학을 찾아내서 한국인의 근원에 접근하려 한다. 40여 권의 인문학 서적을 출간한 인문학 작가다. 최근 〈꼬마철학자 두발로〉와 〈긍정이와 웃음이의 마음공부 여행〉를 냈다. 1권은 '꿈은 이루어서 자신에게 선물하는 거야' 2권은 '인연은 사람을 선물 받는 거야'를 발표했다.

소엽 신정균

서예가. 일중 김충현 선생과 초정 권창륜 그리고 한별 신두영 선생에게 서예를 배웠다. 대한민국에서 미술대전을 비롯해, 세계로 프랑스와 미국 캐나다 중국 등에서 초청전시를 했다. 직관과 통찰을 끌어안은 간결함과 직선과 곡선을 품어 안은 활달함을 동시에 가진 서예가다. 거칠면서 단순하다. 휘몰아치면서 숨 멈춘 정지태의 글씨를보여주는 달인의 경지에 이른 서예가다.